हेम नलिनी और सुमन को समर्पित

सुभाष की खोज

डॉ. ब्रजेश वर्मा

1

शनिवार, 18 अगस्त 1945, समय:दिन के दो बजे। एक कपटपूर्ण रहस्यमय घटना, किन्तु उतनी ही दिलचस्प और अविश्वसनीय भी, जो आजतक किसी भी भारतीय के गले से नीचे नहीं उतरी!

ठीक उसके बारह दिन पहले, सोमवार, 6 अगस्त 1945 को अमेरिकी राष्ट्रपति हैरी एस. ट्रूमैन (1884-1972) के आदेश पर, उसका एयरफोर्स चार हजार चार सौ किलोग्राम का एक परमाणु बम, जिसका गुप्त नाम लिटिल बॉय है, सुबह के लगभग आठ बजे जापान के शहर हिरोशिमा पर गिरा देता है। यह दुनिया में परमाणु शक्ति का पहला प्रयोग है। अमेरिका इस विनाशक हथियार का निर्माण इतने गुप्त तरीके से करता है कि खुद राष्ट्रपति ट्रूमैन को 12 अप्रैल 1945 से पहले तक इसके बारे में कोई जानकारी नहीं दी जाती।

ठीक उसी दिन, जिस दिन अमेरिका जापान के शहर हिरोशिमा पर पहला एटम बम गिराता है, आजाद हिन्द फ़ौज के सुप्रीम कमांडर सुभाष चन्द्र बोस (1897-1945?) थाईलैंड की राजधानी बैंकाक में हैं।वहअपने युद्ध सचिव को कुछ ख़ास निर्देश देते हैं और फिर हवाई जहाज से सिंगापुर की ओर रवाना हो जाते हैं।

घटनाएं बहुत ही तेजी से आगे बढ़ रही हैं। दूसरा विश्वयुद्ध जिसे जर्मनी के तानाशाह एडोल्फ हिटलर (1889-1945) ने 1 सितम्बर, 1939 को शुरू किया था, वह भी 30 अप्रैल, 1945 को मारा जा चुका होता है। सोवियत संघ (आधुनिक रूस) की लाल सेना बर्लिन में प्रवेश कर जर्मनी को पूरी तरह से बर्बाद कर देती है।इटली का तानाशाह बेनिटो मुसोलिनी (1883-1945) भी 28 अप्रैल को मारा जा चुका है।

मित्र राष्ट्र (ब्रिटेन, अमेरिका और सोवियत संघ) की सेना अंतिम विजय की ओर बढ़ रही है। हिरोशिमा पर पहला एटम बम गिराने के तीन दिनों बाद ही 9 अगस्त, 1945 को अमेरिका एक बार फिर से जापान के शहर नागासाकी पर दूसरा एटम बम गिरा देता है, जिसका गुप्त नाम फैट बॉय है। ठीक उसी दिन सोवियत संघ का मार्शल जोसेफ स्टालिन (1878-1953) जापान के खिलाफ युद्ध की घोषणा करते हुए मंचूरिया पर आक्रमण कर देता है। जापानी प्रधानमंत्री कंतारो सुजुकी (1868-1948), जिसने अभी हाल ही में 7 अप्रैल 1945 को प्रधानमंत्री का पद संभाला है, 15 अगस्त, 1945 को अपने पद से इस्तीफा दे देता है। ठीक उसी दिन, 15 अगस्त को,जापान के सम्राट हिरोहितो- शोओवा (1901-1989) आत्मसमर्पण की घोषणा कर देते हैं। और फिर, 2 सितम्बर 1945 को उनके समर्पण पत्र पर हस्ताक्षर के साथ ही दूसरा विश्वयुद्ध समाप्त हो जाता है।

6 अगस्त, 1945 से 18 अगस्त, 1945 के बीच की घटनाएं भारतवासियों के लिए इसलिए महत्वपूर्ण है कि वे आज भी इस बात की सटीक जानकारी चाहते हैं कि उनके

सबसे प्रिय नेताजी सुभाष चन्द्र बोस के साथ क्या हुआ? क्या उन्हें धरती निगल गयी या आकाश खा गया? 23 अगस्त, 1945 को जापान के रेडियो टोकियो से एक समाचार का प्रसारण किया जाता है कि आजाद हिन्द फौज के सुप्रीम कमांडर सुभाष चन्द्र बोस का 18 अगस्त को ताइपे (वर्तमान ताइवान) में हुई एक हवाई दुर्घटना में निधन हो गया!

भारत में आजादी की लड़ाई अंतिम चरण में है। यहाँ भी बहुत उथल-पुथल है। आजादी की उम्मीद में कांग्रेस और मुस्लिम लीग के बीच भारत विभाजन को लेकर तनातनी चल रही है, देश में दंगे भड़क रहे हैं और दो सौ वर्षों तक राज करने के बाद ग्रेट ब्रिटेन यहाँ से अपना बोरिया-बिस्तर समेट रहा है। चारों तरफ आशंकाओं, रोष, घृणा और राजनीतिक विद्वेष का वातावरण है। फिर भी एक बात सभी भारतीयों के मन में संदेह पैदा कर रहा है कि नेताजी सुभाष चन्द्र बोस की मौत की जिन कहानियों को दुनिया सुनाना चाहती है, उनपर उन्हें तनिक भी यकीन नहीं है। भारत में बार-बार इस साजिश के पर्दाफ़ाश की मांग उठ रही है, स्वतंत्र भारत की पहली सरकार नेताजी के रहस्यमय तरीके से गायब हो जाने पर जांच कमिटियाँ बिठा रही है। जो कोई भी इसके तह में जितना अधिक गोते लगाता है, उसकी उलझनें और भी बढ़ती जाती हैं। दिन, महीने और बरस बीतते चले जाते हैं; किन्तु रहस्य का धुंध इतना गहरा है कि छंटता ही नहीं। तब कुछ मुट्ठी भर लोग गुप्त रूप से खुद नेताजी सुभाष चन्द्र बोस की खोज करते हैं, जिन्होंने युद्ध के दौरान उनके साथ जीने-मरने की कसमें खाई थीं!

2

बैंकाक। 6 अगस्त, 1945 को कर्नल आनंद बहुत ही गौर से रेडियो पर प्रसारित होने वाले समाचारों को सुन रहे हैं। सुबह का समय है। उन्हें समाचारों में ऐसी कोई ख़ास बात नजर नहीं आती। हर रोज की तरह युद्ध से जुड़ी ख़बरें ही हैं। साथ ही वे भारत में तेजी से हो रहे राजनीतिक बदलाव की खबरों को भी काफी ध्यान से सुनते हैं। उनके पास टेलीप्रिंटर से भेजे जाने वाले सैकड़ों सन्देश हर रोज आते हैं। कुछ को वे गौर से पढ़ते हैं और कुछ पर आवश्यक निर्देश देकर अपनी निजी सचिव की ओर बढ़ा देते हैं।

कर्नल आनंद के लिए बैंकाक में यह एक सामान्य सा दिन है। किन्तु आज उन्हें एक जरूरी काम है। कुछ ही समय बाद उन्हें आजाद हिन्द फौज के सुप्रीम कमांडर नेताजी सुभाष चन्द्र बोस के साथ एक मीटिंग करनी है। नेताजी शायद कहीं जाने की तैयारी में हैं, जिसके विषय में उन्हें भी नहीं पता।

बैंकाक में आजाद हिन्द फौज का मुख्यालय। सफ़ेद रंग का एक पुराना सा भवन।हर तरफ से जंगलों से घिरा हुआ, जिसकी सुरक्षा कंटीले तारों से की गयी है। इस भवन में प्रवेश करने के लिए सिर्फ एक ही रास्ता है, जहाँ सैनिकों की कड़ी पहरेदारी रहती है।यहाँ पर युद्ध में उपयोग होने वाली कई तरह की गाड़ियाँ तैनात की गयी हैं, जिनमें मुख्य रूप

से टाइप 92 हैवी आर्म्ड कार जिसे ज्यू-सोकोशा 92 कैवलरी टैंक के नाम से भी जाना जाता है, टाइप 98 सो-दा बख्तरबंद गाड़ियाँ, टाइप 1 बख्तरबंद कार्मिक गाड़ी, टाइप 95 मिनी ट्रक, निशान 80 ट्रक, टाइप 95 पैसेंजर कार कुरेगाने, टाइप 97 निशान स्टाफ कार, हार्ले डेविडसन और रिकुओ मोटरसाइकिल तथा टाइप 94 एम्बुलेंस को देखा जा सकता है। इन सभी की सुरक्षा के लिए आजाद हिन्द फौज की एक बटालियन तैनात खड़ी है। कुछ स्पेशल आर्म्ड फोर्स भी हैं, जिनकी जिम्मेदारी हर हाल में नेताजी की सुरक्षा करनी है।

ठीक नौ बजकर पैतालीस मिनट पर नीले रंग की एक जीप आजाद हिन्द फौज के मुख्यालय में प्रवेश के लिए इजाजत मांगती है। मुख्य गेट पर कड़ा पहरा है। जीप की अगली सीट पर एक लम्बे कद का गेहुएं रंग वाला व्यक्ति बैठा है। उसके चेहरे पर गंभीरता है। ऐसा प्रतीत हो रहा है कि वह कई रातों से ठीक से सोया नहीं। फिर भी वह एकदम तरोताजा दिख रहा है। उसके जबड़े मजबूत हैं। उसकी दाढ़ी-मूंछें एकदम सेव की हुई हैं। उसके सिर के बाल सलीके से कंघी किए हुए हैं; ऐसा प्रतीत हो रहा है मानो वह अभी तुरंत स्नान कर के घर से निकला हो। निरंतर थकान की वजह से कभी-कभी वह हल्की सी झपकी भी ले लेता है; किन्तु किसी को पता नहीं चलता। यह कर्नल आनंद हैं, नेताजी के युद्ध सचिव, जिनपर आजाद हिन्द फौज के लिए रसद के इंतजाम की सबसे बड़ी जिम्मेदारी है।

जैसे ही जीप मुख्य प्रवेश द्वार पर लगती है, एक पहरेदार उनके करीब आता है। उसके बाएँ कंधे पर राइफल लटकी हुई है। वह कुछ नहीं कहता-सिर्फ अपने दाहिने हाथ

को कर्नल आनंद की ओर बढ़ा देता है। बिना कुछ कहे कर्नल आनंद उस पहरेदार के हाथ में कागज का एक टुकड़ा देते हैं। पहरेदार उसे गौर से पढ़ता है। उस कागज पर पासपोर्ट साइज की उनकी एक तस्वीर भी है। पहरेदार उस तस्वीर पर एक नजर डालते हुए गौर से कर्नल आनंद के चेहरे की ओर देखता है। अब वह उस कागज़ को उन्हें वापस करता है और फिर पीछे की ओर मुड़कर हाथ के इशारे से वहां खड़े पहरेदारों को मुख्य गेट खोलने का हुक्म देता है। गाड़ी तेजी से अन्दर जाकर सामने पोर्टिको में खड़ी हो जाती है। कर्नल आनंद फुर्ती से जीप से उतरते हैं। सामने खड़ा एक पहरेदार उन्हें सलामी देता है। वह अपने दाहिने हाथ के पंजे को ऊपर कर सलामी लेते हैं और फिर तेजी से उस सफ़ेद भवन के अन्दर प्रवेश करते हैं,जिसे कुछ साल पहले ही बनाया गया है।

थोड़ी दूर आगे बढ़ने के बाद दाहिनी तरफ गोल आकार की एक सीढ़ी बनी हुई है। वहाँ भी पहरेदार खड़े हैं। भवन में एकदम शांति है, किन्तु किसी कमरे से टाइप मशीन की हल्की सी आवाज आ रही है; कहाँ से-पता नहीं? कर्नल आनंद उस आवाज को नजरअंदाज कर सीढ़ियों की ओर बढ़ते हैं। जहां सीढ़ियां खत्म होती हैं, उसकी बाईं तरफ एक गलियारा है। वह उसी ओर मुड़ते हैं। बीस कदम चलने के बाद वह शीशम की लकड़ी से बने एक मजबूत दरवाजे के पास रुकते हैं। वहां दो पहरेदार हैं। दोनों एकसाथ कर्नल को सलामी देते हैं। आनंद धीरे से अपने सिर को हिलाते हैं। अब उनमें से एक पहरेदार दरवाजे को खोलता है। सामने महोगनी की लकड़ी से बना एक बड़ा सा टेबल है,जिसपर नीले रंग के बहुत सारे फाइल्स,एक बड़ा सा टेबल लेम्प, एक ग्लोब, कुछ

पेपर वेट्स, एक बड़ी सी दवात और दो-चार फाउंटेन पेन रखी हुई हैं। सामने की कुर्सी पर अड़तालीस साल का एक व्यक्ति बैठा हुआ पूरी गंभीरता के साथ एक कागज़ को पढ़ रहा है। उसकी नाक पर गोल चश्मा उसके व्यक्तित्व को और भी खूबसूरत बना रहा है। उसके गोल चेहरे पर सदा हल्की सी मुस्कान रहती है; तब भी जब वह काफी गंभीर होता है। दाढी-मूंछ सलीके से सेव किए हुए हैं। वह व्यक्ति उस कागज में इस तरह से खोया हुआ है कि वह कर्नल आनंद के कमरे में आने की आहट को भी नजरअंदाज कर देता है। आनंद एक शानदार सलामी देते हैं। वह व्यक्ति सिर्फ अपने हाथ के इशारे से उन्हें सामने की कुर्सी पर बैठने का इशारा करता है। अब वह कागज को टेबल पर रखते हुए कर्नल आनंद की ओर मुड़ता है,

"आज ही मुझे सिंगापुर जाना है।" वह आजाद हिन्द फौज के सुप्रीम कमांडर नेताजी सुभाष चन्द्र बोस हैं।

इससे पहले कि कर्नल आनंद कोई जवाब दें, सामान्य कद की एक लड़की तेजी से कमरे में प्रवेश करती हैं। उसने कुछ फाइलों को ठीक वैसे ही पकड़ रखा है, मानों स्कूल की कोई छात्रा हो। उसकी नाक पर उसका चश्मा कुछ लटका हुआ सा प्रतीत होता है। उसने बहुत ही सलीके से बादामी और सफ़ेद रंग के कपड़े पहन रखे हैं। वह लगभग झटकते हुए नेताजी के सामने आती है, फिर थरथराई हुई आवाज में कहती है,

"रेडियो पर एक खास खबर प्रसारित की जा रही है सुप्रीमो;आपको भी सुननी चाहिए।"

नेताजी कुछ नहीं कहते, सिर्फ उसकी ओर देखते हैं। फिर वह झटकते हुए अपनी बाईं तरफ मुड़ती है और टेबल पर रखे रेडियो को ऑन कर देती है।

"डौमी समाचार एजेंसी के ओकायामा दफ्तर से यह खबर प्रसारित की जा रही है। एक स्थानीय पत्रकार सातोशी नाकामूरा ने सुबह 8 बजकर 16 मिनट पर अपना जो डिस्पैच भेजा है, उस खबर के अनुसार दुश्मन के हवाई जहाज ने हिरोशिमा पर एक ख़ास तरह का बम गिराया है। हिरोशिमा पूरी तरह से बरबाद हो चुका है। अनुमान लगया जा रहा है कि इस खास तरह के बम से लगभग एक लाख सत्तर हजार लोग मारे गए हैं!"

कमरे में गंभीर खामोशी छा जाती है; जबकि आजाद हिन्द फौज के बैंकाक स्थित इस दफ्तर में काम करने वाले लोग इस खबर को विस्तार से पकड़ने के लिए तेजी से काम करने लगते हैं। सैकड़ों गुप्त संदेशों का आना-जाना शुरू हो जाता है, जिन्हें दर्जनों युवक और युवतियां डिकोड करने में जुटे हुए हैं। अन्य कमरों में टेलीप्रिंटर और टाइप मशीनों की तेज आवाज गूंजने लगती हैं। सारे अधिकारी सकते में हैं। वे दुनियां भर से आने वाली सूचनाओं को एक दूसरे की ओर आगे बढ़ा रहे हैं। किन्तु नेताजी सुभाष चन्द्र बोस एकदम शांत मन से कर्नल आनंद के साथ कुछ खास मंत्रणा कर रहे हैं। अब कमरे में अब और भी सीनियर अधिकारी आ चुके हैं।

"यह हमलोगों के लिए कोई अच्छी खबर नहीं है। ऐसा लगता है कि मित्र राष्ट्र की सेना ने अपनी अंतिम जीत हासिल कर ली है। नेताजी, आजाद हिन्द फौज के हजारों

सिपाही इधर-उधर बिखरे हुए हैं। मुझे लगता है कि उन्हें अब वापस अपने वतन की ओर लौटने की इजाजत दे दी जानी चाहिए," कर्नल हबीबुर रहमान, जो नेताजी के बहुत ही करीब हैं, अपनी आशंका प्रकट करते हैं।

कर्नल हबीबुर रहमान (1913-1978) भारत में ब्रिटिश सत्ता के एक सबसे बड़े दुश्मन माने गए हैं। वह इंडियन नेशनल आर्मी (आजाद हिन्द फौज) में सिंगापुर स्थित चीफ ऑफ़ स्टाफ हैं। ताइपे के उस हवाई सफ़र में, जिसमें नेताजी कथित रूप से सवार थे, उनके साथ कर्नल हबीबुर रहमान भी सफ़र कर रहे थे, जो विमान दुर्घटनाग्रस्त हुई थी।

नेताजी कुछ नहीं कहते, सिर्फ एक नजर कर्नल हबीबुर रहमान की ओर देखते हैं। फिर वे अचानक से अपनी कुर्सी से उठ खड़े होते हैं। उनके खड़े होते ही सामने बैठे सभी लोग उठकर खड़े होना चाहते ही हैं कि नेताजी उन्हें बैठे रहने का इशारा करते हैं। फिर वह अपनी टेबल पर रखे एक बड़े से ग्लोब पर अपनी हथेली को रखते हुए उसे धीरे से घुमाते हैं। सामने भारत का मानचित्र है। उस चित्र पर अपनी तर्जनी ऊँगली को रखते हुए कहते हैं,

"रहमान, हमारा लक्ष्य सिर्फ इतना है कि यहाँ से यूनियन जैक (ब्रिटिश ध्वज) को सदा के लिए उतार दिया जाएं। यहाँ पर भारत का झंडा लहराते हुए देखना ही हमारा सपना है। अभी तुमलोगों ने रेडियो पर जो समाचार सुना, इसकी आशंका मुझे पहले से ही थी। जापान ने पर्ल हार्बर पर हवाई आक्रमण कर अमरीका के साथ युद्ध की शुरुआत की थी, शायद वह उसी का अंत है?"

कमरे में एकदम से खामोशी छा जाती है। एक क्षण शांत रहने के बाद नेताजी कहते हैं, "हिरोशिमा पर कितनी तबाही हुई होगी इसका अंदाजा हम सब बैंकाक में बैठकर नहीं लगा सकते। अब शायद युद्ध का अंत हो जाए, किन्तु आजाद हिन्द की फौज ब्रिटिश सत्ता के खिलाफ कभी भी अपनी पराजय स्वीकार नहीं करेगी। हमलोग आजादी की लड़ाई लड़ रहे हैं, कोई विश्वयुद्ध नहीं। वतन की लड़ाई जारी रहेगी। हमें करोड़ों हिन्दुस्तानियों का साथ है।," नेताजी सबको यकीन दिलाना चाहते हैं।

"युद्ध की वजह से ब्रिटेन अभी खस्ताहाल में है,यदि हमलोग भारत की सीमा में प्रवेश करते हैं, तो हमें अपने लोगों से सहयोग की उम्मीद रखनी चाहिए। भारत में लोग बेकरारी से आपका इन्तजार कर रहे हैं," कर्नल आनंद सलाह देते हैं।

"अभी हमलोग अपनी सीमा के अंदर नहीं जा सकते। भारत में माहौल अभी कुछ और ही है। ब्रिटिश सेना अपनी पूरी ताकत के साथ हमें रोकने की कोशिश करेगी।और फिर कुछ अपने भी लोग होंगे,जो नहीं चाहेंगे कि हमलोग अपनी सैनिक शक्ति के साथ भारत में प्रवेश करें। इसके लिए हमें अभी और भी सहायता की जरूरत होगी," नेताजी समझाने की कोशिश करते हैं।

"रंगून की लड़ाई हारने के बाद से जापानी लोग मन से ही पराजित हो चुके हैं। हमने बहुत कोशिश की थी इस लड़ाई को जीतने की। हमलोग आगे की ओर बढ़ना चाहते थे। अराकान में दक्षिण की ओर से अंग्रेजों ने आक्रमण किया। हमलोग

पहले बैंकाक और फिर रंगून तक पहुंच गए। हमलोग इंफाल से महज तीन मील पीछे जंगलों पर भी कब्जा कर चुके थे। कोहिमा हमारे कब्जे में आ चुका था, यदि उस समय इंफाल ले लेते तो आगे की ओर बढ़ सकते थे," कर्नल आनंद याद दिलाते हैं कि वे लोग किस तरह जीतते-जीतते पराजित हो गए थे।

फिर हबीबुर्र रहमान उनकी बातों को ध्यान से सुनते हुए कहते हैं,"हाँ,वहां देर इसलिए हो गयी थी कि हमलोगों के पास अपनी हवाई सेना नहीं थी।"

"हाँ कर्नल रहमान, मुझे याद है। एक अमेरिकी जनरल था जोसफ वारेन स्टीलवेल (1883-1946), जिसने पहाड़ी पर जहाजों को जला दिया था। वह ब्रिटिश कमांड के तहत 11वें आर्मी ग्रुप का नेतृत्व कर रहा था। उसने खुद के जहाज से रसद और फौज मंगा लिया था। उसकी वजह से ही हमलोगों को देर हो गयी। फिर तबतक बरसात का मौसम आ गया। वहां पर अपने फौज के फंस जाने का डर था। जापानी लोग भी पस्त हो चुके थे। खाने की सामग्री और दवाइयां ख़त्म हो चुकी थीं। मुझे चावल जमा करने का आदेश मिला। हमलोगों ने एक हजार टन से अधिक चावल और एक करोड़ सत्तर लाख रुपए जमा भी कर लिए थे,किन्तु हमलोग भारत की सीमा में इसलिए प्रवेश नहीं कर पाए कि जापानी लोग अपने मन में ही हार चुके थे," कर्नल आनंद ने विस्तार से समझाने की कोशिश की।

नेताजी,जो शांत मन से कर्नल की बातें सुन रहे हैं,ने धीरे से कहना शुरू किया, "तब क्या कर सकते थे? हमलोगों ने

सोवियत रूस से मदद लेनी चाही। हम टोकियो गए और फिर हमने शंघाई से बात की कि वे हमें रूस के दूतावास से बात करा दें, किन्तु जापान तैयार नहीं था। जापान के गृह मंत्री का कहना था कि वे लोग खुद पराजित हो रहे हैं। उन्होंने हिदेकी तेजो (1884-1948) से बात की, किन्तु कुछ भी नहीं हुआ। हमने चूकिंग से भी बात करने की कोशिश की। हमने अपने दो आदमी को चूकिंग इसलिए भेजा था कि वे चीन की कम्युनिस्ट पार्टी से बात कर रूस से हमारे लिए मदद मांगे। हम चाहते थे कि हम खुद रूस जाकर उससे मित्रता करें और फिर वहां भारत की आजादी की बातें करें। जरूरत पड़ती तो रूस में आत्मसमर्पण भी कर देते," नेताजी ने कहा।

"हमलोगों के लिए अभी भी कुछ नहीं बिगड़ा है। नेताजी, आपकी सरकार को अभी भी ग्यारह राष्ट्रों का समर्थन है। इनमें से अभी भी कुछ देशों से हमलोग सहयोग की उम्मीद कर सकते हैं," कर्नल आनंद अपनी सलाह देते हुए उन बातों को सामने लाने की कोशिश करते हैं, जहाँ से उन्हें अभी भी सहायता की उम्मीद है।

21 अक्टूबर 1943 को सुभाष चन्द्र बोस ने आजाद हिन्द फौज के सर्वोच्च सेनापति की हैसियत से स्वतंत्र भारत की अस्थाई सरकार का गठन कर लिया था, जिसे जर्मनी, जापान, फिलिपिन्स, कोरिया, चीन, इटली, मान्चुको और आयरलैंड ने मान्यता दे दी थी। जापान ने भारत के पास अंडमान-निकोबार द्वीप को इस अस्थाई सरकार को दे दिया था, जहाँ से आजाद हिन्द फौज अपना शासन चला रहा था।

इस सलाह से नेताजी को इत्तेफाक नहीं है। वह कहते हैं, "युद्ध एकदम अंतिम स्थिति में है और इनमें से कुछ राष्ट्रों

की पराजय भी हो चुकी है। ऐसे में हम इनसे बहुत उम्मीद नहीं कर सकते। हाँ,यदि सोवियत रूस से बात हो जाए तो संभव है कि वह भारत की आजादी की लड़ाई में हमारी मदद कर सकता है।"

बैठक लम्बी चल रही थी। बीच-बीच में उनकी निजी सचिव कमरे में आती और कोई महत्वपूर्ण कागज को टेबल पर रखकर वापस चली जाती। वह एक भी शब्द नहीं कहती। उसका चेहरा हमेशा शांत रहा करता। नेताजी उन कागजों पर एक नजर गौर फरमाते और फिर सामने बैठे अपने सैनिक अधिकारियों से बातें करने लगते।

"मैंने आज ही सिंगापुर जाने का फैसला किया है। वहां से साइगॉन (वियतनाम) जाना है। बहुत सारे कामों को तेजी से निबटाना है।" फिर वह कर्नल हबीबुर्र रहमान की तरफ मुखातिब हो कहते हैं, "कर्नल रहमान, तुम हमारे साथ सिंगापुर जा रहे हो। और कर्नल आनंद, तुमपर मैं एक बहुत बड़ी जिम्मेदारी सौंप रहा हूँ। भारत में राजनीतिक हालात तेजी से बदल रहे हैं। तुम्हें उन हालातों पर नजर रखनी है और इसकी जानकारी लगातार हमें उपलब्ध करानी है। भारत में अभी भी हमारे बहुत सारे लोग हैं, जो ये चाहते हैं कि जितनी जल्दी हो सके हमलोगों की राजनीतिक दखलंदाजी वहां शुरू हो।"

तभी अचानक से कमरे का दरवाजा खुलता है। वह निजी सचिव जो हमेशा शांत रहा करती है, घबड़ाए हुए कमरे के अंदर प्रवेश करती है। उसने बहुत सारे फाइलों को उसी तरह से सीने से लगा रखा है, जैसे कोई छात्रा अपनी

किताब-कापियों को रखती है। उसके इस तरह से कमरे में आने से सभी लोग चौंक उठते हैं। वह सीधे नेताजी के सामने आकर खड़ी होती है। घबड़ाए हुए कहती है,

"सुप्रीमो! अभी अमेरिकी राष्ट्रपति हैरी एस. ट्रूमैन का एक खास रेडियो सन्देश आने वाला है।"

नेताजी कुछ बोलते नहीं, सिर्फ इशारे से रेडियो को ऑन करने को कहते हैं। वह थरथराए हाथों से टेबल पर रखे रेडियो को ऑन करती है। कमरे में गहन शांति है। सारे लोग उत्सुकता से रेडियो की तरफ देख रहे हैं। कुछ क्षण के लिए रेडियो के अन्दर पीली और नीली रौशनी जलती है, हल्की सी सों-सों की आवाज आती है और फिर घोषणा की जाती है,

"यह अमेरिकन फोर्सेज नेटवर्क है। अब राष्ट्रपति हैरी एस.ट्रूमैन दुनिया को अपना ख़ास संदेश देंगे।" फिर रेडियो पर एक बहुत ही स्थिर आवाज सुनाई देती है। यह राष्ट्रपति ट्रूमैन की आवाज है,

"कुछ देर पहले अमेरिकी जहाज ने हिरोशिमा के महत्वपूर्ण सैनिक अड्डे पर एक बम गिराकर दुश्मन के यहाँ भारी तबाही मचाई है। यह बम बीस हजार टन टीएनटी क्षमता का था, जो अबतक ब्रिटेन के द्वारा इस्तेमाल में लाए गए उसके सबसे बड़े बम, ग्रैंड स्लेम, से भी दो हजार गुणा अधिक शक्तिशाली था। जापान ने पर्ल हार्बर पर हवाई हमले कर युद्ध की शुरुआत की थी और अब हम इस लड़ाई का अंत कर रहे है। यह एक एटम बम है।"

कमरे में एक अजीब सी खामोशी छा जाती है। सभी के चेहरे के रंग उड़े हुए हैं। दुनिया ने इससे पहले एटम बम का

सिर्फ नाम ही सुना था, लोग इसकी ताकत से वाक़िफ़ नहीं थे। इसलिए कमरे में बैठे सभी लोगों ने अनुमान लगाना शुरू किया कि आख़िरकार हिरोशिमा का क्या हस्र हुआ होगा? थोड़ी देर पहले, हलाकि जापानी रेडियो पर एक पत्रकार सातोशी नाकामूरा द्वारा भेजी गयी एक खबर प्रसारित की गयी थी। दूर बैठे जापान के सैनिक अधिकारियों को कहीं से भी यकीन नहीं हो रहा था कि दुनियां में कोई ऐसा भी बम है, जो मानवीय जीवन को इस तरह से तहस-नहस कर सकता है। फिर उस कमरे में बैठे आजाद हिन्द फौज के सुप्रीम कमांडर और अन्य बड़े सैनिक अधिकारियों तथा सलाहकारों को इस विषय में क्या यकीन हो सकता था? वे सिर्फ अनुमान ही लगा सकते थे कि एक ही क्षण में एक लाख लोगों के मारे जाने से हिरोशिमा में कितना भयावह दृश्य उत्पन्न हुआ होगा। पहली बार कमरे में बैठे लोगों के चेहरे पर निराशा के भाव दिखाई पड़ते हैं। कुछ भय भी! नेताजी की सेक्रेटरी का मुंह खुला रह जाता है। उसके मोटे फ्रेम के चश्मे के अन्दर से उसकी बड़ी-बड़ी आँखें सफ़ेद सी दिखने लगती है।

अब नेताजी सिर झुकाए कुछ सोचने पर मजबूर हो जाते हैं। फिर अचानक से उठकर कहते हैं,

"कर्नलर हमान, सिंगापुर चलने की तैयारी करो।"

सभी उठ खड़े होते हैं। रेडियो से अभी भी आवाजें आ रही हैं, किन्तु अमेरिकी राष्ट्रपति का सन्देश समाप्त हो चुका है। सेक्रेटरी तेजी से आगे बढ़कर रेडियो बंद कर देती है। सभी लोग कमरे से बाहर निकल जाते हैं। पूरे सैनिक मुख्यालय में

हरकतें शुरू होने लगती है। सैनिकों को भी पता चल जाता है कि जापान के एक सबसे बड़े शहर हिरोशिमा पर अमेरिका ने कहर बरपा दिया है।

कई गाड़ियाँ एक साथ सैनिक मुख्यालय से बाहर निकलती हैं। वे सभी एक सुनसान से इलाके को पार करते हुए बैंकाक के एक छोटे से अस्थाई एयरबेस की तरफ मुड़ जाते हैं। नेताजी सुभाष चन्द्र बोस एक-एक कर अपने शीर्ष सैनिक कमांडरों और सलाहकारों से हाथ मिलाते हैं। एक हवाई जहाज उड़ने के लिए बिलकुल तैयार खड़ा है। कर्नल रहमान और नेताजी उसपर सवार होने लगते हैं। एक अंतिम बार जहाज के ऊपर से नेताजी अपने लोगों को देखते हैं। अधिकारी उन्हें सलामी देते हैं। फिर वह जहाज के अन्दर चले जाते हैं। जहाज रनवे से दाहिनी तरफ मुड़ता है और फिर तेजी से दौड़ता हुआ आसमान की ऊँचाइयों को छूने लगता है। जो लोग उन्हें विदा करने आए हैं, उन्हें तनिक भी एहसास नहीं है कि आज के बाद वे फिर कभी नेताजी के दर्शन नहीं कर पाएँगे!

3

अमेरिका द्वारा हिरोशिमा पर पहला एटम बम गिराए जाने के बावजूद जापान की लड़ाई जारी है। यूरोप के दो बड़े तानाशाहों, हिटलर और मुसोलिनी का हालाकि अंत हो चुका है, फिर भी जापान युद्ध की जिद पर अड़ा हुआ है। सितम्बर 1939 में लड़ाई की शुरुआत से अब तक करोड़ों लोग मारे जा चुके हैं। एक प्रकार से पूरी दुनिया तबाह हो चुकी है। ब्रिटेन, जिसके साम्राज्य में कभी सूर्यास्त नहीं हुआ करता था, वह भी आर्थिक तंगी के अंधकार में डूब चुका है। साम्राज्यवादी ब्रिटेन अब इस स्थिति में नहीं है कि वह अपने उपनिवेशों पर काबू बनाए रख सके। अब अमेरिका युद्ध को जितनी जल्दी हो सके खत्म करना चाहता है। इसके लिए उसके राष्ट्रपति हैरी एस. ड्रूमैन के पास तर्क भी है, जो किसी एक राष्ट्र के महाविनाश की ओर जाता है। और वह राष्ट्र है जापान। युद्ध में और भी सैनिकों के मारे जाने से बचाने के लिए ड्रूमैन एक बार फिर से कठोर फैसला लेता है। 9 अगस्त 1945 को अमेरिकी वायु सेना जापान पर एक और भी बड़ा एटम बम गिरा देती है। इस बार निशाना है जापान का नागासाकी शहर। इस बम का गुप्त नाम 'फैट बॉय' है, जो कुछ ही क्षणों में दो लाख लोगों के प्राण हर लेता है। अब जापान के पास कोई उपाय नहीं है।

15 अगस्त 1945 को जापान के राजा हिरोहितो आत्मसमर्पण की घोषणा कर देते हैं। यह दूसरे विश्व युद्ध

की समाप्ति है। अब दुनिया में शांति की उम्मीद है। तंग और तबाह हो चुके लोगों के चेहरे खिल उठते हैं। उन्हें लगता है कि पिछले छह वर्षों के दौरान दुनिया भर के लोगों को जो तकलीफें झेलनी पड़ी, अब उसका अंत आ चुका है। इस महाविनाश के बाद सभी देशों के सामने सबसे बड़ी समस्या पुनर्निर्माण की है।

किन्तु नेताजी सुभाष चन्द्र बोस का मिशन अभी भी अधूरा है। 5 सितम्बर, 1943 को सिंगापुर के टाउन हाल के सामने आजाद हिन्द फौज के एक सुप्रीम कमांडर की हैसियत से उन्होंने "दिल्ली चलो" का जो नारा दिया था, वह अभी भी अधूरा है। भारतीयों के लिए उनका एलान कि, 'तुम मुझे खून दो, मैं तुम्हें आजादी दूंगा' हजारों लोगों के बलिदान के बावजूद अभी तक पूरा नहीं हो पाया है।

भारत में राष्ट्रीय कांग्रेस की अन्दुरुनी राजनीति और सुभाष बोस का महात्मा गांधी (1869-1948) के साथ मनमुटाव, उन्हें अपने वतन को त्यागकर जापान की पराई भूमि से भारत की आजादी की लड़ाई लड़ने पर बाध्य किया जाता है। आज के समय में यह अनुमान लगाना कठिन है कि जिस प्रकार से सुभाष बोस ने जापान में एक सैनिक संगठन को खड़ा कर लिया था, यदि उन्हें भारत की धरती पर ऐसा कुछ करने का अवसर मिलता, तो आजादी के इतिहास की धारा किस ओर मुड़ती? ब्रिटेन के खिलाफ 1857 में हुई आजादी की पहली लड़ाई के बाद, सुभाष बोस ही एकमात्र वह जननायक थे, जिन्होंने संगठित रूप से उस साम्राज्यवादी सरकार के खिलाफ हथियार उठा लिया था, जिसके उपनिवेशों में कभी सूर्यास्त नहीं होता था।

सुभाष चन्द्र बोस ब्रिटिश भारत में एक सबसे प्रगतिवादी इंसान थे, जिन्होंने इंडियन सिविल सर्विस की परीक्षा पास की थी। वह चाहते तो ब्रिटिश सरकार के किसी ऊँचे पद पर नौकरी कर अपना शानदार जीवन व्यतीत कर सकते थे; जैसा कि उन दिनों बहुत सारे भारतीयों ने किया था। किन्तु उन्होंने ब्रिटेन के खिलाफ भारत में चल रहे शांतिपूर्ण आन्दोलन से खुद को जोड़ लिया। कांग्रेस के अन्दर उनकी पहचान इतनी तेजी से बढ़ी कि 1938 में वे भारतीय राष्ट्रीय कांग्रेस के अध्यक्ष बनाए गए। किन्तु उनकी वैश्विक प्रगतिवादी सोच का टकराव जब महात्मा गांधी के अपने बनाए हुए सिद्धांतों से हुआ, तो यह बात गांधी जी को पसंद नहीं आयी। भारत में आज भी गांधी और सुभाष की नीतियों के बीच बहस जारी है। गांधी, जो अपने विचारों को थोपने के लिए कभी-कभी किसी अधिनायक की जिद को भी लाँघ जाया करते थे, उनकी सुभाष बोस ने नहीं पटी, जिसका परिणाम यह हुआ कि बोस ने 1939 में जीते हुए अपने कांग्रेस के अध्यक्ष पद से इस्तीफा दे दिया। गांधी ने उन्हें अपने उस प्रिय कांग्रेसी पट्टाभि सीतारमैया (1880-1959) के लिए त्यागपत्र देने पर मजबूर कर दिया, जिन्हें बोस ने लोकतान्त्रिक तरीके से चुनाव में पराजित कर दिया था। कांग्रेस के इतिहास में यह पहली घटना थी, जब गांधी ने एक निर्वाचित अध्यक्ष को अपनी जिद के आगे काम नहीं करने दिया। नाराजगी इतनी बढ़ी कि सुभाष बोस ने अपनी एक अलग पार्टी 'फॉरवर्ड ब्लाक' बना ली; किन्तु यह भी उनके जीवन के लक्ष्य को पूरा नहीं कर सकता था। उसी साल दूसरा विश्वयुद्ध शुरू हो चुका था और ब्रिटेन पूरी तरह से संकट में घिर आया। यह

एक जबरदस्त अवसर था ब्रिटेन के खिलाफ हमला बोलने का, किन्तु कांग्रेस के गांधीवादी सिद्धांतों के सामने ऐसा संभव हो ही नहीं सकता था। पूरे युद्ध के दौरान ब्रिटेन गांधीवादी सिद्धांतों के कथित संरक्षण में ही भारतीय उप-महाद्वीप में ज़िंदा रह पाया। भारतीय लोग उसकी सत्ता का विरोध जिस शांतिपूर्ण तरीके से करते आए थे, यही कारण था कि 1942 के गांधी के 'भारत छोड़ो आन्दोलन' को कुचलने में उसे कोई परेशानी नहीं हुई।

सुभाष बोस गिरफ्तार कर लिए गए। पहले जेल और फिर उन्हें कलकत्ता में उनके घर पर ही नजरबंद रखा गया। अब उनके पास एक ही रास्ता था, जिसे पहले किसी भारतीय ने नहीं आजमाया था। उन्होंने ब्रिटिश खुफिया पुलिस की आँखों में धूल झोंककर 16 जनवरी 1941 को एक पठान का वेश बदला और वे अपने घर से चुपचाप निकल पड़े। वह काबुल के रास्ते रूस के मास्को शहर पहुंचे और फिर वहां से जर्मनी की राजधानी बर्लिन, जहाँ उन्होंने 29 मार्च, 1942 को हिटलर से मुलाकात की।

यूरोप में हिटलर भले ही ब्रिटेन का सबसे बड़ा शत्रु था, किन्तु उसने भारत की आजादी के मामले में कोई खास रूचि नहीं दिखाई। यह कुछ ऐसा ही था, जैसा कि एक बार टीपू सुलतान (1751-1799) ने भारत से ईस्ट इंडिया कंपनी को खदेड़ने के लिए फ्रांस के सम्राट नेपोलियन बोनापार्ट (1769-1821) से मदद मांगी थी। हालांकि उस समय नेपोलियन मध्य-पूर्व में मिस्र के युद्ध में व्यस्त था, फिर भी उसने टीपू सुलतान को भरोसा दिलाया था कि उसकी मदद के लिए वह अपनी पंद्रह हजार सेना भारत भेजेगा। किन्तु ब्रिटेन

के एक एडमिरल लार्ड नेलशन (1758-1805) ने 1798 में नील की लड़ाई में नेपोलियन को पराजित कर दिया, जिसकी वजह से नेपोलियन भारत नहीं आ पाया। शायद हिटलर के दिमाग में भी यह बात रही होगी। भारत पर पश्चिमी देशों के कब्जे की लड़ाई में इंग्लैंड और फ्रांस पहले भी लड़ चुके थे, किन्तु अंततः अधिकार इंग्लैंड ने ही जमाया। नेताजी सुभाष बोस को हिटलर से ऐसा कोई भी आश्वासन नहीं मिलने की वजह से वह 8 मार्च 1943 को जर्मनी के कील बंदरगाह से एक पनडुब्बी पर सवार होकर हिन्द महासागर के रास्ते मेडागास्कर आए और फिर एक जापानी पनडुब्बी की मदद से इंडोनेशिया पहुंच गए। यह पहला मौका था जब समुद्र की गहराइयों में किसी दो सैनिक पनडुब्बियों के बीच किसी गैर-सैनिक का अदला-बदली किया गया था।

उस रात कर्नल आनंद बैंकाक के मुख्यालय से यही सब सोचते हुए वापस अपने कमरे में आए। घटनाएँ जिस तरह तेजीसे आगे बढ़ रही थीं, वह समझ चुके थे कि आजाद हिन्द फौज की शक्ति अब क्षीण पड़ चुकी है। फिरभी उन्हें नेताजी की सोच और उनके काम करने के तरीके पर पूरा भरोसा था। वह नेताजी को तब से जानते थे जब अपनी पढ़ाई और नौकरी की खोज में उन्होंने नेताजी से बहुत पहले ही जापान की घरती पर कदम रख दिया था।

रात का समय है। बैंकाक में घनघोर बारिश हो रही है। नेताजी सुभाष बोस को विदा करके कर्नल आनंद वापस अपने कमरे में आते हैं। वह पूरी तरह से थके हुए हैं। यह शारीरिक और मानसिक थकान का सम्मिश्रण है। कमरे में एक बड़ी सी लालटेन जल रही है। उसकी तेज पीली रौशनी

उन्हें अच्छी नहीं लगती। वह तेजी से अपने कपड़े बदलते हैं, बाथरूम जाते हैं, वापस आकर लालटेन की रौशनी को थोड़ी धीमी करते हैं और फिर अपने बिस्तर पर आकर लेट जाते हैं। आज उन्हें नींद नहीं आ रही। वह अपने खुद के जीवन और नेताजी के साथ हुई अपनी पहली मुलाकात के बारे में सोचने लगते हैं-

"सन 1922 का 26 दिसंबर। स्थान: बिहार का गया जिला। यहाँ पर भारतीय कांग्रेस कमिटी का वार्षिक अधिवेशन होने जा रहा है। स्वागत समिति के अध्यक्ष बिहार के एक सबसे जुझारू नेता दीप नारायण सिंह (1875-1935) हैं। उन्हें देश का पहला ग्लोबल भारतीय कहा जाता है, क्योंकि दुनिया के बारे में उनका ज्ञान असीमित है, जिसकी वजह है दो बार उनका विश्व भ्रमण करना। इस कांग्रेस की अध्यक्षता चितरंजन दास (1870-1925) कर रहे हैं। सुभाष चन्द्र बोस उन दिनों एक युवा नेता हैं और चितरंजन दास के निजी सचिव भी। माहौल काफी गर्म इसलिए है कि कांग्रेस के अन्दर दो भिन्न विचारधाराएँ उठ खड़ी हुई हैं, जिसका परिणाम यह होता है कि इसी अधिवेशन के बाद 1 जनवरी 1923 को कांग्रेस टूट जाती है। चितरंजन दास अपने राजनीतिक सहयोगी मोतीलाल नेहरु (1861-1931) के साथ स्वराज पार्टी का निर्माण कर लेते हैं। मुद्दा है स्वशासन और भारतीयों की राजनीतिक स्वतंत्रता का, जिसे कांग्रेस का गांधी गुट स्वीकार नहीं करता।

कर्नल आनंद की पहली मुलाकात सुभाष बोस के साथ इसी अधिवेशन में होती है, जो आगे चलकर एक नया रास्ता अख्तियार करने वाली है। सुभाष बोस उनसे सिर्फ एक साल

बड़े हैं। इस मुलाकात के बाद आनंद बिहार निर्माता और भारतीय संविधान सभा के पहले अध्यक्ष सच्चिदानंद सिन्हा (1871-1950) की सलाह पर 1923 में मेडिकल की पढ़ाई के लिए जापान चले जाते हैं। उनके पास पासपोर्ट नहीं है। सरकार उन्हें विदेश जाने के लिए पासपोर्ट नहीं दे रही। एक दिन वह सच्चिदानंद सिन्हा के पास जाते हैं।

"हम विदेश जाना चाहते हैं, किन्तु सरकार हमें पासपोर्ट नहीं दे रही," आनंद गुहार लगाते हैं।"

"गांधीजी के पास चले जाओ, वही तुम्हें पासपोर्ट दिला देंगे," सच्चिदानंद सिन्हा बिगड़ते हुए कहते हैं, वह गांधी की नीतियों से ख़फा रहा करते हैं। फिर थोड़ी देर सोचने के बाद सिन्हा कहते हैं, "तुम जापान क्यों नहीं चले जाते। मैं तुम्हारे लिए पासपोर्ट का इंतजाम कर दूंगा।"

"निश्चित रूप से मैं जापान चला जाउंगा। आप कृपया मेरे लिए पासपोर्ट का इंतजाम करा दें।" वह प्रफुल्लित होकर कहते हैं। फिर आनंद राजेन्द्र प्रसाद (1884-1963) और जवाहरलाल नेहरु (1889-1964) से भी मिलते हैं। दोनों उन्हें जापान जाकर मेडिकल की पढ़ाई करने की सलाह देते हैं। मई 1923 में उनका पासपोर्ट बनकर तैयार हो जाता है और वे जापान चले जाते हैं।

"आनंद के पास सिर्फ 75 रुपए हैं। सबसे पहले वह एक कूकर खरीदते हैं, फिर कलकत्ता से चलने वाली एक समुद्री जहाज की डेक पर पहुँचते हैं। जापान तक डेक का टिकट है 200 रुपए। अब वह एक खलासी से बात करते हैं, जो उन्हें 30 रुपए में जापान तक ले जाने और खाने-पीने का

प्रबंध कर देता है। जापान में वह डॉ चक्रवर्ती से मिलते हैं, जो उनकी मदद करते हैं। उनका एक मित्र भी है, मुरलीधर साहा। वह उन्हें कार्सन दास गोवर्धन दास के फ़ार्म पर नौकरी दिला देता है। यह फ़ार्म जापान के ओकासा शहर में है। फिर वह बम्बई के एक एम.एच. हिजरी के फार्म हाउस में काम करते हैं, किन्तु वहां उनकी नहीं बनती। उन दिनों जापानियों को नाईट स्कूल में अंग्रेजी की शिक्षा दी जाती है। आनंद उकामारा नाम के एक व्यक्ति से मिलते हैं, जो उन्हें रहने की जगह और अंग्रेजी पढ़ाने के लिए ट्युशन का काम दिला देता है। फिर उनका मन उबने लगता है। वह जवाहरलाल नेहरु को एक पत्र लिखकर अपने लिए अमेरिकन पासपोर्ट की मांग करते हैं।

नेहरु का जवाब आता है, "भारत में तुम्हारे जैसे बहुत से युवा हैं, जो अमेरिका जाना चाहते हैं। तुम्हें जापान में ही रहकर भारत के लिए काम करना चाहिए।"

फिर वह जापानी अख़बारों में महात्मा गांधी, जवाहरलाल नेहरु, राजेन्द्र प्रसाद, सी. आर. दास आदि नेताओं की जीवनी लिखना शुरू करते हैं। ऐसे ही समय में आनंद की मुलाकात जापान में एक भारतीय क्रांतिकारी नेता रास बिहारी बोस (1886-1945) से होती है, जो वहां 'रॉबिन हुड ऑफ़ जापान' के नाम से मशहूर हैं। उन्हें भारतीय कांग्रेस के आन्दोलन पर ज़रा भी विश्वास नहीं है, वह एक क्रांतिकारी नेता हैं, जिन्हें जापान भी इज्जत देता है।

"सन 1926 में नागासाकी में एक एशियन यूथ कांफ्रेंस का आयोजन होता है। आनंद को रास बिहारी बोस द्वारा इस

सम्मलेन में भाग लेने का निमंत्रण मिलता है। इस सम्मलेन में यह निर्णय लिया जाता है कि एशियाई देशों में भारतीय युवाओं को तैयार किया जाए। रास बिहारी बोस आनंद से कहते हैं,

"चूँकि पासपोर्ट सिर्फ तुम्हारे पास है, इसलिए मैं तुम्हें ही यह जिम्मेदारी सौंपता हूँ। न सिर्फ तुम एशियाई देशों में भारतीय क्रांतिकारियों को तैयार करोगे, बल्कि मेरे लिए जासूसी का भी काम करोगे।"

आनंद को एक सौदागर के वेश में गुप्त रूप से फिलिपिन्स और सिंगापुर भेज दिया जाता है। अब वह एक व्यापारिक कंपनी, इंटरनेशनल ट्रेडर्स, के मालिक हैं। नवम्बर 1926 में वह जापान से हांगकांग और फिर साइगॉन होते हुए बैंकाक चले जाते हैं। वहां बहुत सारे भारतीय हैं। वहाँ से फिर वह मलाया और सिंगापुर जाते हैं और युवाओं को तैयार करते हुए सुमात्रा की ओर निकल जाते हैं। वहां उनकी मुलाकात कोई मिस्टर हाता से होती है, जो वाइस प्रेसिडेंट ऑफ़ इंडोनेशियन आर्गेनाईजेशन हैं। उनके साथ वे कोलम्बो चले जाते हैं, फिर मद्रास होते हुए कलकत्ता पहुंच जाते हैं।

अगस्त 1927 में कलकत्ता में उनकी दूसरी मुलाकात सुभाष चन्द्र बोस से होती है। जब सुभाष बोस को आनंद के काम की जानकारी मिलती है तो वह सलाह देते हैं,

"तुमने जापान में एक बहुत बड़ी कड़ी तैयार कर दी है। अब तुम स्थाई रूप से जापान में ही रहो और वहां जापानियों को भारत की आजादी में मदद के लिए तैयार करो।"

"मैं यही कोशिश करूंगा। अगले महीने वापस जापान जा रहा हूँ। वहां से फिर मुझे सिंगापुर जाना है। सिंगापुर में इंडियन चेंबर ऑफ़ कॉमर्स के सचिव आबिद अली ने इंडियन कम्युनिटी को बुलाया हैं, जिसमें मुझे भी भाषण देने के लिए आमंत्रित किया गया हैं। विषय रखा गया है- 'दि ड्यूटी ऑफ़ इंडियन्स अब्रॉड टू मदरलैंड।"

"तुम्हारी यह मेहनत भविष्य में हमारे लिए मददगार साबित होगी। तुम वापस जापान चले जाओ। तुम बहुत अच्छा काम कर रहे हो। हमेशा संपर्क में रहना," सुभाष कहते हैं।

जब आनंद सिंगापुर में अपना भाषण दे रहे होते हैं, वहां पृथ्वी सिंह नाम का एक व्यक्ति भी बैठा हुआ है। उसे आनंद पर कुछ संदेह होता है। वह सिंगापुर के पुलिस कमिश्नर को रिपोर्ट कर देता है। आनंद से दो घंटे तक पूछताछ होती है। वह हर मुमकिन कोशिश करते हैं कि इस बात की किसी को भी भनक न लगने दें कि वह रास बिहारी बोस के लिए जासूसी कर रहे हैं।

"आपके भाषण से ऐसा लगता है कि आप किसी खास मिशन के लिए काम कर रहे हैं," पुलिस कमिश्नर पूछता है।

"नहीं मैं एक व्यापारी हूँ और मुझे बैंकाक तथा रंगून जाना है। मैं तो सिर्फ अपने व्यापार के सिलसिले में सिंगापुर आया हूँ," आनंद जवाब देतेहैं।

"यदि आप व्यापारी हैं और आपको बैंकाक और रंगून जाना है, तो आपने इंडियन चेम्बर ऑफ़ कॉमर्स की मीटिंग में इतना उत्तेजित भाषण क्यों दिया?"

"वो तो मैंने वैसे ही बोल दिया। एक व्यापारी हूँ, मुझसे कुछ बोलने के लिए कहा गया, मैंने कह दिया।"

"ठीक है, मैं आपको जाने दे रहा हूँ, किन्तु सिंगापुर से वापस जाने से पहले आप मुझे खबर करते हुए जाएँगे," पुलिस कमिश्नर आदेश देता है।

जिस पृथ्वी सिंह ने पुलिस में रिपोर्ट की थी वह दरअसल किसी कंपनी का सीएमडी था। बाद में आनंद को पता चलता है कि वह उसके एक मित्र का मित्र है। वह तीन दिनों तक सिंगापुर में ही रहते हैं और फिर एक फ्रांसीसी जहाज में बिजनेस क्लास का टिकट लेकर साइगॉन होते हुए संघाई आ जाते हैं। वहां से फिर जापान। इस आपाधापी में वह अपने सामान को सिंगापुर में ही पड़ा रहने देते हैं।

"जब 1923 में एंग्लो-जापानी संधि समाप्त हो जाती है, तो जापानियों का भारतीयों के प्रति रवैया भी बदल जाता है। ब्रिटेन 1902 में जापान के साथ एक संधि करता है, जिसे एंग्लो-जापानी संधि के नाम से पुकारा गया है। यह संधि लंदन में 30 जनवरी को की जाती है। ब्रिटेन की ओर से उसके विदेश सचिव लार्ड लांसडाउन (1845-1927) और जापान की ओर से उसके एक कूटनीतिज्ञ हयाशी ताडासू (1850-1913) इस संधि पत्र पर हस्ताक्षर करते हैं, जिसे 'शानदार तटस्थता की नीति' कहा गया है। यह नीति प्रथम विश्वयुद्ध के दौरान दोनों देशों के लिए कारगर साबित होती है, किन्तु विश्व युद्ध की समाप्ति के बाद 1923 में इस संधि को ख़त्म कर दिया जाता है। जबतक ब्रिटेन और जापान के बीच यह संधि बरकरार रहती है, जापान भारत, जो कि ब्रिटेन का एक उपनिवेश है, के मामले में कोई हस्तक्षेप नहीं करता।

किन्तु एंग्लो-जापानी संधि के टूट जाने के बाद जापान भारतीयों की मदद करने लगता है। इसका परिणाम यह होता है कि 1928 में आनंद कुछ लोगों के साथ मिलकर जापान में एक कांग्रेस ऑफिस खोल लेते हैं। इस ऑफिस में राजा महेंद्र प्रताप सिंह (1886-1979) भी आया करते हैं। यह वही राजा महेंद्र प्रताप सिंह हैं, जिन्होंने 29 अक्टूबर, 1915 को अफगानिस्तान में पहली बार 'आजाद हिन्द फौज' का गठन किया था। वह एक क्रांतिकारी नेता हैं, जिन्हें प्रथम विश्वयुद्ध के समय ब्रिटिश सरकार ने देश से निकाल दिया था। जापान के इसी ऑफिस में अब 'वाइस ऑफ़ इंडिया' नाम का एक मासिक अख़बार भी निकाला जाता है। इस अख़बार में भारतीय अख़बारों में छपी खबरों का जापानी भाषा में अनुवाद किया जाता है। वहीं पर एक इंडियन लॉज भी खोला जाता है, जो भारतीय आन्दोलन का अड्डा है। वे लोग जापान के क्यूशू यूनिवर्सिटी तक जाकर भाषण देते हैं। इस यूनिवर्सिटी की स्थापना 1911 में हुई थी, जिसमें 25 दिसंबर, 1922 को अलबर्ट आइंस्टीन (1879-1955)ने भी भाषण दिया था। भारतीय क्रांतिकारी यहां से अपनी बातों को दुनिया के सामने पहुँचाने की कोशिश करते हैं।

"जापान में हो रही इन गतिविधियों पर सुभाष चन्द्र बोस की गहरी नजर है। वहां हो रही घटनाओं की जानकारी आनंद ही उन्हें गुप्त रूप से पहुंचाते हैं। जापान से भारत में सुभाष बोस तक खबरें पहुँचने का मुख्य जरिया हैं समुद्री जहाज के वे दो खलासी, जो बिहार के भागलपुर शहर के चम्पानगर के निवासी हैं। जब कभी भी जहाज जापान से चलकर कलकत्ता के बंदरगाह पर खड़ी होती है, वहां हो रही गतिविधियों के

गुप्त सन्देश वही दोनों खलासी सुभाष बोस तक ले जाते हैं। फिर उन्हीं दोनों खलासियों के माध्यम से बोस जापान में अपने निर्देश भेजते हैं। उनका यह निर्देश सीधे आनंद तक जाता है, जिसका वे पालन किया करते हैं। उनके निर्देश पर 1937 में जापान में कांग्रेस ऑफिस को बंद कर दिया जाता है। अब दुनिया पर युद्ध के बादल मंडरा रहे हैं।

बैंकाक के अपने घर में आज की रात कर्नल आनंद को नींद नहीं आ रही। ना जाने क्यों आज की रात उन्हें नेताजी से जुड़ीं एक-एक बात याद आने लगी हैं। उनका मन घबड़ा उठता है; मानों कुछ अनहोनी के आभाष मिले हों! वह लगातार करबटें बदल रहे हैं। बीच-बीच में उठकर पानी पीते हैं और फिर सोने की कोशिश करते हैं, किन्तु नींद आँखों से कोसों दूर है। उन्हें याद आता है कि कैसे,

"7 दिसंबर 1941 को जापान ने पर्ल हार्बर (हवाई द्वीप के होनुलुलू इलाके में स्थित) के अमेरिकी सैनिक अड्डे पर बम गिराया। इस हमले में अमेरिकी सेना की भारी क्षति हुई, जो जापान द्वारा अमेरिका को विश्व युद्ध में शामिल होने का खुला निमंत्रण था। तभी एक दिन राजा महेंद्र प्रताप सिंह आनंद को अपने पास बुलाकर कहते हैं,

"मैं एकबार फिर से अपने वतन हिंदुस्तान की आजादी की लड़ाई में मदद करना चाहता हूँ, किन्तु मुझे जापान पर तनिक भी भरोसा नहीं है।"

"आप ऐसा क्यों सोचते हैं? इतने दिनों से हमलोगों ने जापान में शरण ले रखी है। हमलोग यहाँ पर अपनी जो भी गतिविधियाँ चला रहे हैं, जापान की सरकार उसमें हमारी

मदद ही कर रही है। फिर आपको जापान पर भरोसा क्यों नहीं है?"

"हमारा सोचना है कि आने वाले समय में जापान गंभीर रूप से युद्ध में घिर सकता है। वह हमारी या फिर रास बिहारी बोस की मदद नहीं कर पाएगा। हमें कुछ नया चाहिए जो हमारे बिखरे हुए लोगों को मजबूत तरीके से संगठित कर सके।"

"तो इसके लिए एक ही व्यक्ति सबसे उपयुक्त हैं।"

"कौन?" राजा महेंद्र प्रताप सिंह उत्सुकता से पूछते हैं।

"सुभाषचन्द्र बोस। एक वही हैं जो हम सभी को संगठित कर ब्रिटिश सत्ता के खिलाफ युद्ध की घोषणा कर सकते हैं। जापान उनकी मदद करने को राजी हो जाएगा," आनंद अपना प्रस्ताव रखते हैं।

"लेकिन बोस तो फिलहाल जर्मनी में हैं?"

"हाँ, कभी-कभी उनसे मेरा संपर्क हो जाता है।"

बात यहीं पर समाप्त हो जाती है। फिर 15 जून, 1942 को बैंकाक में भारतीयों का एक सम्मलेन आयोजित किया जाता है। इस समय तक बर्मा, सिंगापुर, मलाया और चीन भी भारतीय आन्दोलन का केंद्र बन चुका है। बैंकाक के इस सम्मलेन में हिस्सा लेने आनंद भी जाते है। यहीं पर खुले मंच से वह कहते हैं,

"हमलोगों को इस आन्दोलन को चलाने के लिए रासबिहारी बोस नहीं, सुभाष चन्द्र बोस की जरूरत है।"

इस समय सुभाष बोस जर्मनी में हैं। आनंद अभी भी बैंकाक में ठहरे हुए हैं। वहां भारतीय आन्दोलन को आगे बढ़ाने के लिए हो रहे सम्मेलनों में काफी गहमा-गहमी रहा करती है। एक शाम जब आनंद अपने कमरे में होते हैं, तभी एक अपरिचित व्यक्ति उनके पास आता है। वह एक जापानी है। वह कहता है,

"आपके लिए सुभाष बोस का मेरे पास एक ख़ास सन्देश है।"

पहले तो आनंद चौंक उठते हैं, फिर उस जापानी व्यक्ति के चेहरे पर एक गंभीर नजर डालते हैं। वह अधेड़ किस्म का एक व्यापारी सा दिखता है। इससे पहले दोनों की कभी मुलाकात नहीं हुई है। वह पूछ बैठते हैं,

"आप पहले अपना परिचय दें कि सुभाष बाबू को आप किस रूप में जानते हैं। उनके विषय में मैं किसी अनजान व्यक्ति से बात नहीं कर सकता।"

"कुछ लोगों के काम ऐसे होते हैं, जहाँ उनके नाम और परिचय को सदा के लिए मिटा दिया जाता है। मेरा कोई भी नाम नहीं है। बस, मेरे पास आपके लिए जर्मनी से सुभाष बोस का एक खास सन्देश है," वह व्यक्ति चेहरे पर हल्की मुस्कान लाते हुए कहता है।

आनंद मुस्कुरा उठते हैं। वह समझ जाते हैं कि सामने बैठा वह जापानी निश्चित रूप से कोई जासूस है, जिसके विषय में वह चाह कर भी जानकारी हासिल नहीं कर सकते।

"ठीक है, आप अपना सन्देश बता दें कि हमारे सबसे प्रिय नेताजी ने मेरे लिए क्या आदेश भेजा है?"

"आपके नेताजी ने खबर भिजवाई है कि जितनी जल्दी हो सके उन्हें जापान बुलाने का इंतजाम किया जाए।" इतना कहकर वह जापानी उठ खड़ा होता है और बिना कुछ कहे कमरे से बाहर निकल जाता है।

रात बढ़ती जा रही है। कर्नल आनंद को बहुत जोरों की प्यास लगती है। नींद उनकी आँखों से अभी भी कोसों दूर है। लालटेन की रोशनी अब धीमी होती जा रही है- लगभग बुझने की कगार पर। वह अपने बदन को छू कर देखते हैं। बदन पसीने से तर है। उठकर पानी पीते हैं। वह एकबार फिर से सोने की कोशिश करते हैं, किन्तु ध्यान सुभाष बोस की ओर चला जाता है। उन्हें याद आता है,

"जर्मन दूतावास में उनकी भी कुछ पहचान थी, जिसके माध्यम से कभी-कभार उनका संपर्क सुभाष बोस से हो जाया करता था। किन्तु यह एक निहायत ही गुप्त सन्देश था, जिसे उन्होंने अपने किसी ख़ास जापानी साथी से भिजवाया था। इस समय तक जापान सुभाष बोस को अपने यहाँ लाने के लिए तैयार नहीं है। फिर बैंकाक के ही एक सम्मेलन में आनंद एक प्रस्ताव रख देते हैं,

"सुभाष चन्द्र बोस को जापान बुलाया जाए।"

किन्तु जापानी अभी भी अड़े हुए हैं। वे सुभाष की जगह रास बिहारी बोस को पसंद करते हैं। रास बिहारी बोस क्रांतिकारी हैं, किन्तु जन-आन्दोलन नहीं चला सकते। इस समय तक जनरल मोहन सिंह (1909-1989) ने दक्षिण-पूर्वी एशिया में चालीस हजार की फौज जमा कर ली है। आरंभिक दिनों में मोहन सिंह ब्रिटिश सेना के 14वें पंजाब रेजिमेंट में

रहे, जिन्हें कुछ समय के लिए दक्षिण-पूर्वी एशिया में अपने बटालियन का कप्तान भी नियुक्त किया गया। जापान जब पर्ल हार्बर पर 7 दिसंबर, 1941 को आक्रमण करता है, तो उसके तुरंत बाद वह तेजी से दक्षिण-पूर्वी एशिया पर अपना कब्जा जमा लेता है। वहां जापानी इम्पीरियल आर्मी का एक मेजर है लावाची फुजिवारा (1909-1986), जो बाद में अपनी सेना का लेफ्टिनेंट जनरल बन जाता है। फुजिवारा मेजर मोहन सिंह को प्रभावित कर ब्रिटिश सेना के खिलाफ कर देता है। इस समय तक जापान लगभग चालीस हजार भारतीय सैनिकों को युद्धबंदी बना चुका है, जिन्हें फुजिवारा मेजर मोहन सिंह के हवाले कर देता है। यही इंडियन नेशनल आर्मी का पहला गठन है। अब कप्तान मोहन सिंह और रास बिहारी बोस मिलकर 'आर्मी ऑफ़ लिबरेशन फॉर इंडिया' अर्थात 'दि इंडियन नेशनल आर्मी' का गठन करते हैं। मोहन सिंह इसके कमांडर-इन-चीफ हैं। किन्तु बाद में जब जापानियों को संदेह होता है कि मोहन सिंह जापानियों से अलग होकर अपने सैनिकों का एक स्वतंत्र अस्तित्व कायम करना चाहते हैं, तो 29 दिसंबर, 1942 को जापानी सेना उन्हें पद से हटाते हुए गिरफ्तार कर लेती है। अब इंडियन नेशनल आर्मी की कमान रास बिहारी बोस के हाथों है। फिर जब सुभाष चन्द्र बोस जून 1943 में जर्मनी से जापान आते हैं, तब इंडियन नेशनल आर्मी पर उनका नेतृत्व स्थापित होता है, और अब यही प्रसिद्ध 'आजाद हिन्द फौज' बन जाती है।

यह आजाद हिन्द फौज का दूसरा चरण है। अब जापान सुभाष के नेतृत्व को स्वीकार कर चुका है। मोहन सिंह इस

सेना के नेतृत्व से बाहर हो चुके हैं। जून 1943 में टोकियो रेडियो से सुभाष चन्द्र बोस घोषणा करते हैं,

"अंग्रेजों से यह आशा करना बिल्कुल व्यर्थ है कि वे स्वयं अपना साम्राज्य छोड़ देंगे। हमें भारत के भीतर और बाहर से आजादी के लिए संघर्ष करना होगा।"

अब सबकुछ बदल जाता है। रास बिहारी बोस, जो फिलहाल इंडियन नेशनल आर्मी का नेतृत्व कर रहे हैं, 4 जुलाई, 1943 को अपनी सम्पूर्ण सेना को सुभाष चन्द्र बोस को समर्पित कर देते हैं। उसके अगले दिन ही, 5 जुलाई को सिंगापुर के टाउन हाल के सामने आजाद हिन्द फौज के एक सुप्रीम कमांडर की हैसियत से सुभाष चन्द्र बोस अपनी सेना को संबोधित करते हुए नारा देते हैं, "दिल्ली चलो!"

फिर 21 अक्टूबर, 1943 को सुभाष चन्द्र बोस आजाद हिन्द फौज के सर्वोच्च कमांडर की हैसियत से सिंगापुर में स्वतंत्र भारत की अस्थाई "आजाद हिन्द सरकार" का गठन कर लेते हैं। वे अब इस सरकार के राष्ट्रपति, प्रधानमंत्री और सेनाध्यक्ष भी हैं। इस सरकार को जर्मनी, जापान, फिलिपिन्स, कोरिया, चीन, इटली, मंचुको और आयरलैंड जैसे देश मान्यता देते हैं। जापान अपने जीते हुए अंडमान और निकोबार द्वीपों को इस सरकार को सौंप देता है। 30 दिसंबर, 1943 को इन द्वीपों पर भारत का स्वतंत्र झंडा लहराने लगता है। अब आजाद हिन्द फौज का मुख्यालय सिंगापुर और रंगून में बनाया जाता है। 4 फरवरी, 1944 को आजाद हिन्द की सेना ब्रिटिश हुकूमत पर भयानक आक्रमण करती है और कोहिमा तथा पलेल (भारत में मणिपुर के पास

एक इलाका) को अपने कब्जे में कर लेती है। फिर 6 जुलाई, 1944 को सुभाष चन्द्र बोस रंगून रेडियो से भारत में महात्मा गांधी के नाम एक सन्देश देते हैं:-

"मैं जानता हूँ कि अंग्रेजी हुकूमत भारत की आजादी की मांग को कभी भी स्वीकार नहीं करेगी। यदि हमें आजादी चाहिए तो हमें खून के दरिए से गुजरने के लिए तैयार रहना होगा। यदि हमें उम्मीद होती कि आजादी पाने का एक और सुनहरा मौका हमें अपनी जिन्दगी में मिलेगा, तो हम घर नहीं छोड़ते। हमने जो कुछ किया है अपने देश के लिए किया है। भारत की आजादी की अंतिम लड़ाई शुरू हो चुकी है। आजाद हिन्द फौज के सैनिक भारत की भूमि पर सफलतापूर्वक लड़ रहे हैं। हे राष्ट्रपिता! भारत की स्वाधीनता के इस पावन युद्ध में हम आपका आशीर्वाद और शुभकामना चाहते हैं।"

नेताजी पहली बार महात्मा गांधी को "राष्ट्रपिता" कहकर संबोधित करते हैं। फिर 22 सितम्बर 1944 को 'शहीद दिवस' मानते हुए सुभाष बोस लोगों से आह्वान करते हैं,

"हमारी मातृभूमि आजादी की खोज में है। तुम मुझे खून दो, मैं तुम्हें आजादी दूंगा! यह स्वतंत्रता की देवी की मांगहै।"

"स्वतंत्रता!" अचानक से कर्नल आनंद के मुंह से यह शब्द निकलता है। वह बिस्तर से उठ खड़े होते हैं। अब खिड़की के बाहर उजाला छाने लगा है। चिड़ियों के चहचहाने की आवाज उनके कानों में सुनाई पड़ती है। "सारी रात आँखों में चली गयी," वह स्वयं में बड़बड़ाते हुए कमरे से बाहर निकल आते हैं। थोड़ी देर सामने के बागीचे में ही टहलते हैं, फिर ऑफिस

जाने की तैयारी में लग जाते हैं। वह सोचते हैं, "नेताजी सिंगापुर पहुंच होंगे। आगे की उनकी योजना का पता नहीं।"

दूसरा विश्व युद्ध अब समाप्त होने वाला है। दुनिया में हर चीज अस्त व्यस्त है। जिन देशों ने इस महासंग्राम में बढ़कर हिस्सा लिया, जैसे- जर्मनी, जापान, इटली, इंग्लैंड, फ्रांस, तुर्की, सोवियत रूस, अमेरिका- ये अभी आर्थिक तंगी झेल रहे हैं। युद्ध की सामग्रियों को बनाने के लिए वहां की सरकारों ने अपने करोड़ों युवकों-युवतियों को रोजगार पर रखा, जिनमें से अधिकांश की अब कोई जरूरत नहीं है। मिलों में मजदूर बेरोजगार हो चुके हैं। जर्मनी में रहने वाले यहूदियों की स्थिति सबसे खराब है। उनके परिजनों को हिटलर ने तड़पाकर मारा है। लाखों यहूदी मारे जा चुके हैं और जो बचे हैं उन्हें अब एक नए घर की तलाश है। उनके लिए मध्यपूर्व में इजराइल नामक देश का निर्माण होने वाला है। सबसे अधिक प्रभावित इंग्लैंड है, जहाँ के कारखानों में आन्दोलन चल रहा है। ब्रिटेन के प्रधानमंत्री विंस्टन चर्चिल (1874-1965), जो एक युद्ध विजेता प्रधानमंत्री हैं, युद्ध के बाद उनकी सरकार चुनाव में पराजित होने वाली है। ब्रिटेन के लिए अब भारत जैसे उपनिवेशों को संभालकर रख पाना मुश्किल लग रहा है। उसने अफ्रीकी महाद्वीप के देशों में जो उपनिवेश बनाए थे, वे सभी अब आजादी चाह रहे हैं। भारत में आजादी का आन्दोलन अब एक प्रकार से समाप्ति पर है। एक नया विवाद शुरू हो चुका है। अब आन्दोलन इस बात के लिए हो रहा है कि इस देश पर राष्ट्रवादी लोग राज करेंगे या कट्टरपंथी मुसलमान। मुसलमानों का एक गुट मुहम्मद अली जिन्ना (1876-1948) के नेतृत्व में दंगे-फसाद पर उतर

आया है। उसका एक ही कार्यक्रम है- भारत का विभाजन। अहिंसा के पुजारी महात्मा गांधी सकते में हैं। भारत में जहाँ आजादी का प्रकाश उदित होने वाला है, माहौल अंधकारमय दिख रहा है। इस अँधेरे वातावरण में करोड़ों हिन्दुस्तानियों का दिल तब टूट जाता है जब 23 अगस्त 1945 को जापान के टोकियो रेडियो से एक नितांत ही दुखद समाचार का प्रसारण किया जाता है-

"आजाद हिन्द फौज की सरकार के सुप्रीम कमांडर नेताजी सुभाष चन्द्र बोस का पिछले 18 अगस्त को ताइवान के एक शहर ताइपे में हुई हवाई दुर्घटना में निधन हो गया! इस विमान दुर्घटना में उनका शरीर थर्ड डिग्री तक जल गया था। विमान ने वियतनाम के शहर साइगॉन से उड़ान भरा था, जो ताइवान के ताइपे में दुर्घटनाग्रस्त हो गया। नेताजी को गंभीर हालत में ताइपे के अस्पताल में भर्ती कराया गया, जहाँ मध्य रात्रि को इलाज के दौरान उन्होंने अंतिम सांस ली!विमान में नेताजी के साथ उनके सहयोगी कर्नल हबीबुर्र रहमान भी थे, जो गंभीर रूप से घायल हुए हैं। साथ में जापान के लेफ्टिनेंट जनरल सुनामासा शिदेई (1895-1945)भी थे, जिनका निधन दुर्घटना के साथ ही हो गया!"

भारतीयों के लिए यह एक दिल दहला देने वाली खबर है- उन सभी के लिए जो नेताजी सुभाष चन्द्र बोस के चाहनेवाले हैं और नहीं चाहने वाले भी; यहाँ तक कि वह ब्रिटिश सरकार भी जो उन्हें अपना परम शत्रु मानती है। दूसरे विश्वयुद्ध में हिटलर की मौत के रहस्य के बाद नेताजी की मौत की खबर दुनिया की एक सबसे अविश्वसनीय घटना मानी गयी है।

19वीं सदी में नेताजी सुभाषचंद्र बोस के आसपास जन्म लेने वाले अब एक भी व्यक्ति इस संसार में जीवित नहीं हैं, फिर भी इतने साल गुजर जाने के बावजूद, आज की पीढ़ी में भी, शायद ही कोई ऐसा भारतीय मिलेगा, जो यकीन के साथ यह दवा करता है कि उस दिन, 18 अगस्त, 1945 को, उस लड़ाकू विमान में नेताजी सुभाषचंद्र बोस नहीं थे, जो जहाज ताइवान के ताइपे हवाई अड्डे पर जा गिरा था।

कर्नल आनंद के लिए यह खबर इतनी दर्दनाक है कि वह एक ही क्षण में फैसला कर लेते हैं कि वह इस रहस्य को उजागर करके ही रहेंगे, कि नेताजी की मौत के बारे में दुनिया जो बता रही है, उसमें कितनी सचाई है? इस सच को जानने का हक़ प्रत्येक भारतीय को है। युद्ध के दौरान नेताजी के करीब रहने वालों में से कर्नल आनंद उनके सबसे करीबी में से एक रहे है, जिनका संपर्क सुभाष बोस के साथ तबसे रहा है, जब वे जापान में आने की सोचते भी नहीं थे। जापान और भारत के बीच कर्नल आनंद ने नेताजी के लिए एक कड़ी का काम किया है, और उन्हैं खुद पर यकीन है कि वह इस रहस्य को उजागर करने की क्षमता रखते हैं। वह तत्काल एक ऐसी 'गुप्त संस्था' बनाने का फैसला करते हैं, जिसकी जानकारी किसी को भी नहीं होगी! उनके इस संस्था में मुट्ठी भर वे ही लोग होंगे, जो इस रहस्य को सदा अपने दिलों में दफनाकर रखेंगे कि उन्होंने निहायत ही गुप्त रूप से "सुभाष की खोज" की थी।

4

राधिका सीलोन (वर्तमान श्रीलंका) के उत्तरी प्रान्त के एक शहर जाफना के एक सबसे प्राचीन धर्मस्थल नल्लूर कंडास्वामी मंदिर से पूजा कर जैसे ही बाहर निकलती है, एक पुजारी अचानक से उसके करीब आकर तमिल भाषा में उससे कहता है,

"चेटपेट की झील का पानी इतना गहरा है कि उसमें समुद्री जहाज भी चलाए जा सकते हैं।"

राधिका एकदम से सकपका जाती है। एक क्षण के लिए उसे लगता है कि उसके हाथ से पूजा की थाली अब गिरने ही वाली है, किन्तु वह तुरंत खुद को संभाल लेती है। एक सैकेंड के सौंवें हिस्से में ही उसके दिमाग में यह सवाल आता है कि कौन है यह पुजारी जो भारत के तमिलनाडु के उसके छोटे से शहर चेटपेट को जानता है। एक गहरी नजर उस साधू पर डालते हुए राधिका उसे पहचानने की कोशिश करती है। साधू ने अपने शरीर के निचले हिस्से पर गेरुआ रंग का वस्त्र पहन रखा है, जबकि उसके ऊपर का हिस्सा खुला हुआ है। सिर पर लम्बी काली जटाएँ हैं, जो कुछ-कुछ सफ़ेद सी होती दिख रही हैं। चेहरे पर अधपकी दाढ़ी-मूंछ के बीच उसकी आँखें सफ़ेद और चमकदार हैं। उसने अपने मस्तक पर जो भभूत लगा रखा है, वह तीन सफ़ेद रेखाओं की एक मोटी सी लकीर दिखाई देती है, भौहें एकदम काली और नाक

थोड़ी छोटी किन्तु खड़ी, जिसके उपरी हिस्से ललाट के पास गहरे सिंदूरी रंग का एक टीका लगा हुआ है। उसकी दोनों कलाइयाँ सफ़ेद फूल मालाओं से सजी हैं और गले में रुद्राक्ष की माला लटक रही है।

राधिका झुककर साधू के चरणस्पर्श करती है, किन्तु जैसे की उसके दाहिने पैर के अंगूठे पर उसकी नजर पड़ती है, वह उस साधू को पहचान लेती है। लकड़ी के खड़ाऊं के बीच फंसी हुई उस साधू के दाहिने पैर का अंगूठा आधा कटा हुआ है। वह धीरे से खड़ी होकर उसकी आँखों में झांककर कहती है,

"चेटपेट की झील का पानी गहरा तो है, किन्तु झील इतनी लम्बी नहीं कि उसपर कोई समुद्री जहाज उतारा जा सके।" यह उस कोड वर्ड का जवाब है, जो साधू ने पूछा था।

साधू धीरे से मुस्कुराता है। राधिका कहती है,

"मैंने आपको पहचान लिया कर्नल आनंद। कम से कम अपने पैर के इस अंगूठे को तो आप ढंक लेते। क्या इतने वर्षों बाद भी मैंने अपना कोड वर्ड सही बोला?"

"एकदम सही मेजर राधिका। किन्तु मैंने अपने इस पैर के अंगूठे को इसलिए नहीं छुपाया ताकि तुम मुझे आसानी से पहचान सको। आजाद हिन्द फौज में बहुत कम लोग ऐसे थे, जो मेरी इस पहचान को जानते थे। उनमें से एक तुम थी।" वह साधू जवाब में कहता है।

"और यदि मैं झुककर आपका चरणस्पर्श नहीं करती तो?"

"भारतीय परम्परा में क्या यह संभव है?"

"क्या?"

"कि कोई भक्त मंदिर के पुजारी का चरणस्पर्श न करे।"

ओ हाँ, आपने सही सोचा।"

"तुम्हारे साथ और कौन लोग इस मंदिर में पूजा करने आए हैं?"

"कोई नहीं। मैं बिल्कुल अकेली हूँ।" थोड़ी देर दोनों चुप रहते हैं। फिर राधिका कहती है, "किन्तु आपने मुझे यहाँ कैसे ढूंढ लिया?"

"अब खोज करना ही मेरा काम रह गया है। तुम तो तमिलनाडु के चेटपेट शहर से आकर आजाद हिन्द फौज में शामिल हुई थी, किन्तु युद्ध के शुरू होते ही तुम्हारे माता-पिता जाफना आ गए थे। मैंने अनुमान लगाया कि सबकुछ खत्म हो जाने के बाद तुम जरूर से अपने माता-पिता के पास जाफना आ गयी होगी।

"अब वे इस दुनिया में नहीं है। तीन साल पहले गुजर गए।"

"मुझे दुःख हुआ यह सुनकर मेजर। क्या तुम्हारी शादी हुई?"

राधिका कुछ भी नहीं कहती है, सिर्फ कर्नल की तरफ गौर से देखती है।" कर्नल एक नजर उसकी सूनी मांग पर डालते हैं। "ओह! कोई बात नहीं। तुमने अभी तक शादी नहीं की।"

"नहीं कर्नल, मेरी शादी हो चुकी थी, किन्तु अब वे इस दुनिया में नहीं है। लड़ाई के दौरान मारे गए।"

"सॉरी, मुझे यह सवाल नहीं करना चाहिए था।"

"कोई बात नहीं। मैं एक चीज जानना चाहती हूँ कर्नल।आपको ऐसा क्यों लगा कि मैं नल्लूर कंडास्वामी मंदिर में आपको मिलूंगी?"

"मैं तमिलनाडु के चेटपेट गांव में तुम्हारे घर पर गया था। पता चला कि तुमलोग अब वहां नहीं रहते। जाफना चली आयी हो। तुम तो शुरू से धार्मिक विचारों वाली लड़की थी, जिसकी जेब में सदा भगवान मुरुगन की तस्वीर रहा करती थी। इसलिए तुम्हें खोजना आसान था।"

"हाँ, यह एक प्राचीन मंदिर है और हम तमिलियों की आस्था का एक केंद्र भी। इसका निर्माण तो 10वीं सदी में ही हो गया था, किन्तु 13वीं सदी में कोट्टे के राजा के एक मंत्री बुवानिका बहू ने इसका पुनर्निमाण कराया।"

"तुम्हारी यही खासियत है। तुम हर चीज की खोज विस्तार से करती हो। किन्तु हमलोग यहाँ पर अभी कोई लम्बी बातें नहीं कर पाएँगे। तुमसे एक खास जरूरी काम है," इतना कह कर साधू अपनी कमर में खोंसे हुए कागज के एक टुकड़े को निकालता है और फिर उसे राधिका की थाली में रखते हुए कहता है,

"मेजर राधिका, अगले महीने की तीस तारीख को तुम हावड़ा रेलवे स्टेशन पहुँचो। मद्रास से एक ट्रेन चलकर हावड़ा पहुंचती है, मेरा एक आदमी स्टेशन पर तुम्हें रिसीव कर लेगा। फिर तुम्हें कहाँ पहुंचना है, इस कागज़ के टुकड़े में लिखा हुआ है, जिसे मैंने अभी तुम्हारी थाली में रखा है।"

इतना कहते हुए साधू अचानक से भीड़ में गुम हो जाता है। राधिका एक नजर अपने आसपास गुजरते हुए भक्तों को देखती है और फिर मंदिर की निचली सीढ़ी के किनारे खड़ी होकर उस कागज के टुकड़े को खोलती है। उसमें अंग्रेजी में लिखा होता है,

"सराय गढ़।" उसी कागज के बगल में एक छोटा सा नक्शा बना होता है, जिसमें एक बड़ी सी नदी और कुछ जंगलों को दिखाया गया है। एक कोड वर्ड भी है, जिसका जवाब भी लिखा हुआ है। राधिका एक नजर गौर से उस नक्शे को देखती है, उसपर लिखे शब्दों को याद करती है और फिर उस कागज के टुकड़े को अपनी थाली में जल रहे दीये की लौ के हवाले कर देती है। कागज जलकर राख हो जाता है। अब सारी बातें उसके दिमाग में हैं। वह तेजी से सीढ़ियों से नीचे उतरती है, फिर भीड़ में गायब हो जाती है। एक अंतिम बार पलटकर मंदिर की तरफ देखती है;वह साधू अब कहीं नजर नहीं आता।

स्थानः हावड़ा रेलवे स्टेशन। नेताजी सुभाष चन्द्र बोस के कथित विमान दुर्घटना के तेरह वर्ष बाद, एक छरहरी सी सांवली महिला, जिसकी उम्र लगभग तेंतीस साल है, मद्रास एक्सप्रेस के सेकेण्ड क्लास कंपार्टमेंट से हावड़ा रेलवे स्टेशन पर उतरती है। शाम का समय है। उसने बंगाल के तांत की बनी हलके पीले रंग की साड़ी पहन रखी है, पैरों में भूरे रंग का चप्पल और हाथ में काले रंग के चमड़े का एक सूटकेस है। ट्रेन जब रुकती है तो उसके इंजन से निकलने वाली रौशनी से प्लेटफार्म जगमगा उठता है। हावड़ा स्टेशन का प्लेटफार्म इंजन की एकदम सीध में है। इंजन से निकलती

हुई रौशनी में उस महिला का चेहरा देखा जा सकता है। उसकी नाक एकदम खड़ी है, ललाट चौड़ी और गाल भरे हुए। आँखें बड़ी-बड़ी, जिसमें उसने पतले से काजल लगा रखे हैं। बाईं कलाई पर एक सुनहले रंग की घड़ी है, जबकि उसकी दाहिनी कलाई बिलकुल सूनी है। कानों में छोटी सी सोने की बालियाँ लटक रही हैं। नाक की दाहिनी तरफ सुनहले रंग की बेसर है, जिसपर जड़े हुए छोटे से हीरे के नग पर इंजन की रौशनी पड़ते ही वह चमक उठती है। वह एकदम गंभीर और थोड़ी थकी हुई सी भी दिखाई दे रही है। उसके सिर के घुंघराले बाल उलझे हुए से हैं। चेहरे के सामने एक मोटी सी लट लटकी हुई है, जो कभी-कभी उसकी बाईं आँख को ढँक लेती है। वह सूटकेस को प्लेटफार्म पर रखती है, अपनी उलझी हुई लट को आँखों के सामने से हटाकर कलाई में बंधी घड़ी को देखती है। शाम के साढ़े सात बजे हैं। तभी पैंतीस साल का एक व्यक्ति उसके करीब आकर कहता है,

"इंजन से धुंआ निकल रही है, आपको प्लेटफार्म के बाहर निकलना चाहिए।"

"हवा का रुख उल्टी दिशा में है, धुंआ प्लेटफार्म पर नहीं आ रहा," वह पूछे गए कोडवर्ड का जवाब देती है। वह व्यक्ति अपनी दाहिने हाथ के पंजे को आगे बढ़ाते हुए कहता है, "कलकत्ता में आपका स्वागत है मेजर राधिका। मैं मेजर अमरदीप ढींगरा हूँ। आपसे मिलकर खुशी हुई।"

"शुक्रिया मेजर। मुझे भी खुशी हुई।अब हमें स्टेशन से बाहर निकलना चाहिए," राधिका थोड़ी कमजोर हिन्दी बोलते हुए कहती है। उसके बोलने का अंदाज विशुद्ध तमिलियन है।

अब वह व्यक्ति सूटकेस को अपने हाथों में उठा लेता है। स्टेशन के बाहर पीले रंग की एक एम्बेसडर कार खड़ी है। कार का ड्राईवर दोनों को देखते ही गाड़ी की डिकी को फुर्ती से खोल देता है। सूटकेस को डिकी में रखने के बाद ड्राईवर कार की पिछली सीट के दरवाजे को खोलता है। मेजर राधिका शांत मन से उस कार में बैठती है। अब ड्राईवर आगे के दरवाजे को खोलता है। अगली सीट पर मेजर ढींगरा बैठ जाता है। फिर ड्राईवर तेजी से कार की बोनट की तरफ से मुड़कर अपनी सीट पर जा बैठता है।

"रहमत मियाँ, कार को दाहिनी तरफ ले लो और फिर सीध में चलना। आगे का रास्ता तुम्हें बताया जाएगा।"

"शुक्रिया जनाब," इतना कहकर ड्राईवर रहमत अली कार को दाहिनी ओर मोड़ देता है। हावड़ा रेलवे स्टेशन के बाहर लगे लैम्प पोस्ट की रोशनी में कार सरकने लगती है और फिर जब थोड़ी दूर आगे निकलती है तो मेजर ढींगरा फिर कहता है,

"बायीं गली से आगे की ओर ले लो। वहां एक सीधी सड़क मिलेगी उसकी सीध में चलते रहना है।"

"जो हुकुम हुजूर," ड्राईवर बोलता है और गाड़ी को बाई तरफ मोड़ देता है। यहाँ सड़क के किनारे की रौशनी ख़त्म हो चुकी है। रास्ते में अब गहन अंधेरा है, किन्तु कार की पीली रौशनी में सामने कोलतार की सड़क साफ़ दिख रही है, जिसे चीरते हुए कार आगे की ओर तेजी से बढ़ रही है। राधिका एकदम शांत है। उसके दिमाग में वह नक्शा बैठा हुआ है, जिसे साधू ने नल्लूर के मंदिर में दिया था और जिसे उसने

पढ़ने के बाद अपनी थाली में रखे दीये की लौ में जला दिया था। वह नक्शा था-" सराय गढ़" का। राधिका को पता नहीं, यह जगह बंगाल में कहाँ पर स्थित है।

कार लगातार चलती जा रही है। मद्रास से हावड़ा तक के लम्बे सफ़र से राधिका इतनी थकी हुई है कि उसकी आँखें बीच- बीच में झपकियाँ लेने लगती हैं। वह इस जगह को पहचानने की कोशिश करती है, किन्तु जगह उसके लिए बिलकुल अनजान है।

"आप आराम से सो जाइये मैडम। सफ़र लंबा है। सुबह से पहले हमलोग नदी के करीब नहीं पहुंच पाएँगे।"

"कौन सी नदी मेजर ढींगरा?"

"वह भागीरथी से निकली हुई एक छोटी सी नदी है।"

"भागीरथी!" राधिका के शब्द अब कुछ अलसाए हुए से हैं। वह फिर दोहराती है, "भागीरथी! भारत की एक सबसे पवित्र नदी। मैंने इसके दर्शन किए हैं।" और फिर एक लम्बी सी जम्हाई लेते हुए अपने सिर को कार की पिछली सीट पर टिका देती है।

"लगता है मैडम सो गईं हैं," इस बार ड्राईवर धीरे से बोलता है।

"ऐसा ही लगता है। तुम गाड़ी की रफ़्तार को तेज कर दो। कोशिश करो कि पौ-फटने से पहले हमलोग नदी के किनारे तक पहुंच जाएं वुल्फ-57," मेजर ढींगरा अब फुसफुसाकर ड्राईवर को उसके कोड नाम से बुलाता है।

"यस मेजर। वुल्फ भागते हुए कभी नहीं थकता," इतना कहकर ड्राईवर एक्सलेटर पर अपने पैर के दबाव को बढ़ा देता है। रहमत अली भी आजाद हिन्द फौज का एक सीक्रेट एजेंट है, जो युद्ध की समाप्ति के बाद से कलकत्ता में आकर बस गया है। भारत की आजादी के बाद उसका मूल काम टैक्सी चलाना है; किन्तु कर्नल आनंद के संपर्क में बराबर रहता है।

बंगाल की उमस भरी वादियों में एम्बेसडर कार अपनी रफ्तार पर है। उमस से राहत पाने के लिए रहमत अली ने आगे की सीट की दोनों खिडकियों को खोल रखा है, जिससे हवा तीव्र गति से कार के अन्दर आ रही है। राधिका गहरी नींद में है। मेजर ढींगरा एकबार पीछे मुड़कर उसे देखता है, राधिका के चेहरे को उसकी काली लटों ने छुपा रखा है। वह धीरे से मुस्कुराता है, फिर सामने की ओर देखने लगता है। गाड़ी अपनी रफ़्तार पर है।

लगभग चार घंटे और चलने के बाद मेजर ढींगरा को हवा में कुछ नमी सी महसूस होती है। अभी भी घुप्प अंधेरा है। सिर्फ कार की रौशनी में ही जो दिखाई देता है, बस उतना सा ही उजाला है, जो निरंतर आगे की ओर बढ़ता जा रहा है।

"क्या तुमने भी महसूस किया वुल्फ-57 कि हवा में नदी के जल सी ठंढक है?"

ड्राईवर रहमत अली एकबार लम्बी सांस लेकर कहता है, "जी मेजर साहेब, पानी की खुशबु को महसूस कर सकता हूँ।" फिर वह आसमान की ओर देखते हुए कहता है, "अगस्त का महीना है, किन्तु आज बदलों के नामोनिशान नहीं नजर आ रहे।"

"अच्छा तो है, आज यदि बारिश होती तो दरिया को पार करना मुश्किल हो जाता।"

थोड़ा आगे जाने के बाद एक छोटी सी बस्ती नजर आती है। किसी भी घर से रौशनी का एक कतरा तक नजर नहीं आता। लोग अपने दीये और लालटेन को बुझाकर सोए हुए हैं। कार जैसे ही बस्ती से गुजरती है, कुछ कुत्तों के भौंकने की आवाज सुनाई देने लगती है।

"लगता है हमलोगों की मंजिल आ गयी," मेजर ढींगरा धीरे से कहता है। ड्राईवर कुछ नहीं बोलता। "ऐसा करो कि तुम कार को बस्ती के पीछे की ओर ले चलो। नदी नजर आ जाएगी।"

"यस मेजर," ड्राईवर आदेश का पालन करता है। कार जैसे ही बस्ती को पार करती है, उसकी रौशनी सामने एक छोटी सी नदी पर पड़ती है। कार की रौशनी को देखते ही नदी के किनारे से टॉर्च की रौशनी को दो बार जलाई-बुझाई जाती है।

"मंजिल आ गयी वुल्फ-57, गाड़ी रोक दो।"

गाड़ी के रुकते ही राधिका की नींद खुल जाती है। वह देखती है-अभी भी अँधेरा है। मेजर ढींगरा आदर से पीछे के दरवाजे को खोलते हुए कहता है,

"मैडम। कृपया आप नीचे उतर जाइए, यहाँ से सफ़र अब दरिया के रास्ते है। किनारे पर नाव लगी हुई है, जो आपको दरिया के उस पार ले जाएगी।"

मेजर राधिका कार से नीचे उतरती है। ड्राईवर डिकी से उसके बैग को निकाल देता है। राधिका अपने चारों ओर नजर दौड़ाती है। उसे कहीं कुछ भी नहीं दिखाई देता।

"क्या मुझे यहाँ से सफ़र अकेला करना होगा?" वह पूछती है।

"यस मेजर। यह नाव आपको दरिया के पार ले जाएगी। मंजिल पास ही है।"

"ओके, शुक्रिया मेजर, मेरे सामान को कृपया नाव पर रखवा दें।"

तभी सामने से दो लोग आते हैं। उनके हाथों में टॉर्च है। करीब आकर वह मेजर ढींगरा को सलामी देते हैं। फिर उनमें से एक राधिका के काले बैग को उठा लेता है। राधिका एक क्षण के लिए मेजर ढींगरा की ओर मुड़ती है और उससे हाथ मिलाते हुए कहती है,

"शुक्रिया मेजर। फिर मिलेंगे।" फिर वह ड्राईवर की ओर अपना हाथ बढ़ाते हुए कहती है, "शुक्रिया वुल्फ -57, तुमने अच्छा काम किया। फिर मिलेंगे।"

ड्राईवर रहमत अली का चेहरा देखने लायक है। वह सोचता है कि वह तो कभी मेजर राधिका से मिला ही नहीं, फिर वह उसे कैसे पहचान गयी? दरअसल रास्ते भर मेजर राधिका सोई ही नहीं थी, वह सोने का बहाना कर रही थी और मेजर ढींगरा तथा एजेंट वुल्फ-57 की बातों को सुन रही थी।

मेजर राधिका जैसे ही नाव पर सवार होती है एक व्यक्ति कहता है, "मैडम, कृपया आप केबिन के अन्दर जा कर आराम कर लें। सुबह होने तक हमलोग दरिया पार कर लेंगे।

वह ऐसा ही करती है। जैसे ही वह केबिन के अन्दर प्रवेश करती है, एक गंभीर सी आवाज उसके कानों को सुनायी पड़ती है,

"वेलकम टू 'सराय गढ़' मेजर राधिका!"

केबिन में लालटेन जल रही है। उसकी पीली रौशनी में राधिका देखती है,सामने वही साधू एक कुर्सी पर बैठा है, जो उसे जाफना में नल्लूर के मंदिर में मिला था। उसकी आँखें फटी रह जाती हैं। वह आश्चर्य से बोल उठती है,

"कर्नल आनंद!"

वह साधू अपने सिर को झुका कर मेजर राधिका का स्वागत करता है। अब नाव खोल दी जाती है। नदी के चारों ओर अभी भी अंधेरा छाया हुआ है, सिर्फ दूर में एक रौशनी पीछे की ओर जाते दिख रही है, वह वही एम्बेसडर कार है, जो अब वापस लौट रही है।

"सफ़र में कोई तकलीफ तो नहीं हुई मेजर राधिका?" कर्नल आनंद पूछतेहैं।

"नहीं, कोई तकलीफ नहीं हुई। क्या मैं पूछ सकती हूँ कर्नल कि लड़ाई खत्म होने के इतने वर्षों बाद आपने मुझे क्यों याद किया?"

कर्नल आनंद थोड़ी देर चुप रहते हैं। वह नाव की केबिन में बनी छोटी सी खिड़की से नदी को देखते हैं। अभी हल्का

सा उजाला होने जा रहा है। नाविकों का एक दल चप्पू चलाकर नाव को तेजी से आगे की ओर बढ़ा रहा हैं। कर्नल अपने झोले से एक बड़ा सा सिगार निकालते हैं। यह अमेरिका में बना हवाना सिगार है। वह सिगार के अगले हिस्से को अपनी दांतों से काटते हैं और फिर उसी झोले से माचिस निकाल कर सिगार को सुलगाते हैं। सिगार के कश को अपनी दांतों से खींचते हैं और फिर नाक से धुंए को बाहर निकलते हुए कहते हैं,

"पूरब की ओर देखो मेजर राधिका, सूरज अपनी लालिमा बिखेरने वाला है। फिर धरती पर उजाला होगा। मैंने तुम्हें एक बार फिर से इसलिए याद किया है कि हम सबके प्रिय नेताजी के निधन की खबर को लोगों ने जिस तरह से अंधकार में ढँक कर रखा है, उसे तुम्हें प्रकाश में लाना होगा।"

इतना कहकर कर्नल आनंद चुप हो जाते हैं। मेजर राधिका को लगता है मानों उसके शरीर में एक सिहरन सी दौड़ गयी हो। एक क्षण के लिए उसके रोंगटे खड़े हो जाते हैं। फिर भी वह कुछ नहीं बोलती।

थोड़ी देर चुप रहने के बाद कर्नल आनंद फिर कहते हैं,

"तुम्हें एक ऐसे बंद लिफ़ाफ़े को खोलना है मेजर, जिसे हर तरफ से सील कर दिया गया है। दुनिया चाहे जो भी कह ले, हमलोगों का फर्ज बनता है कि नेताजी की कथित मौत के रहस्य को उजागर करें। भारत के लोगों को सचाई जानने का पूरा अधिकार है।"

"यह काम आपने स्वयं खुद से क्यों नहीं किया? आपने मुझे ही क्यों चुना? मैं तो पिछले तेरह वर्षों से इन चीजों से

दूर हूँ। पता नहीं अब मेरे अन्दर वह हुनर है भी या नहीं, जिसके लिए मैं जानी जाती थी।"

"तुमने कोहिमा की लड़ाई में आजाद हिन्द फौज की बहुत बड़ी मदद की थी। तुम्हीं ने वह जानकारी दी थी, जिसके बल पर हमलोग उस लड़ाई को जीत पाए। नेताजी खुद तुमसे इतने खुश थे कि वे चाहते थे कि यदि उन्होंने भारत के इस मुक्ति संग्राम को जीत लिया, तो तुम्हारे लिए स्वतंत्र भारत में एक खास व्यवस्था की जाएगी।"

मेजर राधिका कुछ नहीं कहती। उसे अचानक से युद्ध की पुरानी बातें याद आती हैं कि किस तरह से उसने एंग्लो-अमेरिकन फौज की गुप्तचरी की थी और नेताजी को यह बताया था कि उनका अगला हमला आजाद हिन्द की सेना पर कब होने वाला है।

"उस लड़ाई को हमलोग जीत गये थे मेजर। किन्तु आज भी दुःख है कि हम इंफाल नहीं ले सके। यदि ऐसा हो गया होता, तो आज इतिहास ही कुछ और होता," कर्नल आनंद इतना कहकर एक क्षण के लिए चुप हो जाते हैं। फिर वह खिड़की से देखते है, अब बाहर उजाला होने चला है। केबिन के अन्दर सूरज की पहली रौशनी आ रही है। राधिका कर्नल की आँखों में देखती है, उनकी ऑंखें नम हैं।

"पुरनी बातों को याद करने से अब कोई फायदा नहीं है कर्नल। खुद को संभालिए।"

"कैसे संभालूं खुद को मेजर राधिका, जबतक कि इस सचाई का पता न लगा लूँ कि हमारे प्रिय नेताजी के साथ 18 अगस्त 1945 को क्या हुआ था?"

वह आगे कुछ कहना ही चाहते हैं कि एक व्यक्ति केबिन के दरवाजे पर धीरे से दस्तक देता है।

"कम इन," कर्नल इतना हकर सिगार की ओर देखते हैं। वह बुझ चुकी है। एक व्यक्ति केबिन के अन्दर आता है और कर्नल को सलामी देते हुए कहता है, "नदी का किनारा आ रहा। उतरने की तैयारी करें कर्नल।"

नदी के पार कुछ हलचल है। दो बड़ी गाड़ियाँ और एक कार खड़ी है। वहां पर एक दर्जन से अधिक लोग पहरा दे रहे हैं। ये लोग हथियारबंद नहीं है। दिखने में सिविल अधिकारियों जैसे लगते हैं, मानों नदी पर बनने वाले सरकार की किसी योजना की जांच करने आए हों। जैसे ही नाव किनारे लगती है, एक व्यक्ति तेजी से आगे बढ़ता है। वह कर्नल आनंद को सलामी देता है और फिर राधिका के हाथ से उसके काले बैग को लेकर कार की डिकी में रख देता है। वे सभी काफी फुर्तीले हैं। कर्नल और मेजर राधिका दोनों कार की पिछली सीट पर बैठ जाते हैं।

अब सवेरा हो चुका है। यह इलाका इतना वीरान है कि यहाँ लोगों का आना-जाना नहीं के बराबर होता है। सभी गाड़ियाँ तेज रफ्तार से आगे की ओर बढ़ रही हैं। फिर जंगल का इलाका शुरू होता है। नदी अब काफी पीछे छूट चुकी है।

"हमलोग दो घंटे के अन्दर अपनी मंजिल पर होंगे," कर्नल आनंद धीरे से राधिका से कहते हैं।

जंगल है कि खत्म होने का नाम ही नहीं लेता। लगातार टेढ़े-मेढ़े रास्ते पर चलते रहने के बाद कार एक टीलेनुमा

जगह से गुजरती है। फिर ठीक उसके पीछे जाकर खड़ी हो जाती है। पीछे से आ रही दोनों बड़ी गाड़ियाँ भी रुक जाती हैं।

"अब यहाँ से थोड़ी दूर पैदल चलना होगा। यह जंगल का रास्ता है," इतना कहकर कर्नल आनंद गाड़ी से नीचे उतर जाते हैं। मेजर राधिका जैसे ही बाहर निकलती हैं, कार के पास फिर वही व्यक्ति आता है, जिसने अभी कुछ देर पहले उसके बैग उठाए थे। वह एकबार फिर से राधिका के बैग को अपने कंधे पर रखता है और बिना कुछ कहे जंगल के बीच से बने एक पगडंडीनुमा रास्ते पर चलने लगता है।

"उस व्यक्ति के पीछे चलो," कर्नल झोले से अपनी बुझी हुई सिगार को निकालते हुए धीरे से कहते हैं। वह सिगार को सुलगाकर एक लंबा सा कश लेते हैं। एक क्षण के लिए धुंए की गमक चारों ओर फ़ैल जाती है। अब पैदल यात्रा शुरू होती है। साथ में आई सभी गाड़ियाँ वापस लौट जाती हैं।

मेजर राधिका गौर से उस जंगल को देखती है। यह छोटी सी पहाड़ी श्रृंखला पर बसा एक घना जंगल है। मानसून के मौसम में पेड़ों की सभी पत्तियां हरी और खिली-खिली सी दिख रही हैं। कुछ जाने और कुछ अनजाने चिड़ियों की आवाजें सुनाई देती हैं। कभी-कभी लंगूरों की लड़ाई और इससे निकली उनकी चीखें भी सुनाई देती हैं। यह काफी डरावना है। मेजर राधिका गौर से देखती है, पहाड़ी के उपरी हिस्से पर मिट्टी के दो-चार घर हैं। वह कर्नल से पूछ बैठती है,

"क्या यह इलाका आदिवासियों का है?"

"नहीं, ये सभी हमारी चौकियां हैं, जहाँ से हमारे लोग नीचे की तरफ नजर रखते हैं," कर्नल का जवाब मिलता है।

एक क्षण के बाद कर्नल फिर कहते हैं, "बस समझो कि अब यात्रा खत्म हुई।"

जैसे वे सभी ढलान से नीचे उतरते हैं, उन्हें गहरे भूरे रंग की एक बड़ी सी हवेली दिखाई देती है। उसे देखते ही कर्नल कहते हैं,

"मेजर राधिका, वेलकम टू सराय गढ़।"

"क्या यह कोई सैनिक अड्डा है?"

"नहीं, यह किसी समय में यहाँ के राजा की हवेली हुआ करती थी। अब हमारा मुख्यालय है।"

"किस चीज का मुख्यालय? आजाद हिन्द फौज तो अब है नहीं?"

"यह हमारा निजी मुख्यालय है। हवेली के अन्दर चलकर तुम्हें सबकुछ पता चल जाएगा।"

राधिका आसमान की ओर देखती है। हल्के बादल छाए हुए है। फिर वह अपनी कलाई पर बंधी घड़ी को देखती है। दिन के दस बजने वाले हैं। वह अनुमान लगाती है कि पिछले तीन दिनों से वह लगातार सफ़र पर है। वह काफी थकी हुई सी महसूस कर रही है। नजदीक पहुंचते ही हवेली का दरवाजा खोल दिया जाता है। यहाँ कड़ा पहरा है। कुछ कुत्ते भौंक रहे है। जैसे ही राधिका हवेली के अन्दर प्रवेश करती है, उसे एक ठंढक सी महसूस होती है। कर्नल आनंद सिगार को बुझाकर उसे एकबार फिर से अपने झोले में रख लेते हैं। सीढ़ियों से ऊपर चढ़कर वह एक कमरे के पास रुकते हैं। फिर धीरे से कमरे के दरवाजे को खोलते हुए कहते हैं,

"इस लम्बी यात्रा में तुम्हें जो तकलीफ हुई मेजर राधिका उसके लिए मैं दिल से क्षमा चाहता हूँ। यह तुम्हारा कमरा है। लंच में बाद एक मीटिंग बुलाई गयी है। फिलहाल आराम करो।"

इतने में एक व्यक्ति राधिका के काले बैग को लेकर आता है। उसे कमरे में रखकर चुपचाप वापस लौट जाता है। जैसे ही राधिका कमरे के अन्दर जाना चाहती है, कर्नल कहते हैं,

"एक मिनट मेजर!" फिर वह अपने झोले से नीले रंग की एक फ़ाइल निकालते हैं। उसे राधिका को देते हुए कहते हैं, "मीटिंग शुरू होने से पहले कृपया इस फ़ाइल का अध्ययन जरूर कर लेना मेजर।"

राधिका कमरे के अदंर जाती है। दरवाजा बंद कर एक क्षण के लिए वह खुद को बिस्तर पर पड़े रहने देती है। फ़ाइल अभी भी उसके हाथ में है। वह आँखें बंद करके सोचती है, "पता नहीं कर्नल आनंद ने उसे क्यों बुलाया? क्या अभी भी उसमें काम करने की वही क्षमता है, जो तेरह साल पहले थी? वह अपनी आँखों को खोलती है, एक नजर फ़ाइल पर डालती है। जैसे ही उसके पहले पन्ने को पलटती है, उसपर नेताजी सुभाष चन्द्र बोस की एक सुन्दर सी तस्वीर नजर आती है। उसके नीचे लिखा है,

"टॉप सीक्रेट! मिशन: परिंदे की खोज!"

5

दोपहर के तीन बजे हैं। सराय गढ़ की हवेली के मध्य एक बड़ा सा हॉल है, जो शायद पहले किसी राजा का डायनिंग हॉल हुआ करता था, किन्तु अब यह कर्नल आनंद का खास मीटिंग हॉल है। एक बाईस फीट का अंडाकार टेबल है, जो सागवान की लकड़ी से बना हुआ है। टेबल के एक छोर पर सुनहले रंग की एक बड़ी सी कुर्सी है और इसके दोनों किनारों पर शीशम की बनी हुई मजबूत कुर्सियां लगी हुई हैं। इन कुर्सियों की संख्या दस है। एक कुर्सी मुख्य कुर्सी के आमने-सामने भी है, किन्तु वह थोड़ी छोटी है। कुल मिलाकर यहाँ पर बारह कुर्सियां हैं।

सभी कुर्सियों के सामने नीले रंग की एक मोटी सी फ़ाइल रखी हुई है। सफ़ेद कांच के ग्लास में पानी है, जिसे चीनी मिट्टी के प्लेट से ढँक दिया गया है। टेबल के मध्य फलों की दो-चार टोकरियाँ भी रखी हुई हैं। चार खूबसूरत गुलदस्तों में ताजे फूल सजे हुए हैं, जो कमरे में हल्की सी सुगंध बिखेर रहे हैं। मुख्य कुर्सी पर कर्नल आनंद बैठे हुए हैं। वह अभी भी साधू के वेश में ही हैं। ठीक उनके सामने की कुर्सी पर मेजर राधिका है, दोनों तरफ की कुर्सियों पर और भी दस लोग बैठे हुए हैं, जिनमें से कुछ बुजुर्ग और कुछ अधेड़ उम्र के हैं। मेजर राधिका ही एकमात्र महिला है, बाकी सभी पुरुष हैं। कमरे में एकदम शांति छाई हुई है। यहाँ किसी और को

आने ही इजाजत नहीं है। सभी दरवाजे अन्दर से बंद कर दिए गए हैं। बाहर कड़ी सुरक्षा है।

कर्नल आनंद एक नजर सभी पर डालते हैं और फिर झोले से वही बुझी हुई हवाना सिगार को निकाल अपने दांतों के बीच रखते हुए माचिस की तिल्ली से उसे सुलगा लेते हैं। फिर माचिस को अपने झोले में डालते हैं। उनके मुंह से धुंए का एक छोटा सा बादल निकलता है। अब वह एक नजर अपनी जली हुई सिगार पर डालते हैं, फिर उसे दाहिने हाथों की दो उँगलियों के बीच फंसा कर कहते हैं,

"दोस्तों, बहुत से साल हो गए, लगभग तेरह साल, जो एकबार हमलोग फिर से मिल रहे हैं। उम्मीद है कि आपसबों को यहाँ तक आने में कोई तकलीफ नहीं हुई होगी। हमने बहुत ही मुश्किल से आप सबों को फिर से खोजा है। हमें मालूम है कि अपलोग युद्ध की समाप्ति के बाद सुकून की जिन्दगी बिता रहे होंगे। किन्तु बात ही कुछ ऐसी है कि हमें एकबार फिर से आपसबों को याद करना पड़ा। हम आपलोगों का आपस में परिचय इसलिए नहीं करा रहे कि आपसब एक दूसरे को पहले से ही जानते हैं। हम सबों ने एकसाथ मिलकर युद्ध लड़ा, किन्तु हमलोग पराजित हुए। इसका कोई गम नहीं है। हमारे महान लीडर नेताजी सुभाष चन्द्र बोस का एक ही सपना था- भारत की स्वतंत्रता। भारत अब आजाद हो चुका है, किन्तु आज नेताजी हमारे बीच नहीं हैं। वह कहाँ हैं कोई नहीं जानता। उनकी मौत की जो खबर फैलाई गयी है, हम उसपर यकीन नहीं करते। यह बात कि 18 अगस्त, 1945 को नेताजी का एक हवाई दुर्घटना में निधन हो गया, हमारे लिए आज भी एक कपटपूर्ण छिपे हुए रहस्य की तरह है।

यह एक कुचक्र है, जिसका पर्दाफाश करना हमारी जिम्मेदारी बनती है। वह कहाँ हैं? और यदि नहीं हैं; जैसा कि वे लोग दावा करते हैं, फिर भी हमें यह जानने का अधिकार है कि उनके साथ उस दिन क्या हुआ था?

कर्नल आनंद एक बार फिर से सिगार का कश लगाते हैं। सभी लोग शांत बैठे हुए हैं। वह अपने सामने रखी हुई फ़ाइल को उठाते हुए कहते हैं, "हमें यकीन है कि आप लोगों ने पूरी गंभीरता से इस फ़ाइल को पढ़ लिया होगा।"

कमरे में अभी भी शांति छाई हुई है। कर्नल आनंद अब पूरी गंभीरता से कहते हैं, "हमें अब नेताजी की खोज करनी है।"

"क्या यह खोज हमलोग अपने निजी स्तर से करने जा रहे हैं कर्नल या फिर भारत सरकार की सहायता से," एक बुजुर्ग व्यक्ति सवाल खड़े करता है। कर्नल आनंद उनकी तरफ देखते हुए कहते हैं,

"नहीं मेजर रस्तोगी, यह खोज हमलोग अपने स्तर से करने जा रहे हैं। सरकार से फिलहाल सहयोग की कोई उम्मीद नहीं।"

"तो, इसका मतलब है कि यह हमारी अपनी एक गुप्त संस्था है?" कर्नल की बाईं तरफ बैठे एक अधेड़ उम्र का व्यक्ति सवाल करता है।

"आपने सही समझा लेफ्टिनेंट सिन्हा। यह एक ऐसी संस्था है, जिसके बारे में आज के बाद इस कमरे में बैठे कुल बारह लोगों के अलावा किसी को कुछ मालूम नहीं होगा। यह

काम हमलोग अपने जीवन काल में ही पूरा करने की कोशिश करेंगे; और खुदा-न-ख्वास्ता यदि किसी कारण से असफल हुए, तो यह रहस्य हमलोग के साथ ही सदा के लिए दफ़न हो जाएगा। दुनिया नहीं जान पाएगी कि आजाद हिन्द फौज की कोई ऐसी भी गुप्त संस्था बनी थी, जिसने नेताजी की खोज अपने स्तर से की थी। हम वही लोग हैं, जो अपने नेताजी के साथ जीने-मरने की कसमें खाया करते थे।

"हमलोग सहमत हैं। यह होना भी चाहिए। नेताजी को इतनी आसानी से कैसे भुलाया जा सकता है? इस खोज को क्या नाम दिया जाए? और, इसका नेतृत्व कौन करेगा? इस खोज का दायरा कितना बड़ा होगा?" इस बार कमरे में बैठे सबसे बुजुर्ग व्यक्ति सवाल करते हैं।

"आपने सही फरमाया कप्तान रहमतुल्ला। जैसा कि फ़ाइल के पहले पन्ने पर लिखा है- "परिंदे की खोज," यही इस अभियान का नाम होगा। एक परिंदा ही तो उड़ा था 18 अगस्त 1945 को, किन्तु वह अभी तक लौट कर घर वापस नहीं आया।"

"और, अभियान का नेतृत्व कौन करेगा?"

"हमने इसके नेतृत्व की जिम्मेदारी मेजर राधिका को दी है। दोस्तों, आपलोग जानते हैं कि एक बड़ी लड़ाई को हमलोग मेजर राधिका की पैनी नजरों की वजह से ही जीत पाए थे। मेजर राधिका नेताजी की खोज के लिए बैंकाक, सिंगापुर, जापान, ताइवान और सोवियत रूस तक जाएगी। वह अकेली होगी। बैंकाक में रहीं नेताजी की निजी सचिव लेफ्टिनेंट हिजुकी विदेशों में मेजर राधिका का सहयोग करेगी। बाकी

आपसब हर उस सरकारी और गैर-सरकारी कागजातों तथा जरुरी सूचनाओं की खोज करेंगे, जिनके सम्बन्ध नेताजी से जुड़े हुए हैं।"

इस मीटिंग में पहली बार मेजर राधिका अपना मुंह खोलती है। "किन्तु कर्नल, क्या आपने भी अपनी पहचान छुपा ली है? क्या अब आप एक साधू की भूमिका में ही रहेंगे?"

"हमने कर्नल आनंद की पहचान को सदा के लिए दफन कर दिया है। अब हमरी कोई पहचान नहीं है। लोग हमें साधू बाबा के नाम से जानते हैं। हमलोगों का यह मुख्यालय धर्म और संस्कृति की खोज का एक केंद्र माना जाएगा। आज के बाद से चाहें तो बाहर के लोग भी यहां आकर अपना रिसर्च कर सकते हैं। सुरक्षा व्यवस्था भी हटा दी जाएगी। किन्तु इसी हवेली में गुप्त रूप से हम अपने मिशन को भी चलाते रहेंगे। हम सभी का अपना एक कोड नाम होगा, जिससे हम एक दूसरे से संपर्क स्थापित कर सकेंगे।"

एक क्षण रुकने के बाद साधू बाबा कहते हैं, "हमने मेजर राधिका को कोड नाम दिया है- "सुपरनोवा।"

सभी लोग 'सुपरनोवा' का स्वागत करते हैं। कसमें खाते हैं कि उनके जीवनकाल में यह बात कोई नहीं जान पाएगा कि उन्होंने नेताजी की खोज किस तरह से की थी। कमरे में उत्साह की लहर है। अब कर्नल आनंद उर्फ़ साधू बाबा कहते हैं,

"हमारे प्रधानमंत्री पंडित जवहरलाल नेहरु ने अप्रैल 1956 में नेताजी सुभाष चन्द्र बोस की कथित मृत्यु की सत्यता

की जांच करने के लिए शाहनवाज कमिटी बनाई थी, जिसने अपनी चार महीने की खोज के बाद ही यह रिपोर्ट दे दी कि नेताजी की मौत 18 अगस्त, 1945 को ताइपे में हुई एक हवाई दुर्घटना में हो गयी थी। हम इसे अस्वीकार करते हैं। इसके लिए हमारे पास कई तर्क हैं।"

जेनरल शाहनवाज खान (1914-1983) आजद हिन्द फौज में नेताजी सुभाष बोस के साथ थे। वह कोहिमा और इम्फाल की लड़ाई में भी शामिल थे। सन 1944 में वह बर्मा स्थित मांडले में आजाद हिन्द फौज के प्रथम डिवीज़न के कमांडर रहे। लड़ाई के बाद ब्रिटिश सेना ने उनका कोर्ट मार्शल किया और उन्हें मौत की सजा सुनाई। किन्तु जब भारत में इसका जबरदस्त विरोध हुआ, तो उन्हें मौत की सजा से बरी कर दिया गया। फिर शाहनवाज खान महात्मा गांधी के अहिंसक आन्दोलन से जुड़कर कांग्रेस पार्टी में शामिल हो गए। आजदी के बाद वे चार बार मेरठ लोक सभा सीट से सांसद भी निर्वाचित किए गए।

मेजर राधिका कहती है, "कर्नल..."

"कर्नल नहीं, अब साधू बाबा कहो सुपरनोवा," कर्नल आनंद बीच में ही राधिका को टोकते हैं।

"सॉरीसर! साधूबाबा, मैंने आपके द्वारा उपलब्ध कराए गए इस फ़ाइल का गहराई से अध्ययन किया। मैंने जो पाया, वह यह कि एक व्यक्ति (नेताजी) के खो जाने, उनके गायब हो जाने या फिर उनकी मौत ही हो जाने के विषय को, दुनिया के तमाम बड़े लोगों ने अपने-अपने तरीके से छुपाने की कोशिश की है। युद्ध के बाद एशिया महाद्वीप पर,

खासकर भारत में जो स्थिति उत्पन्न हुई, उससे एक भ्रम की स्थिति पैदा होती है। सबसे बड़ी बात, जिसपर हमलोगों को ध्यान देनी चाहिए, वह यह कि नेताजी की मृत्यु के रहस्य पर पर्दा डालने से आख़िरकार किन लोगों को फायदा या नुकसान हो सकता है।"

"जब जापानी रेडियो द्वारा 23 अगस्त, 1945 को नेताजी के कथित मौत की खबर प्रसारित की गयी, जो घटना 18 अगस्त को घटी थी, उस समय उनकी उम्र महज 48 साल थी। आज हमलोग तेरह वर्षों के बाद उस रहस्य की जांच करने बैठे हैं। यदि वह जीवित हैं, तो उनकी उम्र अब 61 साल होगी। इस उम्र में भारत के लोग ज़िंदा रहते हैं। यदि वह अभी भी जीवित हैं तो कहां पर हैं, इसकी जानकरी पाई जा सकती है," मेजर रस्तोगी अपना सुझाव देते हैं।"

आप सही फरमा रहे हैं मेजर रस्तोगी। हमलोग घटना के इतने वर्षों बाद इसलिए इसकी जाँच कर रहे हैं कि खुद हमें एक लम्बा समय इसे समझने और सोचने में लग गया। हमारे लिए यह तय कर पाना भी मुश्किल था कि जांच की दिशा में आगे बढ़ा जाए अथवा नहीं। किन्तु जब हमने तमाम बड़े लोगों के नेताजी की कथित मृत्यु से सम्बंधित विचारों और उनके कथन को एक जगह एकत्र किया, तो हमें लगा कि इस मामले की जांच हमलोगों को अपने स्तर से करनी चाहिए," साधू बाबा अपना विचार रखते हैं।

"सबसे उलझे हुए विचार हमारे अपने प्रधानमंत्री जवाहरलाल नेहरु के ही दिखाई पड़ते हैं। उन्होंने 1956 में लोकसभा में अपना एक बयान देते हुए कहा था कि नेताजी

की मृत्यु से सम्बंधित जो सवाल उठाए जा रहे हैं, दरअसल वह एक प्रकार से समाप्त हो चुकी घटना है। किन्तु जब वे स्वयं जापान के टोकियो स्थित रैंकोजी मंदिर में नेताजी के कथित अस्थिकलश का दर्शन करने को गए, तो उसे देखकर उनका हृदय इस बात पर विश्वास नहीं कर पाया कि सचमुच में नेताजी की मौत उस दिन हवाई दुर्घटना में हुई थी," मेजर सिन्हा अपने विचारों को रखकर तर्क को आगे बढ़ाते हैं।

"सोचने वाली बात यह है कि भारत के प्रथम राष्ट्रपति डॉ राजेन्द्र प्रसाद भी रैंकोजी मंदिर गये थे और उन्होंने वहाँ के 'विजिटर बुक' में नेताजी के लिए कुछ मार्मिक शब्द लिखे, किन्तु पंडित नेहरु ने वहां के 'विजिटर बुक' में नेताजी के विषय में अपनी तरफ से कुछ भी लिखने से इनकार कर दिया।" फिर बाद में उन्होंने कहा था कि सुभाष चन्द्र बोस की मृत्यु के सम्बंधित कोई भी सटीक सबूत नहीं हैं।

"शायद उन्हें इस बात का यकीन था कि 18 अगस्त, 1945 को ताइपे में हुई हवाई दुर्घटना एक मनगढ़ंत कहानी थी," कप्तान रहमतुल्ला ने अपने विचारों को रखा।

"सबसे बड़ी बात तो यह है कि जिस शाहनवाज कमिटी की रिपोर्ट अभी आयी है, उसी शाहनवाज खान की जब लाल किले के मुकदमें में रिहाई हो गयी थी, तब वह स्वयं बम्बई जाकर महात्मा गांधी से मिले थे। गांधी जी ने 14, मार्च 1946 को शाहनवाज खान से कहा था, "आपलोग जो भी कहें, मुझे आत्मा से विश्वास है कि नेताजी अभी भी ज़िंदा हैं," मीटिंगमें एक अधिकारी ने अपनी बात रखी।

"हाँ, नेताजी की कथित मृत्यु की खबर के तुरंत बाद ही गांधी जी का एक बयान आया था, जिसमें उन्होंने दावे के साथ कहा था," नेताजी जीवित हैं और कहीं पर छुपे हुए हैं।"

"आप सही फरमा रहे हैं मेजर, गांधीजी ने तो यहाँ तक दावा किया था कि यदि कोई उन्हें नेताजी की अस्थियों को भी दिखा दे, तब भी उन्हें विश्वास नहीं होगा कि उनकी मौत हो चुकी है। फिर सितम्बर 1945 में जब बम्बई में कांग्रेस का अधिवेशन हुआ, तो उसके अध्यक्ष मौलाना अबुल कलाम आजाद (1888-1958) ने कांग्रेस के मंच से नेताजी की मृत्यु से जुड़े किसी भी प्रस्ताव को स्वीकार करने से इंकार कर दिया था; क्योंकि उनका मानना था कि नेताजी सुभाष चन्द्र बोस के निधन की खबर अपने आप में भ्रामक है।"

मीटिंग में बैठे लोगों के बीच हो रही बहस को रोकते हुए साधू बाबा कहते हैं, "हमें लगता है कि हमलोगों को इस विषय पर सिलसिलेवार तरीके से खोज करनी चाहिए। किसी भी राजनीतिक बयान की जगह तत्कालीन ब्रिटिश सरकार और अन्य सरकारें इस विषय में क्या सोच रही थीं, उसपर गौर करना बेहतर होगा।"

"आपकी सलाह नेक है," मेजर राधिका कहती हैं, तो चलिए हमलोग तत्कालीन वायसराय लार्ड वेवेल (1883-1950) की उस डायरी की बात करते हैं, जिसमें उन्होंने 23 अगस्त, 1945 के टोकियो रेडियो की खबरों के बाद लिखा था कि सुभाष बोस की मौत के बारे में उनके पास जो रिपोर्ट आयी थी, वह कथित रूप से एक छलावरण था, जिसमें कहा गया था कि बोस भूमिगत हो गए है।

"भूमिगत होकर वह कहां जा सकते हैं? यह भी तो एक सवाल है। उन दिनों कुछ भारतीय यह भी सोचने लगे थे कि एंग्लो-अमेरिकन सेना ने नेताजी को ज़िंदा गिरफ्तार कर

लिया था; यही कारण है कि भारतीय आजतक यही सोच रहे हैं कि हो-न-हो एक दिन उनके प्रिय नेताजी उन सबों के सामने जरूर प्रकट होंगे," एक युवा लेफ्टिनेंट अमृतलाल विश्वास, जो अबतक शांत बैठा सबों की बातें सुन रहा होता है, अपनी राय प्रकट करता है।

"नहीं अमृतलाल, नेताजी गिरफ्तार नहीं हो सकते। उस दिन, जिस दिन अमेरिका ने जापान के हिरोशिमा पर पहला एटम बम गिराया था, नेताजी साधू बाबा के साथ बैंकाक में मीटिंग कर रहे थे। वहीं से वे सिंगापुर गए और वे पूर्णरूप से जापानी सेना की सुरक्षा में थे। उनके साथ कर्नल हबीबुर् रहमान भी थे। उसके बारह दनों बाद ही तो यह घटना घटी और कर्नल हबीबुर् रहमान आज भी ज़िंदा हैं," मेजर रस्तोगी अमृतलाल के सुझाव को रद्द कर देते हैं।

"हाँ, वह मेरी उनके साथ अंतिम मुलाक़ात थी। काश कि उस रोज मैं भी साथ हो लेता!" साधू बाबा एक बार फिर से सिगार को सुलगाते हुए कहते हैं। थोड़ी देर कमरे में शांति छाई रहती है। फिर साधू बाबा अपना सुझाव देते हुए कहते हैं, "हमने अभी वायसराय लार्ड वेवेल की बात की थी। मुझे पता चला है कि उसने अपनी डायरी में नेताजी के बारे में बहुत कुछ लिखा था।"

"उसने (लार्ड वेवेल) इस बात पर संदेह व्यक्त किया था कि नेताजी सुभाष चन्द्र बोस उस दिन हवाई दुर्घटना में मारे नहीं गए थे, बल्कि वह किसी तरह से भागकर सोवियत रूस चले गए थे। इस सम्बन्ध में 1946 में ब्रिटिश सरकार ने भी एक रिपोर्ट दी थी।"

"रूस की सीमा में जाने के बाद नेताजी का क्या हुआ इसके बारे में कोई चर्चा नहीं की गयी है? अंग्रेजों ने संदेह व्यक्त किया था कि दरअसल जापान ने नेताजी की मृत्यु से सम्बंधित भ्रामक खबर इसलिए भी फैलाया था कि वह किसी तरह से सुरक्षित सोवियत रूस चले जाएँ," साधू बाबा मीटिंग में इस बात की जानकारी देते हुए फिर कहते हैं,

"6 अगस्त, 1945 को बैकाक में नेताजी के साथ मेरी जो बातें हुई थीं, उसमें उन्होंने खुद मुझसे कहा था कि वे किसी तरह से सोवियत रूस से संपर्क साधना चाहते हैं, ताकि अब रूस की सहायता से भारत की आजादी की लड़ाई को लड़ी जाए।"

सुपरनोवा, जो पूरी गंभीरता से साधू बाबा की बातें सुन रही थी, अपना विचार रखते हुए कहती है कि हो सकता है कि सोवियत रूस ने उन्हें गिरफ्तार कर लिया हो? और यह भी हो सकता है कि जेल में ही उनकी स्वभाविक मृत्यु हो गयी हो? या फिर सोवियत रूस ने उनकी हत्या करवा दी हो? क्योंकि रूस में क्रांतिकारियों की हत्या किए जाने की अनेक घटनाएं होती रही हैं; खासकर क्रांतिकारियों को साइबेरिया के बर्फीले दलदल में कैद कर के!"

"फिर यह भी हो सकता है कि नेताजी सोवियत रूस की कैद से बच निकलने में कामयाब हो गए हों और किसी अनजान जगह पर छिपे हुए हों और लोगों के सामने आने के लिए सही वक्त का इन्तजार कर रहे हों," कप्तान रहमतुल्ला संदेह प्रकट करते हैं। वह फिर कहते हैं,

"जापानी रेडियो द्वारा नेताजी की मृत्यु से सम्बंधित जारी किए गए समाचार सच थे या झूठ, इस बात को ब्रिटिश सरकार ने ना तो कभी खुलकर स्वीकार किया और ना ही इस बात का खंडन ही किया। किन्तु ब्रिटिश सरकार भारतीय जनता के मन में इस बात को बैठा देना चाहती थी कि नेताजी की मृत्यु हवाई दुर्घटना में हुई थी।"

"इस तर्क के पीछे एक संदेश छिपा हुआ है कप्तान," साधू बाबा कहते हुए आशंका प्रकट करते हैं। वह कहते हैं,

"देखो कप्तान रहमतुल्ला, 1945 में जब दूसरा विश्वयुद्ध समाप्त हो जाता है और नेताजी की मृत्यु से जुड़ी ख़बरें आती हैं, तो सबसे पहले उन दिनों की ब्रिटिश भारत की स्थिति को समझो। नेताजी को भारत से बाहर गए हुए चार साल हो चुके थे और इस बीच भारत में गांधी जी के नेतृत्व में चलाए जाने वाला आन्दोलन चरम पर था। किन्तु विश्वयुद्ध की समाप्ति के साथ ही, मुहम्मद अली जिन्ना को जैसे ही लगा कि अब आजादी मिलने वाली है, उसने दो राष्ट्रों के सिद्धांत को और भी जोर से उठाना शुरू किया, ताकि भारत का विभाजन हर हाल में किया जा सके। उसने दंगे भड़काए और ब्रिटिश हुकूमत इस काबिल नहीं रही कि वह भारत के अंदर वीभत्स तरीके से उठ रही परिस्थितियों का मुकाबला कर सके। ब्रिटेन को अब इस देश में कोई रूचि भी नहीं थी। ब्रिटिश को तो हर हाल में भारत से जाना था, गांधी जी का आजादी का सपना पूरा होने वाला था और भारत का बंटवारा भी तय था। यदि ऐसे समय में नेताजी सुभाष चन्द्र बोस भारत आ जाते, या फिर भारतीयों को यह भनक भी लग जाती कि वे ज़िंदा हैं और आने वाले हैं, तो भारत में गांधी, जिन्ना और

ब्रिटेन तीनों के खेल बिगड़ सकते थे। देश का बंटवारा रुक सकता था, क्योंकि पूरा जनमानस तब नेताजी के साथ हो लेता और वह कभी भी बंटवारा नहीं होने देते। वह एक सच्चे सैनिक थे, जिनमें कठोर फैसले लेने का साहस था। भारतीय सेना, जो विश्वयुद्ध में अंग्रेजों के समर्थन में लड़कर तबाह हो चुकी थी, सभी एक साथ नेताजी के साथ हो लेते। नौ सेना में तो विद्रोह हो ही चुका था। फिर तो नेताजी के लिए कोई भी फैसला लेना बड़ा आसान था। इसीलिए ब्रिटिश सरकार ने उनकी मृत्यु से सम्बंधित खबरों को कभी सच तो कभी झूठ कहना शुरू किया, ताकि भारत के लोग असमंजस की स्थिति में रहें और ब्रिटेन यहां से जाते समय अपनी मंशा पूरी कर के वापस चला जाए, अर्थात- भारत विभाजन।"

सबसे बड़ी बात, साधू बाबा फिर कहते हैं, "जहाँ तक मुझे जानकारी है, युद्ध की समाप्ति के समय भारत के कई हिस्सों में एंग्लो-अमेरिकन सेना एकसाथ लड़ रही थी। जैसे ही जापानी रेडियो ने नेताजी की मौत की खबर प्रसारित की, एंग्लो-अमेरिकन फोर्सेज की तीन खुफिया टीमों को अलग-अलग स्थानों पर भेजा गया था; जिनमें से एक को वायसराय लार्ड वेवेल के पास दिल्ली, दूसरी टीम को लार्ड माउंटबेटन (1900-1979) के सिंगापुर स्थित मुख्यालय में और तीसरी टीम को डगलस मेकार्थर (1880-1964) के टोकियो स्थित हेडक्वार्टर में भेजा गया था। इन तीनों टीमों का काम वास्तविकता का पता लगाना था।"

"अब तुमलोग सर रॉबर्ट फ्रांसिस मुदई (1890-1976), जो ब्रिटिश भारत में इंडियन सिविल सर्विस में था और सिंध प्रान्त में ब्रिटिश गवर्नर भी रह चुका था, की एक टॉप सीक्रेट

रिपोर्ट देखो। उसने ठीक उसी दिन 23 अगस्त, 1945 को, जिस दिन रेडिओ टोकियो से नेताजी की मौत की ख़बरें प्रसारित की गईं थीं, सरकार को एक गुप्त पत्र लिखकर कहा था कि ब्रिटिश सरकार सुभाष चन्द्र बोस की मृत्यु के सम्बन्ध में जापानी रेडियो द्वारा प्रसारित ख़बरों पर तनिक भी यकीन नहीं करती है।

"जापानी रेडियो ने नेताजी की मृत्यु की तिथि 18 अगस्त, 1945 बताई; जबकि 23 अगस्त, 1945 को सर राबर्ट फ्रांसिस ने सरकार को जो टॉप सीक्रेट पत्र लिखा था, उसमें उसने नेताजी को एक "युद्ध अपराधी" घोषित करते हुए उनपर सैनिक अदालत में मुकदमा चलाने की बात कही थी। उस पत्र में नेताजी पर मुकदमा चलाने से सम्बंधित कुछ ख़ास सुझाव भी दिए गए थे:-

1. सर रॉबर्ट फ्रांसिस का गुप्त पत्र भारत सरकार को- 23 अगस्त, 1945, जिसमें पहला सुझाव:-'समस्या यह है कि सुभाष चन्द्र बोस की भारत में एक अजीब सी पहचान है।"

2. आजाद हिन्द फौज पर बोस की बहुत गहरी पकड़ है। वह लगभग बारह से पंद्रह हजार सेना का नेतृत्व कर रहे हैं।

3. भारत में बंगाल की राजनीति में बोस के जबरदस्त प्रभाव हैं। वह बंगाल की जनता के दिलों पर राज करते हैं। और तो और, सम्पूर्ण भारत में उन्हें गांधी से कम नहीं आँका जाता है। बोस बंगाल के युवा और क्रांतिकारियों के चहेते है तथा फॉरवर्ड ब्लाक पार्टी के संस्थापक भी।

4. यदि सुभाष चन्द्र बोस पर भारत में मुकदमा चलाकर उन्हें फांसी दी जाती है तो यह एक असंभव सी बात होगी। तब उनके समर्थन में उनकी रिहाई के लिए भारत में एक विशाल आन्दोलन खड़ा हो जाएगा।

5. इसलिए बोस पर बर्मा (वर्तमान म्यांमार) में मुकदमा चलाया जाए। बहुत संभावना है कि बर्मा की नेशनल आर्मी उन्हें फांसी देने के लिए राजी हो जाएगी।

6. यदि बोस पर सिंगापुर में मुकदमा चलाया जाता है तो वहां उनके समर्थन में आन्दोलन होने की संभावना है।

7. फिर भी बोस पर सिंगापुर में गुप्त रूप से मुकदमा चलाकर उन्हें फांसी दी जा सकती है; किन्तु यदि ऐसा किया गया तो यह न्याय की हत्या होगी।

8. किसी भी सैनिक अदालत में भारत से बाहर मुकदमा चलाने का परिणाम विरोध ही होगा।

9. सुभाष चन्द्र बोस पर ब्रिटिश सेना की हत्या का आरोप है। ऐसी स्थिती में उनपर किसी भी सिविल कोर्ट में मुकदमा कैसे चलाया जा सकता है? यह तो सैनिक अदालत का विषय है।

10. यदि भारत में उन्हें रखा जाता है, तो यहाँ एक बड़ा आन्दोलन होगा और थोड़े ही समय में सरकार को उन्हें रिहा करना पड़ेगा।

11. हो सकता है कि सुभाष चन्द्र बोस रूस चले गए हों। यदि ऐसा है तो उन्हें वहीं पड़े रहने दिया जाए और

उनकी रिहाई की कोशिश भी नहीं की जाए, ताकि उनकी मौत रूस में ही हो जाए। और, यह भी हो सकता है कि यदि रूस उनसे कोई समझौता करता है, तो बाद में रूस को ही इससे परेशानी होगी।"

इस पूरे गुप्त पत्र का मतलब यह था कि ब्रिटिश सरकार नेताजी को कहाँ पर सजा दे-भारत में या भारत के बाहर? यदि भारत में उनपर मुकदमा चलाकर उन्हें फांसी दी जाती तो यहाँ बहुत बड़ा विरोध हो सकता था। साथ में यह भी हो सकता था कि उनके साथ आजाद हिन्द फौज के और भी गिरफ्तार किए गए शीर्ष सैनिक अधिकारियों को भी फांसी दे दी जाती, जो सरकार के खिलाफ काफी उग्र थे। किन्तु उस समय भारत में जो परिस्थितियां थीं, उसमें कोई भी सैनिक अदालत ऐसा करने की हिम्मत नहीं करता था।

इस पूरी कहानी से यह सबित होता है कि ब्रिटिश सरकार को यह पता था कि नेताजी सुभाष चन्द्र बोस की मौत 18 अगस्त, 1945 को उस हवाई दुर्घटना में नहीं हुई थी, जिसके विषय में जापानी रेडियो ने समाचारों में बताया था। वह एक भ्रम पैदा करने वाली खबर थी। ब्रिटिश सरकार को इस बात की भी जानकारी थी कि नेताजी कहां पर छुपे हुए थे। सरकार यह चाहती थी कि वह कभी भी बाहर नहीं आएं और जहाँ पर हैं, वहीं अपना दम तोड़ दें।

"एक बात जो और भी मुझे परेशान कर रही है दोस्तों," साधूबाबा कहते हैं, "वह यह कि शाहनवाज खान नेताजी के बहुत ही करीबी कमांडरों में से एक थे। उनके पास आजाद हिन्द फौज का प्रथम कमांड था। किन्तु जब उन्हें जाँच कमिटी का मुखिया बनाया गया तो उनकी रिपोर्ट में यह

क्यों स्वीकार कर लिया गया था कि नेताजी की मृत्यु विमान दुर्घटना में ही हो गयी थी? जबकि जाँच के दौरान उन्हें इस बात का पता चला था कि नेताजी की योजना मंचूरिया के रास्ते रूस की सीमा में चले जाने की थी। ब्रिटिश सरकार के कई गुप्त पत्रों से यह पता चलता है कि नेताजी रूस पहुंच चुके थे। इसका मतलब साफ़ होता है कि अंग्रेजों को यह पता था कि नेताजी जीवित थे।"

"एक महत्वपूर्ण बात यह कि अक्टूबर 1945 के अंत में वायसराय लार्ड वेवेल ने लंदन का दौरा किया था। सर राबर्ट फ्रांसिस ने उनके सामने ही नेताजी से सम्बंधित एक नोट तैयार किया था, जिसपर ब्रिटिश प्रधानमंत्री क्लेमेंट रिचर्ड एटली (1883-1967) ने अपने कैबिनेट के सदस्यों के सामने उस विषय पर चर्चा की थी।"

"ब्रिटिश प्रधानमंत्री ने कैबिनेट की यह बैठक 25 अक्टूबर, 1945 को लंदन में बुलाई थी। इस बैठक में लार्ड वेवेल द्वारा नेताजी से सम्बंधित भेजी गयी रिपोर्ट पर चर्चा होनी थी। प्रधानमंत्री की कैबिनेट को यह तय करना था कि सुभाष बोस और आजाद हिन्द फौज के बारे में किस तरह की नीतियों को अपनानी चाहिए?"

"सबसे मजेदार बात यह है कि लंदन में ब्रिटिश प्रधानमंत्री एटली इस बैठक को 25 अक्टूबर, 1945 को कर रहे थे, जबकि रेडियो टोकियो ने हवाई दुर्घटना में नेताजी की मृत्यु की खबर को 23 अगस्त, 1945 को ही जारी कर दिया था। इससे यह बात साफ तौर पर पता चलता है कि न तो ब्रिटेन के प्रधानमंत्री एटली और न ही भारत के वायसराय वेवेल ने

इस बात को स्वीकार किया था कि नेताजी की मौत 18 अगस्त, 1945 को एक विमान दुर्घटना में हुई थी। इतने बड़े पदों पर रहने वाले व्यक्ति यदि इस बात को मानकर चल रहे थे कि नेताजी की मौत किसी विमान दुर्घटना में नहीं हुई थी, तो जरूर इसमें कोई तो सत्यता होगी? क्या वे लोग भी कोई दवाब में थे? लार्ड वेवेल ने अपनी डायरी में लिखा था कि जापानियों के द्वारा जारी की गयी सुभाष चन्द्र बोस की हवाई दुर्घटना में हुई मृत्यु की खबर से मैं आश्चर्यचकित हूँ। मुझे इस खबर पर बहुत संदेह है। ऐसा लगता है कि वह भूमिगत हो गए हैं। जापानियों के अनुसार वे मारे जा चुके हैं; किन्तु मैं इस खबर की फिर से पुष्टि करना चाहूंगा।"

"भारत के अंतिम वायसराय माउंटबेटन ने भी अपनी डायरी में ब्रिटिश सेना की खूफिया रिपोर्ट के आधार पर लिखा था कि चाउकिंग(राष्ट्रवादी चीन की पुरानी राजधानी, जो च्यांग-काई-शेक के अधीन थी) के सैनिकों ने टोकियो (जापान) का एक गुप्त सन्देश पकड़ा था। यह सन्देश 17 अगस्त, 1945 का था। जब चाउकिंग के सैनिकों ने इस गुप्त सन्देश को डिकोड किया तो उन्हें पता चला कि उस दिन सुभाष चन्द्र बोस अपने परिवार के साथ बर्मा से एक हवाई जहाज पर कहीं जाने की तैयारी कर रहे थे, तभी उन्हें उनके परिवार से अलग रखकर बर्मा में ही रहने का निर्देश दिया गया था। आशंका यह प्रकट की गयी कि दूसरे दिन, 18 अगस्त को, जब विमान दुर्घटना हुआ तो उसमें बोस के परिवार के कुछ सदस्य थे; किन्तु बोस उस विमान में नहीं थे। वे थाईलैंड की ओर चले गए थे। वायसराय लार्ड

माउंटबेटन को यह रिपोर्ट कोई और नहीं, बल्कि चीन स्थित सेना के गोपनीय विभाग के डायरेक्टर ने ही 17 अगस्त, 1945 को दी थी।"

अब साधू बाबा कहते हैं, "दोस्तो, ये तो महज 1945 की रिपोर्ट्स हैं, जब नेताजी की कथित मृत्यु की खबर आई थी। और भी ऐसे सैंकड़ों रिपोर्ट्स हैं। जब हमलोग अपनी तरफ से जाँच के दायरे को आगे बढ़ाएँगे, तो हमें यकीन है कि इससे भी अधिक चौंकाने वाली बातें सामने आएंगी। किन्तु हम चाहते हैं कि मेजर राधिका जितनी जल्दी हो सके, बैंकाक जाकर नेताजी की निजी सचिव लेफ्टिनेंट हिजुकी से मिले। वह अभी भी हमारे संपर्क में है। हमने मेजर राधिका के बैंकाक पहुंचने की खबर लेफ्टिनेंट हिजुकी को दे दी है। वह मेजर का इन्तजार कर रही है।"

"मुझे कब जाना होगा? और मेरे पासपोर्ट का क्या होगा?" मेजर राधिका कहती है।

साधू बाबा अब अपनी कुर्सी से उठ खड़े होते हैं। वह स्थिर क़दमों से चलते हुए मेजर राधिका के पास आते हैं। फिर अपने झोले से पासपोर्ट निकाल कर मेजर राधिका की तरफ बढ़ाते हुए कहते हैं, "हमें मालूम था मेजर, कि तुम इस काम के लिए इनकार नहीं करोगी। ऐसे मामलों से दूर भागना तुम्हारा स्वभाव नहीं। इसलिए हमने तुम्हारा पासपोर्ट पहले से ही बनवा कर रख लिया था।"

मेजर राधिका मुस्कुराते हुए उठ खड़ी होती है। वह कर्नल आनंद उर्फ़ साधू बाबा, जो 'परिंदे की खोज' अभियान के इंचार्ज हैं, उनसे अपना पासपोर्ट लेती है। वह एकबार फिर

उनके पैरों को छू कर आशीर्वाद लेती है। सभी लोग मेजर राधिका की सफलता की कामना करते हैं। मेजर रस्तोगी कहते हैं,

"मेजर राधिका, हम सबों को तुम्हारे हुनर पर उतना ही भरोसा है, जितना कि स्वयं नेताजी को तुम्हारे ऊपर था। हमलोग हर संभव उन जरूरी चीजों का इंतजाम करेंगे, जो तुम्हें इस अभियान में काम आएंगी।"

"शुक्रिया मेजर," इतना कहकर राधिका टेबल पर रखे नीले रंग की फ़ाइल कोउठाती है। अपने पासपोर्ट को इसी फ़ाइल के अन्दर रखती है और बिना किसी से नजर मिलाए अपने कमरे में चली जाती है। वह बिस्तर पर फ़ाइल को रखकर कमरे का दरवाजा बंद कर देती है। फिर वापस बिस्तर पर आकर लेट जाती है। उसकी आँखें कब लग जाती हैं, उसे पता ही नहीं चलता। वह मद्रास से चलकर आज चार दिनों के बाद सो रही है।

6

थाईलैंड की राजधानी बैंकाक में एक सुहानी सी शाम। युद्ध की समाप्ति के बाद नवनिर्माण का काम तेजी से किया जा रहा है। इंसान को अपनी बिखरी हुई जिन्दगी को फिर से संवारने में बहुत सारा वक्त खर्च करना पड़ता है। लेफ्टिनेंट हिजुकी की नेताजी सुभाष चन्द्र बोस के साथ अंतिम मुलाक़ात वही 6 अगस्त, 1945 की शाम थी, जब वह बैंकाक से सिंगापुर के लिए रवाना हुए थे। वह बैंकाक में नेताजी के दफ्तर की हर चीजों को संभाल कर रखती थी। उसके पास बहुत सारी सूचनाएं हुआ करती थीं, जिसे वह कभी भी किसी व्यक्ति पर जाहिर नहीं करती। उसका जीवन आजाद हिन्द फौज को समर्पित था। वह अकेली रहती, कभी किसी से मेलजोल नहीं रखती, बहुत कम लोगों से बातें करती और नेताजी की फाइलों को हमेशा संभाल कर रखा करती। नेताजी के हर आदेश का पालन करना ही उसका एकमात्र कर्तव्य था।

युद्ध की समाप्ति के बाद भी लेफ्टिनेंट हिजुकी के लिए अभी बहुत सारे काम बाकी थे। जब एंग्लो-अमेरिकन फौज ने लड़ाई की समाप्ति के बाद आजाद हिन्द फौज के सैनिकों की गिरफ्तारी शुरू की, तब हिजुकी बैंकाक से भागकर वियतनाम चली गयी थी। जाने से पहले उसने आजाद हिन्द फौज से जुड़े बैंकाक स्थित उन महत्वपूर्ण दस्तावेजों को आग के हवाले कर कर दिया, जिसके किसी दुश्मन के हाथ लग जाने

का खतरा था। कुछ दस्तावेजों को वह अपने साथ वियतनाम ले गयी। उसका सोचना था कि यदि किसी दिन उसकी मुलाकात नेताजी के साथ होगी तो शायद ये दस्तावेज उनके काम आ सकते थे। अमेरिका द्वारा जापान पर दो बार एटम बम गिराए जाने के बाद, जब फिर से पुनर्निर्माण का कार्य शुरू किया गया और दुनिया को थोड़ी राहत पहुंची, तब तीन साल के बाद हिजुकी एकबार फिर से अपने सबसे पसंदीदा शहर बैंकाक वापस लौट आयी। उसने खुद को मित्र राष्ट्रों की सेना की नजरों से बचा लिया था, जिसमें उसकी होशियारी और उसकी थोड़ी सी किस्मत की बहुत बड़ी भूमिका थी। अब जबकि सबकुछ शांत हो चुका था, उसे घोर आश्चर्य हुआ तब, जबकि इतने वर्षों के बाद कर्नल आनंद ने एक बार फिर से उससे संपर्क स्थापित किया। कर्नल जानते थे कि हिजुकी के पास नेताजी से जुड़ी कुछ खास जानकारी होनी चाहिए थी, जो कि खुद उनके पास नहीं थी। वह सिर्फ बैंकाक ही नहीं, बल्कि और भी बहुत सारी चीजों को संभालती थी, जिसमें उसका एक काम आजाद हिन्द फौज के लिए जासूसी करना भी था। किन्तु लेफ्टिनेंट हिजुकी का मेजर राधिका से कोई परिचय नहीं था। दोनों एक दूसरे से कभी नहीं मिले थे।

बैंकाक में शाम का वक्त है। युद्ध के बाद चल रहे पुनर्निर्माण का काम जोरों पर है। लोगों के अन्दर से बेचैनियों वाले दिन अब गुजर चुके हैं। शाम के समय अक्सर लोग बाजारों की सैर करते हैं। मेजर राधिका एक छोटे से होटल में ठहरी हुई है। वह शाम के पूरी तरह से ढल जाने का इन्तजार कर रही है। उसे आज की रात लेफ्टिनेंट हिजुकी से मुलाक़ात करनी है। उसने अनुमान लगाया कि यह मुलाक़ात रात के

दस बजे के बाद हो तो ज्यादा बेहतर रहेगा। हिजुकी अकेली रहती है; हो सकता है कि वह बाजार की तरफ निकल गयी हो। यह मेजर राधिका का सिर्फ एक अनुमान है, जबकि सत्यता यह है कि हिजुकी को सैर-सपाटे में कोई रूचि नहीं, वह आज भी उतनी ही गंभीर रहा करती है, जितना कि युद्ध के दौरान रहा करती थी।

मेजर राधिका को लेफ्टिनेंट हिजुकी से मिलने के लिए साधू बाबा ने एक कोड वर्ड दिया है। अपने होटल के कमरे में वह बेकरारी से समय का इन्तजार कर रही है। उसने अभी तक रात का खाना भी नहीं खाया। वह बैंकाक में रेशमी कपड़ों के किसी बड़ी कम्पनी के एक व्यापारिक प्रतिनिधि के रूप में ठहरी हुई है। उसका पासपोर्ट भी इसी रूप में बनाया गया है, जिसमें एक व्यापारिक प्रतिनिधि के रूप में उसे कई देशों की यात्रा करनी है। उसके पास बंगाल के मलमल और बनारस के रेशमी कपड़ों के कुछ सेम्पल्स भी हैं, जिसे उसने अपने उसी चमड़े के काले बैग में सुरक्षित रखा है, जिसे वह अपने साथ मद्रास से लेकर चली थी।

लेफ्टिनेंट हिजुकी का घर शहर से थोड़ी दूर पर एक कस्बेनुमा जगह पर है। अब उसकी पहचान एक ट्रेवल एजेंट की है। वह थाईलैंड की एक बड़ी कंपनी के लिए ट्रेवल एजेंट का काम करती है, जिसमें उसका काम पर्यटकों के लिए दक्षिण-पूर्व एशिया के देशों में अच्छी सुविधाएँ उपलब्ध कराना है। वह सारा दिन अपने काम में व्यस्त रहती है, किन्तु शाम ढलने के बाद घर के अन्दर ही रहना पसंद करती। उसने आज भी नेताजी सुभाष चन्द्र बोस की एक तस्वीर को फ्रेम करा कर अपने कमरे की दीवार पर लटका

रखा है। वह मन से उनकी पूजा करती है। उसे यकीन है कि नेताजी उस हवाई दुर्घटना में नहीं मारे गए थे, जिसके विषय में जापान दुनिया को बताना चाह रहा है। वह नेताजी के कुछ खास स्वभाव से परिचित है और उसे पक्का यकीन है कि वह आज भी कहीं सुरक्षित होंगे!

रात के ठीक दस बजे मेजर राधिका जैसे ही लेफ्टिनेंट हिजुकी के दरवाजे पर दस्तक देने के लिए अपना हाथ बढ़ाती है कि ठीक उसी समय उसकी कानों में किसी स्त्री के द्वारा गाए जा रहे मधुर स्वर में एक गीत की आवाज सुनाई पड़ती है। वह गीत आजाद हिन्द फौज के किसी भी साथी के लिए भुलाने लायक नहीं, जिसे हिजुकी अपने मधुर राग में गा रही है। वातावरण में सन्नाटा है। उस गीत के बोल खिड़की से छन कर धीमी आवाज में बाहर आ रहे हैं। मेजर राधिका एकदम से अपने हाथ को रोक लेती है, मानों किसी ने चलती गाड़ी पर जोर का ब्रेक लगा दिया हो। उसके जिस्म में हल्की सी सिहरन होती है, उसके रोंगटे एक क्षण के लिए खड़े हो जाते हैं और फिर उसका मन आनंद से भर जाता है। उसकी आँखें नम हो जाती हैं। वर्षों हो गए हैं उस गीत को गुनगुनाएहुए उसे। उसका मन होता है कि वह भी हिजुकी की राग में राग मिलाए, किन्तु वह खुद को रोक लेती है और सिर्फ सुनती है:-

"शुभ सुख चैन की बरखा बरसे

भारत भाग्य है जागा

पंजाब, सिन्धु,गुजरात,मराठा

द्रविड़, उत्कल, बंगा

चंचल सागर, विन्ध्य हिमालय

नीला यमुना गंगा

तेरे नित गुण गाएं

तुझसे जीवन पाएं

हर तन पाएं आशा

सूरज बनकर जग पर चमके

भारत नाम सुभागा

जय हो, जय हो,जय हो

जय, जय, जय, जय हो

भारत नाम सुभागा......."

मेजर राधिका का मन होता है कि वह एकबार फफक कर रो ले। उसे इस गीत की एक

पंक्ति "भारत नाम सुभागा" में न जाने क्यों "भारत नाम सुभाषा" शब्द सुनाई पड़ता है!

उसकी अंतरात्मा कहती है कि वह आज भी आजाद हिन्द फौज के लिए कुर्बान होने को

तैयार है। वह एक ही क्षण में फैसला करती है-'भले ही उसकी जान क्यों न चली जाए,

वह इस बात का पता लगाकर रहेगी कि 18 अगस्त, 1945 को नेताजी सुभाष चन्द्र

बोस के साथ क्या हुआ था?'

मेजर राधिका आंसुओं को पोंछती है। वह गीत के बीच में ही लेफ्टिनेंट हिजुकी के दरवाजे पर दस्तक दे देती है। अचानक से अन्दर से आवाज आनी बंद हो जाती है। एक क्षण के लिए वातावरण एकदम शांत हो जाता है। वह एकबार फिर से दस्तक देना चाह ही रही है कि अन्दर से दरवाजे के खुलने की आवाज आती है। उसके बढ़े हुए हाथ रुक जाते हैं। दरवाजा एकदम धीरे से खुलता है। वह सामने एक पच्चीस साल की स्त्री को देखती है, जिसके हाथ में एक बड़ा सा लालटेन है। उस लालटेन की रौशनी में मेजर राधिका देखती है उस स्त्री को, जिससे वह पहले कभी नहीं मिली। एकदम से गोरी-चिट्टी, छोटी सी नाक पर पावर वाला बड़ा सा गोल चश्मा, सूरत एकदम गंभीर, सिर के बाल अच्छी तरह से सँवारे हुए, शरीर रेशमी स्लीपिंग सूट से ढंका हुआ- एक गुड़िया सी, जो सवालों भरी नजरों से मेजर राधिका की तरफ ताक रही है।

"वह रंगून की एक खूबसूरत सी शाम थी, जब तुम्हारे करीब कोई बैठा हुआ था!" यह साधू बाबा का दिया हुआ एक कोड वर्ड है, जिसे मेजर राधिका बोलती है।

"मैं अपने करीब किसी को बैठने नहीं देती, रंगून तो मैं कभी गयी ही नहीं," अपनी बायीं हाथ में लालटेन को लेकर उसे मेजर राधिका के चेहरे की ओर बढ़ाती हुई वह जापानी महिला जवाब देती है।

"दिस इज मेजर राधिका। नाइस टू मीट यू," अपने दाहिने हाथ को आगे बढ़ाकर राधिका कहती है।

"आई एम लेफ्टिनेंट हिजुकी," बैंकाक में आपका स्वागत है मेजर। वह चेहरे पर मुस्कान लाकर हाथ मिलाती है। अब दोनों कमरे के अन्दर चले जाते हैं। राधिका उसके हाथ से लालटेन को ले लेती है। हिजुकी अन्दर से दरवाजे को बंद कर देती है। कमरे के बीच में एक गोल सा टेबल है;शायद हिजुकी का डायनिंग टेबल। राधिका उसी टेबल पर लालटेन को रख देती है।

"कृपया ऊपर के कमरे में चलिए, वहीं बातें करते हैं," लेफ्टिनेंट हिजुकी कहती है।

कमरा कुछ गोलाकार सा है, जिसमें दो खिड़कियाँ हैं, जो सफ़ेद पर्दे से ढंकी हुई हैं। सागवान की लकड़ी की बनी एक छोटी, किन्तु खूबसूरत सा पलंग है। बिस्तर एकदम गद्देदार और साफ़ सुथरा, जिसपर सफ़ेद चादर बिछी हुई है। बिस्तर पर दो मोटे-मोटे से गोल तकिए सजा कर रखे हुए हैं। कमरे की एक खिड़की के पास एक गोल टेबल है, जहाँ दो सुंदर सी कुर्सियां रखी हुई हैं। टेबल पर भी सफ़ेद रंग के कपड़े हैं, जिसके मध्य में एक गुलदस्ता है। गुलदस्ते में जो फूल हैं, उसे राधिका नहीं पहचानती। उसी टेबल के पास ही एक छोटी सी मेज है, जिसपर एक बड़ा सा लालटेन है, जिसकी पीली रौशनी ने कमरे की खूबसूरती को और बढ़ा दिया है।

"आपका स्वागत है मेजर राधिका। उम्मीद है आपको भारत से बैंकाक आने में कोई तकलीफ नहीं हुई होगी। पिछले सप्ताह ही मुझे कर्नल आनंद का आपके बारे में एक सन्देश मिला था," इतना कहकर हिजुकी टेबल के पास से एक कुर्सी को खींचकर उसपर मेजर राधिका को बैठने का आग्रह करती

है। राधिका को लगता है कि हिजुकी को यह मालूम नहीं कि कर्नल आनंद अब साधू बाबा की भूमिका में हैं।

कुर्सी पर राधिका बैठते हुए कहती है, "नहीं, कोई तकलीफ नहीं हुई। इससे पहले भी मैं दो बार बैंकाक आ चुकी हूँ, किन्तु युद्ध के समय। अब तो लड़ाई खत्म हो चुकी है। अब हर जगह थोड़ी शांति नजर आती है।"

"वह बहुत ही वीभत्स लड़ाई थी। जापान तो बरबाद हो गया। हिरोशिमा और नागासाकी की घटना के बाद तो कुछ बचा ही नहीं," हिजुकी उदास मन लिये कहती है।

"सब ठीक हो जाएगा। जापान एकबार फिर से खड़ा हो जाएगा," राधिका शांत मन से कहती है।

"आप कुछ पीना पसंद करेंगी? डिनर तो हमने कर लिया है। कर्नल ने जो संकेत भेजे हैं, उसके आधार पर मैं अनुमान लगा सकती हूँ कि आपको मेरे पास कोई बहुत ही महत्वपूर्ण काम से भेजा गया है। लगता है बात लम्बी होगी।"

"क्या मुझे एक छोटा सा ड्रिंक मिल सकता है?"

"क्यों नहीं? हिजुकी मुस्कुराकर उठती है और सामने की आलमारी से एक पुरानी सी बोतल निकाल लाती है। दो ग्लास तैयार कर वह एक कुर्सी खींचकर बैठ जाती है। पहला घूँट मारते ही राधिका के मुंह से आवाज निकलती है, "ओह!आफ्टर ए लॉन्ग टाइम!"

"यह युद्ध की समाप्ति के बादका पहला पैग है।"

"इंसानी जिन्दगी की खुशहाली के नाम," हिजुकी ग्लास को उठाकर चीयर्स करती है।

वातावरण एकदम शांत है। खिड़कियों से परदे हटा दिए गये हैं। ठंढी हवाएं मंद गति से कमरे के अन्दर आ रही हैं। थोड़ी देर दोनों में से कोई कुछ नहीं बोलती। राधिका दीवार पर लगी घड़ी को देखती है। ग्यारह बजने वाले हैं। राधिका की नजर खिड़की के बाहर की तरफ जाती है। वह देखती है- शायद ही किसी घर से कोई रौशनी आ रही हो। वह अनुमान लगाती है कि लोग सोने चले गए होंगे। फिर वह बहुत धीरे से कहती है,

"कर्नल आनंद ने आपको भेजे सन्देश में मेरे यहाँ आने के कारणों के बारे में कुछ बताया था क्या?"

"नहीं, उन्होंने सिर्फ यही सन्देश भेजा था कि एक महत्वपूर्ण बात की जानकारी हासिल करने के लिए मैं 'सुपरनोवा' को तुम्हारे पास भेज रहा हूँ। एक कोड वर्ड भी बताया गया था। उसके आधार पर मैं अनुमान लगा सकती हूँ कि आप ही वह सुपरनोवा हैं। यह आपके नाम के आगे लिखा हुआ था।"

"आपने सही समझा।"

"किस चीज की जानकारी हासिल करना चाहती हैं आप?"

"हमलोग अब नेताजी सुभाषचंद्र बोस की खोज कर रहे हैं।"

नेताजी का नाम सुनते ही एक क्षण के लिए लेफ्टिनेंट हिजुकी के रोंगटे खड़े हो जाते हैं। तेरह वर्षों के बाद किसी ने इस नाम को उसके सामने लिया है।

"हमलोग से मतलब?"

मेजर राधिका को ऐसा महसूस होता है मानों वह यह शब्द "हमलोग" बोलकर फंस गयी हो। उसे साधू बाबा के द्वारा उस मीटिंग में कहे गए शब्द याद आते है, जिसमें उन्होंने कहा था कि कमरे में बैठे बारह लोगों को अलावा किसी को भी इस बात की जानकारी नहीं होनी चाहिए कि कोई एक गुप्त संस्था है, जो नेताजी की मृत्यु के रहस्य से पर्दा उठाना चाहता है। राधिका तुरंत ही खुद को संभाल लेती है। वह कहती है,

"हमलोग से मतलब भारत में हमारी सरकार से है। शायद आपको मालूम हो कि भारत सरकार ने हाल ही में एक कमिटी का गठन किया है, जिसका काम उस हवाई दुर्घटना में नेताजी की मृत्यु से जुड़ी सचाई की खोज करनी है। मैं उसी खोज का एक छोटा सा हिस्सा भर हूँ। कुछ जरूरी जानकारी हासिल करने के लिए मैं आपके पास आयी हूँ।"

"किन्तु जहाँ तक मैंने अख़बारों में पढ़ा है कि उस कमिटी, शायद उसका नाम शाहनवाज कमिटी है, ने अपनी रिपोर्ट आपकी सरकार को सौंप दी है, जिसमें 18 अगस्त के विमान दुर्घटना को एक सही घटना बताई गयी है।"

मेजर राधिका को लगता है कि वह अपने जवाब से लेफ्टिनेंट हिजुकी को संतुष्ट नहीं कर पा रही है। हिजुकी की आँखों में नशा सा छा रहा है। वह दो पैग के बाद तीसरे पैग को भी जारी रखे हुए है, जबकि मेजर राधिका अभी तक पहले पैग में ही अटकी हुई है। उसने आगे पीने से मना कर दिया है। उसका भेद खुल न जाए, इसके लिए अब वह अपने

छोटे से हैण्ड बैग को खोलती है। उसमें हाथ डालकर सिगरेट का एक पैकेट निकालती है। एक सिगरेट लेफ्टिनेंट हिजुकी की ओर बढ़ा कर लाइटर से उसकी सिगरेट सुलगाती है। और फिर, अपनी सिगरेट सुलगाते हुए कहती है,

"आप तो जनरल शाहनवाज खान से परिचित ही होंगी। शायद उनसे मिलने का मौका भी मिला होगा। उनकी रिपोर्ट पर भारत में कुछ लोगों के मन में हलचल सी है। उस कमिटी के लिए बाहर से थोड़ी सी जानकारी मैंने भी इकट्ठा की थी। किन्तु लोगों की नाराजगी नहीं मिट रही। लोगों को यकीन नहीं हो रहा है कि नेताजी उसी विमान दुर्घटना में मारे गए थे, जिसके बारे में जापानी सरकार दुनिया को बताते आ रही है। रिपोर्ट को पढ़कर नाराज होने वालों में से एक अपने कर्नल आनंद भी हैं।"

"ओ, तो ये बात है। हाँ, मैंने जनरल शाहनवाज खान को देखा था नेताजी के साथ," हिजुकी को अब पूरा नशा आ चुका है। अब मेजर राधिका राहत की साँस लेती है।

"आपको मुझसे क्या काम है?" हिजुकी बोलतीहै। उसकी आवाज अब लड़खड़ा रही है।

"आपतो बैंकाक में नेताजी की निजी सचिव रही हैं।"

"मैं थी, अब नहीं हूँ," वह पूरे नशे में बोलती है। फिर जैसे ही वह अपनी ग्लास में शराब के चौथे पैग को डालना चाहती है, मेजर राधिका उठकर खड़ी हो जाती है। वह उसका हाथ पकड़ लेती है, "नो लेफ्टिनेंट। अब तुम्हें और पीने की जरूरत नहीं। आज की रात मुझे तुमसे नेताजी के बारे में बहुत सारी बातें करनी है।

"नेताजी!वह इतना कह फूट-फूट कर रोने लगती है। मेजर राधिका डर जाती है कि कहीं उसके रोने की आवाज खिड़कियों से बाहर न चली जाए। वह तेजी से उठकर उसे गले से लगा लेती है।

"लेफ्टिनेंट हिजुकी, आप खुद पर काबू रखें। हम सभी लोग नेताजी को जी-जान से चाहते हैं। वह आज कहाँ है यह कोई नहीं जानता। इसी खोज में मैं बैंकाक आपके पास आयी हूँ। कृपया आप मेरी मदद करें।"

"आप क्या मदद चाहती हैं?' हिजुकी अब शांत हो चुकी है।

"आप तो बैंकाक में नेताजी के बहुत करीब थीं। जिस दिन जापान पर अमेरिका ने पहला एटम बम, अर्थात 6 अगस्त को, गिराया था, उस दिन तो नेताजी बैंकाक के ऑफिस में थे।"

"हाँ, रेडियो पर मैंने ही उन्हें खबर सुनायी थी।"

"उस दिन ऑफिस में उनके साथ कौन-कौन लोग थे?"

"कर्नल आनंद और कर्नल हबीहुर्र रहमान के अलावा और दो लोग थे। फिर नेताजी सिंगापुर चले गए।"

"6 अगस्त से 18 अगस्त के बीच आप क्या कर रही थीं?"

"जब 9 अगस्त को दूसरा एटम बम नागासाकी पर गिरा, तब मैं समझ गयी थी कि जापान अब पूरी तरह से पराजित हो चुका है। एक सप्ताह बाद फिर जापान ने आत्मसमर्पण की घोषणा कर दी। इसके बाद मित्र राष्ट्र की सेना ने आजाद

हिन्द फौज के लोगों को पकड़ना शुरू किया। मैं गिरफ्तार होने के डर से साइगॉन (वियतनाम) चली गयी।"

"आपके पास नेताजी के बहुत सारे महत्वपूर्ण फाइल्स रहे होंगे। उनका क्या किया था आपने?"

"साइगॉन जाने से पहले मैंने उन फाइलों को जला दिया।"

"क्या आप साइगॉन में अकेली रहती हैं?"

"नहीं, मेरा पति है वहां।"

"आपकी शादी कब हुई?"

"दो साल पहले।"

"और आपके पति क्या करते हैं? माफ़ कीजिएगा लेफ्टिनेंट हिजुकी, मैंने आपसे व्यक्तिगत सवाल पूछ लिया।"

"कोई बात नहीं। दूसरे विश्वयुद्ध की समाप्ति के बाद से दुनिया दो गुटों में बंट गई है, जिनमें से एक का नेतृत्व साम्यवादी रूस कर रहा है और दूसरे का पूंजीवादी अमेरिका। वियतनाम अमेरिका की आँखों का कांटा बन गया है। ऐसा लगता है कि शीतयुद्ध के इस दौर में वियतनाम पर अमेरिकी हमला हो सकता है। मेरे पति वियतनाम के एक खास संगठन के लिए काम कर रहे है, जो अमेरिका का विरोध करता है।"

"मैं समझ सकती हूँ। विश्वयुद्ध की शुरुआत में ही, 1940 में जापान ने वियतनाम पर कब्जा कर लिया था। अब युद्ध के बाद की ये सारी समस्याएँ हैं। 18 अगस्त को नेताजी का जहाज तो साइगॉन से ही उड़ा था ना, जो ताइवान के ताइपे में जा गिरा?" मेजर राधिका पूछती है।

"कोई जहाज नहीं उड़ा था!" हिजुकी एकदम धीरे से बुदबुदाती है। अब वह कुर्सी से उठकर खड़ी होती है। खिड़की के पास जाकर अपने शहर को देखते हुए कहती है, "जंग के बाद दुनिया जब चैन की नींद सो रही है, तब हम दोनों वही पुरानी बातों को दोहरा रहे हैं।"

मेजर राधिका उसके कथन को नजरअंदाज करते हुए पूछती है, "लेफ्टिनेंट हिजुकी, आपने अभी कहा कि साइगॉन से कोई जहाज 18 अगस्त को नहीं उड़ा था। इसका क्या मतलब हो सकता है?"

वह मेजर राधिका के एकदम करीब आकर कहती है, "एक सिगरेट और मिलेगा क्या?"

"क्यों नहीं?" इतना कहकर राधिका उसकी तरफ सिगरेट का पैकेट बढ़ा देती है। हिजुकी सिगरेट को हाथ में लेते हुए कहती है, "एक छोटा सा पैग मैं अपने लिए और बनाने जा रही हूँ। क्या आपके लिए भी बना दूँ मेजर?" फिर वह बोतल उठाकर कहती है, "प्लीज, जस्ट वन फॉर दि रोड!"

"ओके!" इतना कहकर राधिका अपनी सहमती दे देती है।

अब हिजुकी पूरे नशे में है। वह कहती है, "6 अगस्त को कर्नल हबीबुर्र रहमान से मेरी अंतिम मुलाकात इसी बैंकाक में हुई थी। उस दिन नेताजी थोड़े उदास जरूर थे, किन्तु हताश नहीं। वह रूस जाना चाह रहे थे। फिर उनका प्लेन दुर्घटनाग्रस्त हो जाता है, जिसमें कर्नल हबीबुर्र रहमान भी होते हैं। नेताजी मर जाते हैं, किन्तु कर्नल नहीं?"

"इसका क्या मतलब हो सकता है?"

"यही तो मैं आपसे पूछना चाहती हूँ मेजर?" इतना कहकर हिजुकी उठती है। अपनी अलमारी को एकबार फिर से खोलती है। तह में हाथ डालकर नीले रंग की एक फ़ाइल निकालती है। फिर उसे मेजर राधिका के सामने पटकते हुए कहती है, "ज़रा पढ़ लो इसे मेजर।"

मेजर राधिका सन्न रह जाती है। अभी तो हिजुकी ने कहा था कि उसने सभी फाइलों को जला दिया था। फिर यह क्या है?

हिजुकी सिगरेट का अंतिम कश लगाकर उसे ऐशट्रे में डालते हुए कहती है, "तुम सोचती हो मेजर कि सिर्फ तुमलोग, या फिर तुम्हारी सरकार ही नेताजी की मौत से जुड़ी हकीकत को जानना चाहती है, किन्तु बात ऐसी नहीं है। दुनिया में बहुत सारे लोग इस रहस्य से पर्दा उठाना चाहते होंगे;जिनमें से एक मैं भी हूँ।"

मेजर राधिका को पहली बार लगता है कि साधू बाबा ने उसे एकदम सही जगह पर भेजा है। वह उठकर लालटेन को अपने करीब लाती है। जैसे ही फ़ाइल खोलती है, उसके पहले पन्ने पर लिखा होता है-'परिंदे की खोज!" यह लिखावट बिलकुल उसी तरह की है, जैसा कि सराय गढ़ के महल में मेजर राधिका ने देखा था।

"मेजर राधिका, साधू बाबा ने तुमसे गलत कहा था कि सिर्फ बारह लोग ही 'सुभाष की खोज' कर रहे हैं। तेरहवां मैं हूँ और मुझे मालूम था कि तुम आ रही हो। 'सुपरनोवा' की तरह मेरा भी एक कोड नेम है- 'सूशी।' क्या तुम इसका मतलब समझती हो मेजर?"

"जरूर। यह एक प्रकार का जापानी भोजन है, जो चावल, कुछ सब्जियों तथा समुद्री मछलियों से बनता है। लजीज होता है।"

"हाँ, तुमने सही कहा। जापानी लोग अपनी परम्परा के प्रति दीवाने होते हैं।"

"क्या हमलोग इस फ़ाइल पर कुछ बातें कर सकते हैं? अगर तुम्हारी इजाजत हो तो लेफ्टिनेंट हिजुकी।"

"क्यों नहीं? इसमें कर्नल हबीबुर्र रहमान और तुम्हारे प्रधानमंत्री जवाहर लाल नेहरु से जुड़ी कुछ बातें हैं।"

"कर्नल हबीबुर्र रहमान ही वह एक मात्र व्यक्ति थे, जिन्हें उस रोज 18 अगस्त को, नेताजी ने अपने साथ ले जाने के लिए चुना था। कथित हवाई दुर्घटना में जिन्दा रहने वाले शख्स में से एक रहमान ही थे, जिन्होंने नेताजी के अंतिम संस्कार को भी देखा था!"

जापानियों के अनुसार 16 अगस्त को नेताजी सिंगापुर में थे। फिर वहाँ से साइगॉन गए। वह जिस हवाई जाहज में यात्रा करना चाहते थे, उसमें वह अपने कुछ और भी सहयोगियों को साथ ले जाना चाहते थे, किन्तु जापानियों ने कहा कि उस जहाज में अतिरिक्त लोगों के लिए बैठने की जगह नहीं है। नेताजी ने तब सिर्फ कर्नल हबीबुर्र रहमान को अपने साथ लिया। हबीबुर्र रहमान जाहज के अन्दर नेताजी के बगल में बैठे थे। इस जहाज में एक जापानी लेफ्टिनेंट जनरल सुनामासा शिदेई (1895-1945) भी था, जो दुर्घटना के तुरंत बाद मारा गया। बोस की मृत्यु मध्य रात्रि को जापान के एक अस्पताल में हुई।

लेफ्टिनेंट हिजुकी कहती है, "अब ताइवान के एक दैनिक अख़बार "शिनपाओ" की रिपोर्ट पढ़ते हैं, जिसे 25 अगस्त को प्रकाशित किया गया था। अख़बार ने सैनिक सूत्रों के हवाले से लिखा कि भारतीय स्वतन्त्रता आन्दोलन के नायक, सुभाष चन्द्र बोस जापानी अधिकारियों के साथ बातचीत करने के लिए सिंगापुर के चाओ-नुन शहर से 16 अगस्त को टोकियो के लिए रवाना हुए थे। उनका जहाज 18 अगस्त को ताइपे हवाई अड्डे पर दिन के दो बजे दुर्घटनाग्रस्त हो गया। इस दुर्घटना में बोस गंभीर रूप से घायल हुए थे। उन्हें स्थानीय अस्पताल में भर्ती कराया गया, जहाँ रात के बारह बजे उनकी मृत्यु हो गयी। उनके साथ एक वरीय अधिकारी कर्नल हबीबुर्र रहमान भी थे। एक अन्य जापानी सैनिक अधिकारी सुनामासा शिदेई घटनास्थल पर ही मारे गए तथा बाकी के चार अन्य लोग घायल हुए हैं।"

"अब इस समाचार का क्या अर्थ हो सकता है मेजर?" हिजुकी पूछती है। मेजर जो ध्यान से उस फ़ाइल को पढ़ रही होती है, कहती है, "मुझे यह समझ में नहीं आ रहा है कि इतनी बड़ी घटना को इस अखबार ने एक सप्ताह बाद क्यों प्रकाशित किया?"

"अच्छा यह बताओ लेफ्टिनेंट कि यह सुनामासा शिदेई कौन था, जिसकी जान उस हवाई दुर्घटना में गयी थी?"

"सुनामासा शिदेई (1895-1945) पर मैंने भी थोड़ी सी खोज की है। वह जापानी इम्पीरियल आर्मी का एक बहादुर जनरल था। उसका जन्म जापान के सबसे वीर योद्धा समुराई वर्ग के परिवार में यामाशिना नामक स्थान में हुआ था। उसने

प्रथम विश्वयुद्ध के दौरान 1915 में टोकियो के इम्पीरियल आर्मी एकेडमी से ग्रेजुएट की उपाधि हासिल की थी। फिर वह जापान के इम्पीरियल आर्मी में शामिल हुआ। उसे प्रमोशन देकर 1937 में कर्नल बनाया गया था। बर्मा उसी के कमांड में था।"

मेजर राधिका फ़ाइल को गौर से पलटते हुए कहती है, "क्या तुमने एक बात गौर की है लेफ्टिनेंट? जापान के अख़बारों में जो खबर छपी थी, उसमें नेताजी सुभाष चन्द्र बोस और जनरल सुनामासा शिदेई की तस्वीरें भी हैं। इन ख़बरों में नेताजी की तस्वीर को अख़बार ने ऊपर लगाया है।"

"हाँ, मैंने गौर किया है। जापानी अखबार उन्हें बहुत महत्व देता था। इसलिए उनकी तस्वीर ऊपर है।"

"और उस हवाई जहाज की भी तस्वीर छपी है, जो कथित रूप से दुर्घटनाग्रस्त हुआ था? कुछ इसके बारे में बताओ?"

"उस फाइटर जहाज का नाम 'मित्सुबिशी की-21' था, जो एक बम गिराने वाला जहाज था। वह बहुत ही भारी जहाज था, जिसका निर्माण मित्सुबिशी हैवी इंडस्ट्री लिमिटेड ने 1936 में किया था। जापान ने युद्ध में इसका पहला प्रयोग 1939 में चीन के खिलाफ किया। जापान ने दुनिया को बताया कि नेताजी 18 अगस्त को इसी बम्बर जहाज में सफ़र कर रहे थे।"

"और इस जहाज की मारक क्षमता क्या होगी लेफ्टिनेंट?"

"दरअसल मित्सुबिशी बम्बर जहाज अपने समय का एक सबसे वजनी जहाज था। उसका वजन 6,070 किलोग्राम था।

वह 485 किलोमीटर प्रतिघंटे की रफ़्तार से उड़ान भरता था, जो एक बार में 2700 किलोमीटर तक जा सकता था। उसका कोड नाम, की-21 था।"

"क्या नेताजी हमेशा फाइटर प्लेन पर ही सफ़र करते थे?"

"उनका जीवन एडवेंचर से भरा हुआ था। तुम्हें मालूम होगा मेजर राधिका कि उन्होंने पहली बार जर्मनी से जापान तक की यात्रा पनडुब्बी जहाजों से की थी।"

लेफ्टिनेंट हिजुकी इतना कहकर शांत हो जाती है। थोड़ी देर तक कमरे में शांति सी छाई रहती है। दोनों में से कोई कुछ नहीं बोलती। ऐसा प्रतीत होता है कि दोनों के दिमाग में कुछ हलचल सी मची हुई है। फिर हिजुकी कुछ सोचते हुए कहती है,

"अच्छा, अब कुछ सवाल? यदि नेताजी अस्पताल में इलाज के दौरान मरे थे, तो उनकी एक भी तस्वीर क्यों नहीं ली गयी, जबकि उन दिनों हबीबुर्र रहमान के कथित मृत शरीर को दिखाया गया था; जबकि वह ज़िंदा थे? बाकी जिन लोगों का इलाज हो रहा था, उनकी भी कोई तस्वीर नहीं है। इस रिपोर्ट के अनुसार नेताजी जापान के अस्पताल में मरे और अन्य एक रिपोर्ट में उन्हें ताइहोकू एयरपोर्ट(ताइपे-ताइवान)पर मृत बताया गया है। अब सबसे मजेदार समाचार देखो मेजर राधिका,

"एपीआई ने 29 अगस्त, 1945 को जो समाचार प्रकाशित किया था, उसमें एक अमेरिकी पत्रकार लिखता है कि नेताजी सुभाषचंद्र बोस ज़िंदा हैं और उन्हें साइगॉन में देखा गया है।"

"फिर 11 सितम्बर को झांसी में नेहरु जी ने भी एपीआई को दिए अपने एक इंटरव्यू में कहा था कि उन्हें नेताजी के बारे में बहुत सारी रिपोर्ट्स सुनने को मिलती रहती हैं और उनका मानना है कि ये सारी बातें बहुत सारे संदेह पैदा करते हैं।"

"अब कर्नल हबीबुर्र रहमान की बात करते हैं मेजर राधिका," लेफ्टिनेंट हिजुकी फ़ाइल के एक पेज को पलटते हुए कहती है। "रिपोर्ट में कहा गया है कि कर्नल हबीबुर्र रहमान एकमात्र भारतीय थे, जिन्होंने नेताजी को दुर्घटना के समय देखा था, क्योंकि वह ठीक उनके बगल में बैठकर हवाई सफ़र कर रहे थे। संयोगवश वह बच गए। ऐसी स्थिति में वही सही-सही बता सकते थे कि आखिरकार 18 अगस्त को उस जहाज में हुआ क्या था?"

"युद्ध की समाप्ति के बाद कर्नल हबीबुर्र रहमान को गिरफ्तार कर दिल्ली के लाल किले में रखा गया था। जब उन्हें रिहा किया गया, तो वह एक महीने तक नेताजी के बड़े भाई शरत चन्द्र बोस (1889-1950) के घर पर रहे। वहां पर वे प्रायः आजाद हिन्द फौज से जुड़ी घटनाओं का जिक्र अपने साथियों से किया करते थे। किन्तु सबसे आश्चर्य जनक बात यह है कि जब कभी भी उनसे उस कथित हवाई दुर्घटना के बारे में पूछा जाता, तो वे इस मामले में जवाब देने से बचने की हर संभव कोशिश किया करते थे। उन्होंने कभी भी नेताजी के बड़े भाई से खुलकर कुछ नहीं कहा।"

मेजर राधिका की भृकुटी तन जाती है। वह फ़ाइल के एक पन्ने को पलटते हुए कहती है, "तुम्हारी इस फ़ाइल में

एक मजेदार बात लिखी है लेफ्टिनेंट हिजुकी। क्या तुमने कभी गौर किया?"

अब दोनों एक दूसरे से पूरी तरह से खुल चुकी हैं। ऐसा प्रतीत हो रहा है कि दोनों के बीच लम्बे समय से मित्रता हो। रात बहुत हो चुकी है। बारह कब का बज जाता है, दोनों में से किसी को भी पता नहीं चलता है। मेजर राधिका सुबह होने से पहले कुछ और भी जानकारियां एकत्र कर लेना चाहती हैं। वह उस पन्ने को दिखाते हुए कहती हैं,

"जब कभी भी कर्नल हबीबुर्र रहमान से उस कथित विमान दुर्घटना के बारे में पूछा जाता, सबूत के तौर पर वे हमेशा अपने उस ऊनी स्वेटर को दिखाते, जिसे उन्होंने दुर्घटना के समय पहन रखा था। किन्तु उस स्वेटर पर कहीं भी जलने के निशान नहीं थे।"

"यह अपने आप में संदेह पैदा करने वाली बात है मेजर कि एक लड़ाकू विमान दुर्घटनाग्रस्त होता है, कुछ लोग उसमें जलकर मर जाते हैं, कुछ लोगों को अधजले स्थिति में बचा लिया जाता है और एक व्यक्ति स्वेटर पहने हुए है, जिसे बचा तो लिया जाता है, किन्तु उसके स्वेटर पर जले हुए का कोई भी निशान नहीं है? इसका क्या मतलब निकाला जा सकता है मेजर?"

रिपोर्ट में अपने मित्रों के सामने कर्नल रहमान को यह कहते हुए बताया गया है,

"जब विमान में आग लगी तब नेताजी उससे निकलने की कोशिश कर रहे थे। इस कोशिश में उनके बुश्शर्ट में भी आग लग गयी। (बुश्शर्ट एक प्रकार की कमीज हुआ करती

थी, जो आधी खुली होती थी, उसमें टाई कॉलर हुआ करता था और शेष आधे हिस्से पर एक प्लेट बनी रहती थी। यह नीचे से गोलाकार हुआ करती थी, जिसे पैंट के अन्दर भी खोंसकर पहना जा सकता था। कॉलर कोट जैसी चपटी और छोटी हुआ करती थी और गले में बटन नहीं होता था। इसमें टाई नहीं लगाई जाती थी। यह फैशन भारत में 40 से 60 के दशकों तक बहुत प्रचलित था)। उस दिन नेताजी शरीर के ऊपर यही पहने हुए थे। जब वे विमान से निकलने की कोशिश करने लगे तब उनके शरीर का उपरी हिस्सा गंभीर रूप से जल गया था।"

"फिर जब मित्रों ने कर्नल रहमान से यह पूछा कि उस भीषण आग में आपका ऊनी स्वेटर क्यों नहीं जला, तब रहमान ने इस सम्बन्ध में कोई भी जवाब देने से इनकार कर दिया। कर्नल रहमान ने सिर्फ अपने दोनों पंजे को दिखाए, जो थोड़े से जले हुए थे।"

क्या तुम जानती हो मेजर राधिका, नेताजी सुभाषचंद्र बोस के दो निजी डॉक्टर थे- एक का नाम डॉ कर्नल डी एस राजू (1904-) और दूसरे का नाम डॉ आर एम कासलीवाल था। जब उन्होंने कर्नल रहमान से पूछा कि हवाई दुर्घटना के दौरान जब वे नेताजी को बचाने की कोशिश कर रहे थे, तब उनका हाथ क्यों नहीं जला? इस विषय में कर्नल रहमान कोई भी जवाब ठीक से नहीं दे पाए।

"फिर राजस्थान के एक सीनियर आईएएस अधिकारी खेमचंद को एक बार कर्नल हबीबुर्र रहमान ने कहा था कि नेताजी की हवाई दुर्घटना की कहानी बिलकुल ही झूठी

और मनगढ़ंत थी, क्योंकि कुछ लोग चाहते थे कि नेताजी किसी प्रकार मित्र राष्ट्र की सेना द्वारा अपनी गिरफ्तारी से बचकर निकल जाएँ। वह आईएएस अधिकारी खेमचंद 1945 से 1947 तक अलवर एस्टेट के प्रधानमंत्री जनरल अब्दुर रहमान के निजी सचिव हुआ करते थे।

"इन बातों से तुम्हें क्या लगता है लेफ्टिनेंट हिजुकी? क्या वे उस दिन विमान में थे?"

"मुझे तो यह एक बहुत बड़ा कुचक्र लगता है। कर्नल हबीबुर्र रहमान या तो बहुत बड़ी झूठ बोल रहे थे, या फिर वे हर संभव नेताजी को बचाना चाहते थे। वे शायद जानते थे कि नेताजी कहाँ पर थे?" अब लेफ्टिनेंट हिजुकी फ़ाइल के एक अन्य पेज को पलटकर कहती है," ज़रा इसे भी पढ़ो मेजर राधिका, मैंने बहुत मेहनत से इस फ़ाइल को तैयार किया है।"

"यह नेताजी की पार्टी की ही फॉरवर्ड ब्लाक नामक एक पत्रिका है, जो 1947 में प्रकाशित हुई थी। इस पत्रिका में आजाद हिन्द फौज के कानून मंत्री ए.एन. सरकार ने एक आर्टिकल कर्नल हबीबुर्र रहमान के हवाले से लिखा था। इस लेख में यह कहा गया है कि उन्होंने कर्नल रहमान से एक प्रकार से न्यायिक और विधिशात्र के तहत पूछताछ की थी। उन्होंने यह पाया कि कर्नल रहमान का आचरण संदेहजनक था। वह नेताजी की मृत्यु से सम्बंधित किसी भी सवाल का सही जवाब नहीं दे पा रहे थे। मैं कर्नल रहमान से संतुष्ट नहीं था। वास्तव में कहें तो, उनकी मृत्यु की जाँच हुई ही नहीं थी।"

"अब इसी जाँच के लिए तो हमें भेजा गया है। दुनिया चाहे अपने स्तर से कितनी भी जाँच कर ले, हमलोग सत्य की खोज करेंगे लेफ्टिनेंट।"

"अब मैं सोने जा रही हूँ। मुझे नींद आ रही है। बाकी के काम को सुबह में देखेंगे," इतना कहते हुए हिजुकी सीधे अपने बिस्तर पर लेट जाती है। वह अपनी ऑंखें बंद कर खर्राटे लेना शुरू कर देती है।

"ठीक है लेफ्टिनेंट हिजुकी, सहयोग के लिए धन्यवाद। मैं अब अपने होटल जा रही हूँ। कल सुबह फिर बातें होंगी," मेजर राधिका फ़ाइल को मेज पर ही रखकर उठ खड़ी होती है।

"इतनी रात को अब कहां जाओगी मेजर? कोई भी सवारी नहीं मिलेगी जो तुम्हें तुम्हारे होटल तक पहुंचा दे। आकर मेरे बगल में इसी बेड पर सो जाओ। कल सुबह जाना।"

मेजर देखती है कि हिजुकी अब पूरी तरह से नशे में है। वह बात करने की स्थिति में भी नहीं है। वह उठकर एकबार खिड़की के पास जाती है। देखती है, बैंकाक शहर का यह बाहरी इलाका पूरी तरह से अँधेरे में डूबा हुआ है। किसी भी खिड़की से प्रकाश की कोई किरण नजर नहीं आ रही है। सड़कें तक दिखाई नहीं दे रहीं। वह वापस आकर लालटेन की रौशनी को बुझा देती है, फिर टेबल पर रखे ग्लास को उठाकर पानी पीती है और चुपचाप हिजुकी के बगल में सो जाती है। हिजुकी अभी भी खर्राटे भर रही है। मेजर राधिका एकबार उसे अँधेरे में देखने की कोशिश करती है और फिर

धीरे से उसकी गर्दन को हिला देती है। आश्चर्यजनक रूप से खर्राटे की आवाज अचानक से बंद हो जाती है। किन्तु अब हिजुकी धीरे से बड़बड़ाती है,

"आ गयी मेजर? सो जाओ! मुझे साइगॉन की बहुत याद आ रही है। मुझे वहां जाना है। वहां मेरा पति रहता है, जिसे मैंने बहुत दिनों से देखा नहीं। जाने वह कहाँ होगा? नेताजी की कुछ महत्वपूर्ण फाइलों को मैंने साइगॉन के अपने घर में छुपा रखा है। नेताजी को उस रोज मैंने अंतिम बार देखा था...." और अब वह बड़बड़ाना बंद कर देती है।

मेजर राधिका करबट बदलती है। वह अपनी आँखों को बंद कर सोचने लगती है, "लेफ्टिनेंट हिजुकी ऑपरेशन'परिंदे की खोज'की एक महत्वपूर्ण कड़ी है। उसे अब साइगॉन जाना चाहिए।" वह लगातार सोचती है,

"क्या उस दिन उस जहाज, मित्सुबिशी की-21 में नेताजी थे? जापानी इम्पीरियल फोर्स के लेफ्टिनेंट जनरल सुनामासा शिदेई की मृत्यु की खबर को पक्की बताई गयी थी, कुछ लोग घायल भी हुए थे, किन्तु एकमात्र नेताजी सुभाषचंद्र बोस की मौत को इतना रहस्यमय क्यों बना दिया गया? उनके पार्थिव शरीर को सभी से क्यों छुपाया गया? वह कौन लोग हो सकते थे जो नेताजी को भूमिगत हो जाने में मदद करना चाहते थे? उससे उनका क्या फायदा होता?

रात के तीन बज रहे हैं। अब मेजर राधिका को भी नींद आ जाती है।

7

बैंकाक में अगली सुबह। लेफ्टिनेंट हिजुकी की नींद खुलती है। वह पलटकर देखती है, मेजर राधिका अभी भी गहरी नींद सो रही है। आज हिजुकी को अपना मन थोड़ा हल्का महसूस हो रहा है। कल रात बहुत दिनों के बाद उसने अपने मन की बात को किसी के साथ शेयर किया था। पलंग से उठकर वह सबसे पहले खिड़की के पास जाती है। यह उसका हर रोज का नियम है। जैसे ही वह परदे को हटाती है, ठंढी हवा उसके चेहरे से टकराती है। वह आनंदित हो उठती है। खिड़की से बाहर झांककर देखती है, रात में हल्की सी बारिश हुई है। वह मन ही मन सोचती है, 'आज मौसम सुहाना रहने की संभावना है।' एकबार पलटकर वह फिर मेजर राधिका की ओर देखती है; वह अभी भी सो रही है। हिजुकी मुस्कुराती है और कॉफी बनाने अपने किचन में चली जाती है।

जिस टेबल पर देर रात तक दोनों की बातें होती रही थीं, उसी टेबल पर कॉफी के दो प्याले को रखकर वह धीमी आवाज में मेजर राधिका को पुकारती है। उसकी एक ही पुकार सुनकर राधिका की नींद खुल जाती है। "गुड मॉर्निंग राधिका," वह मुस्कुराते हुए कहती है, "तुम्हारे लिए कॉफी तैयार है।"

"कितने बजे होंगे?क्या मैं बहुत देर तक सोती रही?"

"नहीं, अभी आठ ही बजे हैं। तुम सही समय पर उठी हो राधिका।" सारी रात आपस में बातें करने के बाद अब दोनों के बीच आत्मीयता इतनी बढ़ चुकी है कि अब वे एक दूसरे के लिए आदरसूचक शब्दों का इस्तेमाल नहीं करती है।

"एक घंटे के अन्दर मैं अपने होटल पहुंचना चाहती हूँ। क्या हमलोग आज ही साइगॉन की ओर रवाना हो सकते हैं लेफ्टिनेंट?" कॉफी उठाते हुए राधिका कहती है।

"हमलोगों को पानी के जहाज से जाना होगा। दो दिन लग जाएंगें। मैं आज ही दो टिकटों का इंतजाम करती हूँ।"

"ठीक है। टिकट का इंतजाम हो जाए तो तुम मेरे होटल में अपने सामान सहित आ जाना। वहीं से चलेंगे," और इतना कहते हुए राधिका एक-एक सौ के दस बात (थाईलैंड की मुद्रा) को अपने बैग से निकाल कर टेबल पर रख देती है। लेफ्टिनेंट हिजुकी उस पैसों की ओर एक नजर देख कहती है, "मैं समय पर तुम्हारे होटल में आ जाउंगी।" अब राधिका तेजी से उठकर हिजुकी के घर से बाहर चली जाती है।

जैसे ही मेजर राधिका होटल में अपने कमरे के दरवाजे को खोलती है, उसका जी धक् से हो जाता है। कमरे के अन्दर प्रवेश करने के साथ ही उसे महसूस होता है कि उसके सामानों की तलाशी ली गयी है। वह तेजी से अपने काले सूटकेस की ओर बढ़ती है। देखती है; उसे किसी ने तेज धारदार चाकू से काट दिया है। सूटकेस खुली हुई है। उसे आशंका होती है। आगे बढ़कर वह अपने कपड़ों के तह में देखती है। साधू बाबा ने जो फ़ाइल उसे दिया था, वह गायब है। वह मन ही मन बुदबुदाती है,

"किसी ने 'परिंदे की खोज' फ़ाइल को गायब कर दिया।" वह सोचती है, "कौन हो सकता है? इसका मतलब है कि हिंदुस्तान से चलते समय ही उसपर नजर रखी जा रही है। उसका मिशन अब गुप्त नहीं रहा।"

उसे भय होता है, "कहीं लेफ्टिनेंट हिजुकी की जिन्दगी खतरे में तो नहीं। कल रात जरूर किसी ने मेरा पीछा किया होगा?" अब वह तुरंत ही अपने कमरे से होटल के मैनेजर को फोन लगाती है। थोड़ी ही देर में थाई पुलिस उसके कमरे में होती है।

"आई एम वेरी सॉरी मैडम, मेरे होटल में चोरी की यह पहली घटना है," मैनेजर अत्यंत ही विनतीपूर्वक कहता है।

राधिका बहुत चिंतित है। वह सोचती है, यदि पुलिस ने उसके भेद जान लिए तो ऑपरेशन 'परिंदे की खोज' का यहीं पर अंत हो जाएगा। फिर वह खुद पर काबू करती है।

थाईलैंड से भारत के रिश्ते बेहतर हैं। पुलिस बहुत ज्यादा शंका प्रकट नहीं करती। वह सिर्फ इतना जानने की कोशिश करती है कि राधिका का इस देश में आने का उद्देश्य क्या है?

"मेरी कम्पनी रेशमी कपड़ों का व्यापार करती है," राधिका जबाव देती है।

"आपका पासपोर्ट?" पुलिस पासपोर्ट मांगती है।

राधिका सोचती है, यह तो अच्छा था कि वह अपने हैंड बैग में अपने पासपोर्ट को लेकर निकली थी, वरना चोर उसे भी ले जाता। वह पुलिस से कुछ नहीं कहती, सिर्फ उसकी ओर अपना पासपोर्ट बढ़ा देती है। जांच अधिकारी उसके

पासपोर्ट को थोड़ी देर तक गौर से देखता है और फिर पूछता है,

"कल रात आप होटल के अपने कमरे से कहां चली गयी थीं?"

"मैं अपने एक ट्रेवल एजेंट के घर गयी थी। उसने मुझे खाने पर बुलाया था। मुझे अपने व्यापार के सिलसिले में वियतनाम और जापान की यात्रा करनी है। इसलिए मुझे अपने एजेंट की जरूरत थी।"

"क्या नाम है आपके एजेंट का?" पुलिस पूछती है।

"उसका नाम हिजुकी है। वह 'ट्रेवल वाया सी' नामक कम्पनी में काम करती है।

एक पुलिस अधिकारी, जो पास ही खड़ा होता है, अपने सीनियर से कहता है, "सर! मैं हिजुकी को जानता हूँ। वह शैलानियों के लिए समुद्री जहाजों के टिकट का इंतजाम करती हैं।"

वह सीनियर अधिकारी उसे एक नजर देखता है। फिर राधिका की ओर मुड़कर कहता है, "ठीक है मैं आपके सामानों की खोज करूंगा। मैं आपके ट्रेवल एजेंट से भी बातें करना चाहूँगा। किन्तु इस बीच आप मुझे बिना बताए इस देश से बाहर नहीं जाएंगी।"

पुलिस के वापस चले जाने के बाद राधिका का दिमाग तेजी से काम करने लगता है। होटल का मैनेजर चापलूसी करता हुआ कहता है," मैडम! मैं आपके लिए कमरे में ही

कॉफी का इंतजाम कर देता हूँ। आप आराम से रहें। पुलिस निश्चित रूप से आपके सामानों को बरामद कर लेगी।"

"ठीक है, मुझे अभी तुरंत बाजार जाकर अपने लिए कुछ सामान खरीदने होंगे। आप कॉफी भिजवा दें।"

मेजर राधिका मुश्किल से आधे घंटे के लिए होटल के अपने कमरे में रुकती है। जितनी जल्दी हो सके वह लेफ्टिनेंट हिजुकी के पास जाना चाहती है; उसके घर पुलिस के आने से पहले। वह जैसे ही हिजुकी को अपने होटल में हुई चोरी की बात बताती हैं, हिजुकी मुस्कुराकर पूछती है,

"चोरों ने बहुत महवपूर्ण चीज उठा लिया क्या?"

"एक फ़ाइल थी, जिसे साधू बाबा ने दिया था।"

"क्या वह 'परिंदे की खोज' थी?" हिजुकी फिर पूछती है।

मेजर राधिका को काटो तो खून नहीं! हिजुकी अपनी अलमारी को खोलती है। नीले रंग की वही फ़ाइल निकाल कर टेबल पर रखते हुए कहती है, "मुझे पहले से ही संदेह था मेजर कि तुम्हारे कमरे में चोरी होने वाली है। इसीलिए मैंने कल रात ही यह फ़ाइल तुम्हारे कमरे से उठवा लिया।"

"इसलिए तुम यह चाहती थी कि कल रात मैं अपने होटल में नहीं जाऊं?"

"हाँ मेजर। वहां रात के अँधेरे में तुम्हारी जान को ख़तरा था। मैंने तुम्हें अपने पास ही रख लिया और तुम्हारे इस मिशन की सबसे कीमती चीज 'परिंदे की खोज' वहाँ से उड़ा ली," हिजुकी मुस्कुराते हुए कहती है।

"किन्तु तुम्हारे लोगों ने तो मेरे बैग का सत्यानाश कर दिया। पूरा बैग काट डाला। वह चमड़े का एक कीमती बैग था।"

"अरे नहीं, मेरे लोगों ने तो सिर्फ बैग का ताला तोड़ा था।"

"इसका मतलब यह हुआ कि घटना के बाद चोर आया था।"

"हाँ, यही हुआ होगा। उन्होंने ही बैग को काटा होगा। तुम्हारी जान को खतरा था मेजर।"

"अच्छा जाने दो, यह बताओ कि क्या साइगॉन के टिकट का इंतजाम हुआ?"

"बस अभी ही निकलना है।"

"पुलिस ने मुझसे पूछताछ की थी। वह तुम्हारे पास भी आती होगी।"

"उससे पहले हमलोग यहाँ से निकल जाएँगे। चलो मेजर, समुद्र के किनारे जहाज हमलोगों का इन्तजार कर रही है। अब थोड़ा ज्यादा ही सावधान रहना होगा।

जहाज के एक खूबसूरत सी केबिन में दोनों बैंकाक से साइगॉन के लिए सफर कर रही है। बहुत देर तक दोनों चुपचाप जहाज को समुद्र की लहरों पर तैरता हुआ देखती रहती है। फिर अचानक से हिजुकी एक सवाल करती है,

"मेजर राधिका, युद्ध के ख़त्म हो जाने के बाद क्या तुमने शादी की?

"मेरी शादी तो युद्ध के समय ही हो गयी थी।"

"क्या करता है वो?"

"नहीं है वो अब वह इस दुनिया में। वह ब्रिटिश फौज में था और बर्मा की लड़ाई में मारा गया। फिर मैं आजाद हिन्द फौज में शामिल हो गयी।"

"तुम तो मद्रास में रहती थी न?"

"शुरुआती दौर में। बाद में हमलोग सीलोन (श्रीलंका)के जाफना शहर में चले गए।"

"फिर कर्नल आनंद से तुम्हारी मुलाक़ात कब हुई?"

"कर्नल आनंद नहीं, साधू बाबा। वे मुझे खोजते हुए जाफना तक आए थे," फिर मेजर राधिका ने बातों को बदलते हुए कहा, "अभी तो हमलोगों को साइगॉन पहुँचने में बहुत समय है, तबतक क्यों नहीं नेताजी के बारे में और थोड़ी खोज कर लें। क्या तुम्हारी फ़ाइल इस जहाज में भी तुम्हारे साथ है?"

"एक महत्त्वपूर्ण चीज मैं तुम्हारे प्रधानमन्त्री जवाहरलाल नेहरु के बारे में दिखाना चाहती हूँ। इसमें कितनी सचाई है, उसपर गौर किया जाना चाहिए।"

"हाँ, मैंने भी कुछ देखा है। नेताजी की मौत के प्रति उनके विचार हमेशा बदले-बदले से रहे हैं।"

लेफ्टिनेंट हिजुकी उठकर सबसे पहले केबिन के दरवाजे को बंद कर देती है। फिर बैग से एक फ़ाइल निकाल कर मेजर राधिका के सामने रखते हुए कहती है, "इसे पढ़ना जरूरी है। इसमें कुछ षड्यंत्र की बू आती है; पता नहीं इसमें कितनी सचाई है और कितना झूठ?"

"ज़रा मुझे दो तो फ़ाइल," इतना कहकर मेजर राधिका उस फ़ाइल के पहले पन्ने को पलटती है। सामने ऊपर ही मोटे अक्षरों में लिखा है, "क्या नेहरु ने नेताजी के साथ विश्वासघात किया?"

"मेरठ में एक व्यक्ति था, श्यामलाल जैन। वह जवाहरलाल नेहरु का स्टेनोग्राफर था।(हालांकि 1970 में सुभाषचंद्र बोस की कथित मौत की जाँच के बारे में भारत सरकार द्वारा गठित खोसला कमीशन का श्यामलाल जैन भी एक हिस्सा था, किन्तु बाद में उसे निकाल दिया गया था।)

"1946 में ब्रिटिश सरकार ने अपनी एक खुफिया रिपोर्ट में कहा था कि पंडित नेहरु का गुप्त रूप से सुभाषचंद्र बोस के साथ संपर्क हुआ था। उस रिपोर्ट का आधार श्यामलाल जैन और पंडित नेहरु के बीच हुई बातों में छिपा था।" (हालांकि बाद में श्यामलाल जैन ने खोसला कमीशन के सामने भी कुछ ऐसी ही बातें कही थी।)

"1945-46 के बीच श्यामलाल जैन गुप्त रूप से असफ़ अली (1888-1953) के स्टेनो के रूप में काम कर रहा था। कांग्रेस ने 1945 में एक आई.एन.ए डिफेन्स कमिटी का गठन किया था, जो युद्ध के बाद आजाद हिन्द फौज के गिरफ्तार किए गए अधिकारियों का अदालत में बचाव करती थी। असफ़ अली इसके सचिव, और उस ज़माने के एक प्रसिद्ध वकील भूलाभाई देसाई (1877-1946) इसके अध्यक्ष थे। पंडित नेहरु इस कमिटी के एक महत्त्वपूर्ण सदस्य के रूप में आजाद हिन्द फौज के गिरफ्तार किए गए सैनिक अधिकारियों के कोर्ट मार्शल के खिलाफ वकालत कर रहे थे।"

मेजर राधिका उस फ़ाइल को पढ़ते हुए कहती है, "यह तो बहुत ही आश्चर्य में डालने वाली बात है। क्या तुमने इस फ़ाइल का अध्ययन किया है लेफ्टिनेंट?"

"हाँ मैंने देखा है इस फ़ाइल को। तुम भी देख लो। आगे की खोज में काम आने वाली बातें हैं इसमें।"

"हाँ, शायद!" राधिका कहते हुए फ़ाइल में दर्ज बातों पर एक जगह रुक जाती है। उसे ध्यान से पढ़ते हुए कहती है, "ज़रा इसे देखो तो।"

"क्या है?"

"यहाँ लिखा है, "26 या 27 दिसंबर, 1945 की एक शाम जवाहरलाल नेहरु ने श्यामलाल जैन को फोन कर के कहा कि वह अपने टाइप राइटर के साथ असफ़ अली के निवास पर आ जाए, उन्हें बहुत सारे पेपर्स टाइप कराने हैं। जब श्यामलाल जैन ने बहुत सारे पेपर्स को टाइप कर लिया, तब नेहरु ने अपनी जेब से एक कागज निकाला। उन्होंने श्यामलाल से कहा कि चूँकि इस कागज़ पर किसी के हाथों से कुछ लिखा हुआ है, जो उन्हें पढ़ने में परेशानी हो रही है;अतः वह इसे टाइप कर दे। उस कागज़ पर लिखा था,

"23 अगस्त, 1945 को दोपहर के एक बजकर तीस मिनट पर सुभाष चन्द्र बोस साइगॉन से एक हवाई जहाज से उड़कर डेरेन (मंचूरिया का एक इलाका) पहुंच गये हैं। यह जहाज जापान का एक बम्बर जहाज था। उस जहाज में सोना, चांदी और जवाहरात बड़ी मात्रा में थे, जो दो सूटकेसों में भरे हुए थे। दोनों सूटकेसों को नेताजी खुद से अपने एक-एक हाथ में उठाए हुए थे। पहले नेताजी ने चाय पी और

फिर केले खाए। उनके साथ चार व्यक्ति थे, जिनमें से एक जापानी जेनरल सुनामासा शिदेई भी था। फिर वे सभी एक जीप पर बैठ कर रूस की सीमा की ओर निकल पड़े। तीन घंटे बाद वही जीप वापस लौटकर आयी और उसमें बैठे व्यक्ति ने हवाई जहाज के पायलट से वापस टोकियो लौट जाने को कहा।"

"जवाहरलाल नेहरु ने उस कागज़ को श्यामलाल जैन को टाइप करने को दे दिया और स्वयं असफ़ अली के पास चले गए। वहां उन्होंने उनके साथ कुछ देर बातें की। उस कागज़ पर लिखने वाले का नाम पढ़ा नहीं जा सकता था। नेहरु ने पत्र लिखने वाले का नाम नहीं बताया। श्यामलाल जैन ने उस पत्र की कई कॉपी टाइप कर दी।"

"इसके बाद नेहरु नेअपने लेटर पैड की चार कॉपी श्यामलाल जैन को दी। उस लैटर पैड पर क्या टाइप करना था, उसे नेहरु ने शायमलाल को बताना शुरू किया। उसपर लिखा था,

"सेवा में,

मिस्टर क्लेमेंट एटली

प्रधानमंत्री, ब्रिटेन

10 डाउनिंग स्ट्रीट, लंदन।

डिअर मिस्टर एटली,

ज्ञात सूत्रों से मुझे पता चला है कि सुभाष चन्द्र बोस, "आपके युद्ध अपराधी," को स्टॉलिन ने रूस की अपनी सीमा में प्रवेश करने की इजाजत दे दी है। यह रूस के द्वारा स्पष्ट

रूप से एक विश्वासघात है, क्योंकि रूस मित्र राष्ट्र, ब्रिटेन और अमेरिका, का दोस्त रहा है। रूस को ऐसा नहीं करना चाहिए था। कृपया इन बातों पर ध्यान दें और आपको जो सही लगे वह करें।

आपका विश्वासी

जवाहरलाल नेहरु।"

इस पूरी रिपोर्ट को पढ़ने के बाद मेजर रधिका कहती है, "गजब बात है। पंडित नेहरु ने तो 1956 में लोकसभा में कहा था कि नेताजी की मृत्यु से जुड़ी बातें एक खत्म हो चुकी कहानी है। ठीक है लेफ्टिनेंट, इसे सुरक्षित रखो, इसपर आगे विचार करेंगे।"

"क्या नेताजी सचमुच सोवियत रूस चले गए थे?"

"मुझे तो कुछ ऐसा ही लगता है हिजुकी। बहुत सारे तथ्य इस बात की गवाही दे रहे हैं कि वह जहाज जिसे दुर्घटनाग्रस्त बताया गया, एक झूठी कहानी थी। मैं तो सोच रही थी कि जापानी जेनरल सुनामसा शिदेई उसमें मारा गया था, किन्तु पंडित नेहरु की इस चिट्ठी से पता चलता है कि वह भी नेताजी के साथ रूस तक पहुंच गया था।"

"उस दुर्घटना में एक ही जीवित व्यक्ति था- कर्नल हबीबुर्र रहमान," हिजुकी मुस्कुराते हुए कहती है।

"और वह भी झूठी कहानी गढ़ रहा था," राधिका भी मुस्कुरा उठती है। यह एक घोर षड्यंत्र है लेफ्टिनेंट! मुझे न जाने क्यों महसूस हो रहा है कि नेताजी आज भी रूस में हैं, शायद उन्हें साइबेरिया में रखा गया है- कैद करके!"

फिर मेजर राधिका अपनी फ़ाइल 'परिंदे की खोज' को खोलते हुए कहती है, "लेफ्टिनेंट, इस फ़ाइल में साधू बाबा ने नेताजी और रूस से सम्बंधित कुछ जानकरियां दी हैं। चलो उसका अध्ययन करते हैं।"

जहाज समुद्र में तेजी से आगे की ओर बढ़ रही है। शाम का समय है। मेजर राधिका कहती है,

"ज़रा ब्रिटिश सरकार के इस गुप्त रिपोर्ट को देखो लेफ्टिनेंट। इसमें कहा गया है कि जब लड़ाई खत्म हो गयी तो ब्रिटिश सेना ने आजाद हिन्द फौज और जापान के शीर्ष सैनिक अधिकारियों की गिरफ्तारियां शुरू की। मुख्य रूप से ये गिरफ्तारियां साउथ-ईस्ट एशिया में हो रही थीं। इनमें से कुछ अधिकारियों ने ब्रिटिश गुप्तचरों को बताया था कि नेताजी के जहाज को साइगॉन से उड़कर मंचूरिया होते हुए सोवियत रूस की सीमा में प्रवेश करना था। हलाकि रूस के एक अख़बार 'प्रावदा' ने इस बात से इंकार किया कि नेताजी रूस की ओर जा रहे थे, किन्तु रूस के दो कूटनीतिज़ों ने इस बात की पुष्टि की थी कि नेताजी मास्को पहुंच गए थे।"

एक जगह तो यह भी लिखा हुआ है लेफ्टिनेंट हिजुकी कि ब्रिटिश सेना के गुप्तचरों ने 1945 में वेवेल सरकार को यह बताया था कि सुभाषचंद्र बोस संभवतः रूस पहुंच चुके थे और यहाँ तक कि उन्होंने महात्मा गांधी तथा जवाहरलाल नेहरु से संपर्क भी साधा था।

"शायद इसीलिए गांधीजी ने 1946 मेंजनता के बीच यह कहना शुरू कर दिया था कि उनकी अंतरात्मा यह कहती है

कि सुभाष बोस ज़िंदा हैं और उन्होंने खुद को कहीं पर छुपा रखा है," मेजर राधिका बुदबुदाते हुए कहती है।"

"ब्रिटिश गुप्तचरों की एक रिपोर्ट यह भी है कि नेताजी ने भारत में जवाहरलाल नेहरु को पत्र लिखकर संपर्क साधा था। उन्होंने खुद के बारे में बताया था कि वह रूस में हैं और यहाँ से निकल कर वापस भारत जाना चाहते हैं," हिजुकी मेजर का समर्थन करते हुए कहती है कि यहाँ तक कि नेताजी के भाई शरत बोस को भी यह मालूम था कि उनके भाई ज़िंदा हैं।

इस सम्बन्ध में एक रिपोर्ट अफगानिस्तान से भी है मेजर," हिजुकी एक अन्य कागज को निकाल कर दिखाती है।

"क्या?"

"ब्रिटिश सरकार के एक गुप्त रिपोर्ट में कहा गया है कि नार्थ -वेस्ट फ्रंटियर स्टूडेंट कांग्रेस के एक अध्यक्ष ने अपने एक मित्र को अफगानिस्तान में पत्र लिखकर बताया था कि वह स्वयं वहां गया था। बोस टी.टी.में हैं। यह एक कोड वर्ड था।"

"इसका तो कोई मतलब नहीं निकलता? यह टी.टी. क्या बला है? किन्तु यह एक चौंकाने वाली बात है कि काबुल में रूस के एक राजदूत ने अफगानिस्तान के खोस्त प्रान्त के गवर्नर से कहा था कि बहुत सारे कांग्रेस के शरणार्थी रूस में हैं, जिनमें एक सुभाषचंद्र बोस भी हैं। फिर इरान के तेहरान से भी एक रिपोर्ट आयी थी, जिसमें रूस के एक वाणिज्य दूतावास के अधिकारी मार्दोफ़ ने मार्च 1946 में यह दावा किया था कि नेताजी रूस में हैं।"

"क्या तुम्हें ऐसा नहीं लगता लेफ्टिनेंट हिजुकी कि हमलोगों का अंतिम पड़ाव सोवियत रूस होने वाला है। मैं जो भी रिपोर्ट पढ़ रही हूँ, नेताजी के रूस में होने की ओर इशारा करती है।"

थोड़ी देर सोचने के बाद हिजुकी कहती है, "सोवियत रूस जाना कोई आसान काम नहीं है मेजर। स्टालिन मर चुका है और अभी रूस पर निकिता ख्रुश्चेव (1894-1971)का राज है। अभी हाल ही में 1954 में रूस में केजीबी नामक गुप्त संस्था की स्थापना हुई है, जो अमेरिका के खिलाफ शीत युद्ध में बहुत सारे कारनामे कर रही है। उसकी नजर से बच पाना आसान नहीं। वह हत्या भी करवा सकती है!"

"मेरे पास नेताजी के भाई शरत चन्द्र बोस द्वारा कलकत्ता के एक अख़बार 'दि नेशन' को दिए एक साक्षात्कार की कॉपी है लेफ्टिनेंट," मेजर राधिका कहती है।

"यह साक्षात्कार कब का है?" हिजुकी पूछती है।

"अपनी मृत्यु से एक साल पहले 7 अक्टूबर, 1949 को शरत चन्द्र बोस ने 'दि नेशन' नामक एक अख़बार को अपना साक्षात्कार देते हुए यह दावा किया था कि नेताजी माओ-त्से-तुंग (1893-1976) के 'रेड चीन' में हैं। उन्होंने यह भी दावा किया था कि इस बात की जानकारी भारत सरकार को थी।"

"हाँ मुझे याद है, 6 अगस्त, 1945 को बैंकाक सेसिंगापुर जाते समय खुद नेताजी ने चीन से संपर्क साधने की बात कही थी। वह अपने इरादों की जानकारी किसी को भी नहीं दिया करते थे। किन्तु युद्ध के अंतिम दौर में मैंने उन्हें कुछ

परेशान सा देखा था। उनका इरादा था कि वे चीन के सहयोग से साम्यवादी रूस की मदद ले सकते हैं।"

"देखो लेफ्टिनेंट, इस इंटरव्यू में शरत बोस यह कह रहे हैं कि उन्हें जिन सूत्रों के हवाले से यह जानकारी मिली थी कि नेताजी ज़िंदा हैं और माओवादी चीन में हैं, उन सूत्रों के नाम बताने से उन्होंने इनकार कर दिया था।"

'दि नेशन' अखबार को दिखाते हुए मेजर राधिका फिर कहती है कि इस बात पर निश्चित रूप से गौर किया जाना चाहिए कि शरत चन्द्र बोस ने अपने स्तर से नेताजी के बारे में कितनी जानकारियां इकट्ठा की थीं। उनका कहना था,

"1945 में मेरे जेल से रिहा होने के बाद मैंने आजाद हिन्द फौज के कर्नल हबीबुर्र रहमान से जब नेताजी की मृत्यु की सच्चाई के बारे में बातें की, तो वह हमेशा गोल-मोल बातें ही करते रहे। वह बार-बार एक ही कहानी को दोहराया करते थे। मुझे शक हुआ कि कर्नल रहमान खुद अपनी मर्जी से ऐसी गोल- मोल बातें नहीं कर रहे थे, बल्कि वह अपने चीफ (नेताजी) के आदेशों का पालन कर रहे थे। वह सच्ची बातें इसलिए भी नहीं कह रहे थे कि मैं नेताजी का भाई था, और उनके प्रति मेरी सबसे बड़ी कमजोरी थी।"

शरत चन्द्र बोस आगे बताते हैं, "यह कोई नहीं जानता कि नेताजी सुभाष चन्द्र बोस की वास्तविक योजना क्या थी? किन्तु मुझे नेताजी के एक बहुत ही करीबी व्यक्ति ने यह बताया था कि एकबार स्वयं नेताजी ने उनसे कहा था कि वे कम्युनिस्ट चीन जाना चाहते हैं।"

"एक बात समझ रही हो मेजर?" हिजुकी कहती है।

"क्या?"

"हर कोई चाहे वह महात्मा गांधी हों या जवाहरलाल नेहरु या फिर भारत के वायसराय, या रूस से लेकर अफगानिस्तान तक के अधिकारी, या फिर नेताजी के सबसे करीबी लोग; यहाँ तक कि उनके अपने भाई भी अलग-अलग तरीके से इस बात का दावा करते रहे हैं कि नेताजी की मौत 18 अगस्त, 1945 को उस हवाई दुर्घटना में नहीं हुई थी, किन्तु हर कोई अपनी बातों को सूत्रों और अपनी अंतरात्मा के हवाले से ही कहता है। कोई भी इस रहस्य को नहीं खोलता कि जो बातें उन्हें बताईं गयीं या मालूम हुईं, उनका सूत्र कौन था?"

"ऐसा लगता है कि तुम्हारे देश में इससे बहुत सारे लोगों को अपना-अपना राजनीतिक नफ़ा- नुकसान था। उनमें से अधिकांश लोग;यहाँ तक कि ब्रिटिश अधिकारी भी यह चाहते थे कि सुभाषचंद्र बोस के जीवित रहने में उन्हें कोई तकलीफ नहीं, किन्तु उन्हें हर हाल में फिर से भारत में प्रवेश करने पर रोका जाना चाहिए," हिजुकी मामले को कुछ राजनीतिक अंदाज से देखती है।

"तुमने सही सोचा है लेफ्टिनेंट। किन्तु राजनीति हमारा विषय नहीं है। हमलोगों को सिर्फ 'परिंदे की खोज'कर साधू बाबा को अपनी रिपोर्ट देनी है। यदि उन लोगों को, जो यह नहीं चाहते कि कोई भी व्यक्ति या संस्था नेताजी की मौत की असलियत का पता लगाए, इस बात की जानकारी मिल जाती है कि हमलोग इस मिशन में आगे बढ़ रहे हैं, तो एक बात का ख्याल रखना लेफ्टिनेंट कि इस मिशन में हमारी जान को भी खतरा हो सकता है," राधिका एक प्रकार से हिजुकी को चेतावनी देती है।

"यह तो बैंकाक के होटल में तुम्हारे कमरे में हुई चोरी से ही मुझे पता चल गया था। मुझे पक्का यकीन है कि कोई है, जो हमलोगों का पीछा कर रहा है," हिजुकी कहती है।

थोड़ी देर के लिए वातावरण उदास सा हो जाता है। हिजुकी को लगता है कि साइगॉन के अपने जिस घर में उसने नेताजी से जुड़ी कुछ जानकारियों को छुपा कर रखा है, कहीं वह भी गायब न हो जाए। उसे लगता है कि उसने एक मुसीबत मोल ले ली है, उसे इस दिशा में आगे नहीं बढ़ना चाहिए था। फिर वह सोचती है, 'उसका पति है न घर पर? वह महत्वपूर्ण कागजों की सुरक्षा कर सकता है।'

"क्या सोचने लगी लेफ्टिनेंट?"

"कुछ नहीं," हिजुकी इतना कहकर केबिन का दरवजा खोलती है। "मुझे लगता है कि रात के खाने का आर्डर कर देना चाहिए। कुछ आराम करने का मन है। कल शाम तक हमलोग साइगॉन में होंगे, इस बीच और भी जानकारियां जमा कर लेंगे।"

"तुमने मेरे सवाल का जवाब नहीं दिया?"

"किस सवाल का?"

"यही जो मैंने अभी पूछा कि तुम क्या सोचने लगी?"

"ओ, मेरा ध्यान कहीं और चला गया था। शायद घर पर। मैं अपने पति के बारे में सोच रही थी।"

"यह तो लाजमी है। इतने दिनों के बाद जा रही हो मिलने, तो तुम्हारा ध्यान उधर ही होना चाहए," राधिका मुस्कुराते हुए कहती है।

"ऐसी बात नहीं मेजर, मैं कुछ और ही सोच रही थी।"

"6 अगस्त, 1945 को बैंकाक से रवाना होने से पहले नेताजी ने मुझे कुछ महत्वपूर्ण कागजों को सुरक्षित रखने के लिए कहा था। इसके बाद तो इतनी सारी घटनाएँ घट चुकी हैं कि उनका तालमेल बिठाना एक कठिन काम है। युद्ध के बाद उन कागजों में से कुछ को मैं चुपके से अपने घर साइग्गॉन ले आयी। मैं यही सोच रही थी कि क्या मैंने यह सही किया अथवा गलत। दुश्मन जरूर उसकी तलाश में होगा। और, यदि यह सच है तो साइग्गॉन का मेरा घर सुरक्षित नहीं है," हिजुकी ने सारे राज खोल दिए।

"यह तो चिंता वाली बात है लेफ्टिनेंट।"

"हाँ, अब मैं यहाँ बैठकर कर भी क्या सकती हूँ। कल वहाँ पहुंचने के बाद ही पता चलेगा," इतना कहकर वह केबिन से बाहर निकल जाती है। अब राधिका को भी चिंता होने लगती है कि साधू बाबा ने उसे एक ऐसी जिम्मेदारी दे दी है, जिसमें न सिर्फ उसे अपनी जान का खतरा है, बल्कि अपने घर वापस लौटने में वर्षों लग सकते हैं।

अगली शाम को जहाज साइग्गॉन नदी के बंदरगाह पर लगती है। यह नदी वियतनाम के दक्षिण में कम्बोडिया के इलाके फुम दौंग से जुड़ी है। यह नदी इतनी विशाल है कि दक्षिण-पूर्व की ओर बढ़ती हुई आगे चलकर मेकांग डेल्टा के पास पूर्वी समुद्र से मिल जाती है।

"घर पहुंचने तक अंधेरा हो जाएगा," हिजुकी कहती है।

"कोई बात नहीं, एक टैक्सी कर लेते हैं।"

हिजुकी का घर घनी आबादी वाले इलाके में है। समुद्री यात्रा और नेताजी से जुड़े दस्तावेजों के अध्ययन के बाद वह कुछ थकी-थकी सी महसूस कर रही है। वह बैग को जमीन पर रखकर अपनी जेब से घर की चाभी निकालती है। फिर देखती है कि कमरे का दरवाजा बाहर से बंद नहीं है। उसे लगता है कि उसका पति फिलहाल घर पर ही है। उसके मन में अपने पति से लम्बे समय बाद मिलने की उत्तेजना जग जाती है। वह एक गहरी साँस लेती है और दरवाजे को खोलती है। ठीक उसके पीछे मेजर राधिका खड़ी है। कमरे में अंधेरा है। जैसे ही वह कमरे की लाईट ऑन करती है, उसका जी धक् से रह जाता है। कमरे के ठीक मध्य में एक व्यक्ति गिरा पड़ा है। वह तेजी से आगे बढ़कर इस व्यक्ति को पलट देती है। उसे देख वह चीख उठती है। उस व्यक्ति के सीने में एक खंजर घोंपा हुआ है। वह उसका पति है।

राधिका उसे संभाल पाती कि अचानक से सोफे के पीछे से एक व्यक्ति अपने हाथ में एक बड़ा सा चाकू लिए हिजुकी पर हमला कर देता है। यह देख राधिका हिजुकी को जमीन पर गिरा देती है, जिससे चाकू का हमला खाली चला जाता है। अब तेजी से मेजर राधिका अपनी जेब से एक छोटा सा पिस्तौल निकाल कर उस व्यक्ति पर गोली चला देती है। वह वहीं पर ढेर हो जाता है। फिर राधिका जमीन पर पड़ी हिजुकी को उठाने की कोशिश करती है कि अचानक से आलमारी के पीछे से एक और व्यक्ति निकलता है। वह एक ही झटके में राधिका के हाथ से पिस्तौल छीन लेता है। जैसे ही वह व्यक्ति गोली चलाना चाहता है, जमीन पर पड़ी लेफ्टिनेंट हिजुकी अपने पैर से उसपर हमला करती है। वह व्यक्ति गिर

जाता है। सामने का दरवाजा खुला हुआ है। वह तेजी से उठता है और फरार हो जाता है। उसने लाल रंग के जैकेट पहन रखे हैं। उसके बाल सुनहरे हैं। उसकी नाक लम्बी है। वह काफी मजबूत कदकाठी का दिखता है। किन्तु वह अपने मृत साथी को देखने की जगह फरार हो जाना ही बेहतर समझता है।

अब हिजुकी तेजी से खुली हुई आलमारी की ओर बढ़ती है। उसकी आँखें फटी रह जाती हैं।

"क्या हुआ?" मेजर राधिका पूछती है।

"वे लोग नेताजी से जुड़े दस्तावेज ले गए।"

"अब यहाँ रुकना ठीक नहीं। वापस चलो हिजुकी।"

"किन्तु मेरा पति?" इतना कहकर वह अपने मृत पति की ओर बढ़ना ही चाहती है कि कमरे के बाहर से गोलियों की आवाज आती है। मेजर राधिका तुरंत अपनी गिरी हुई पिस्तौल को उठाकर फायर करने लगती है। वह हिजुकी का हाथ पकड़कर उसे कमरे से बाहर निकालती है। तभी विपरीत दिशा से और भी गोलियों की आवाज आने आती है। एक कार तेजी से सड़क से उस पार निकल जाती है और ठीक उसी समय एक दूसरी कार अचानक से हिजुकी के घर के सामने आ लगती है।

उस कार से एक मजबूत कद काठी का भारतीय निकलता है। वह तेजी से राधिका के पास आकर कहता है,

"साइगॉन में आपका स्वागत है मेजर।"

राधिका देखती है, वह मेजर अमरदीप ढींगरा है, जो उस दिन हावड़ा रेलवे स्टेशन पर उसे रिसीव करने आया था। कार

की ड्राइविंग सीट पर वही ड्राईवर रहमत अली बैठा हुआ है, जिसने उसे नदी तक साधू बाबा की नाव पर पहुंचाया था। राधिका हिजुकी को खींचकर कार के अंदर ले जाती है। वह रोने लगती है। वह एकबार अपने मृत पति को जमीन पर पड़ा देखने की असफल कोशिश करती है। तभी मेजर ढींगरा ड्राईवर से कहता है,

"वुल्फ-57, कार को तेजी से मंजिल की ओर ले चलो।"

"यस बॉस! वुल्फ दौड़ते हुए कभी नहीं थकता!" रहमत अली कार को तेजी से आगे बढ़ा देता है।

8

लगभग एक घंटे तक शहर के विभिन्न इलाकों से गुजरती हुई कार साइगॉन नदी के किनारे बने एक छोटे से मकान के पास रुक जाती है। रहमत अली तेजी से अपनी ड्राइविंग सीट से उतर कर पीछे का दरवाजा खोलता है। मेजर राधिका सहारा देकर लेफ्टिनेंट हिजुकी को कार से बाहर निकालती है। वह काफी उदास है। रास्ते भर अपने पति की याद में रोने की वजह से उसकी आँखें सूजी हुई हैं। मकान के अन्दर प्रवेश करने के साथ ही हिजुकी कहती है,

"मुझे हर हाल में अपने घर जाना होगा। अबतक वहां पुलिस आ चुकी होगी।यदि मैं नहीं गयी तो पुलिस का शक मुझपर भी हो सकता है, क्योंकि मेरे बैग उसी कमरे में पड़े हुए हैं, जहाँ मेरे पति की लाश थी," हिजुकी भरे मन से कहती है।

"और मेरे भी बैग वहीं परहैं। उसी में 'परिंदे की खोज' से जुड़ी वह फ़ाइल भी है जिसे साधू बाबा ने मुझे दिया था," राधिका चिंतित मन से कहती है।

"फिर उस व्यक्ति के बारे में भी तो जानकारी चाहिए, जिसे मेजर राधिका ने कमरे में ढेर कर दिया था। उसकी भी लाश वहीं पड़ी होगी," इसबार अमरदीप ढींगरा कहता है। रहमत अली चुपचाप बैठा हुआ उनकी बातों को सुन रहा है।

"यह तो अब और भी उलझा हुआ मामला हो चुका है। हमलोग जिस दिशा में काम कर रहे थे, उसकी तो अब पूरी दिशा ही मुड़ती हुई दिखाई दे रही है," राधिका कहती है। कमरे में एकदम शांति है। एक क्षण के लिए कोई भी कुछ नहीं बोलता। फिर अचानक से राधिका मेजर अमरदीप ढींगरा की तरफ देखते हुए कहती है,

"आपको कैसे पता चला मेजर कि हमलोग एक जहाज पर बैंकाक से साइगॉन जा रहे हैं?"

"मैं भी उसी जहाज पर सफ़र कर रहा था, जिसपर आपलोग थीं। आपकी मदद करने का साधू बाबा का खास आदेश था। हमलोग साए की तरह आपके साथ थे।"

"अच्छा तो आपलोग हमारा पीछा कर रहे थे?"

"यस! यह आदेश था। हमलोग आपके आने के पहले ही बैंकाक आ चुके थे।"

"अच्छा किया मेजर ढींगरा जो आप भी इस मिशन में शामिल हो गए, वरना आज की रात तो हम दोनों मारे जाते," मेजर राधिका कहते हुए हिजुकी की तरफ देखती है। "क्या लेफ्टिनेंट हिजुकी को वापस अपने घर भेज देना चाहिए?"

"हाँ, जाना तो होगा ही। कम से कम इसे अपने पति के अंतिम संस्कार का हक़ तो है ही," मेजर अमरदीप ढींगरा इतना कहकर रहमत अली की ओर देखता है। "वुल्फ-57, तुम लेफ्टिनेंट हिजुकी को उनके घर तक पहुंचाकर वापस आ जाओ। रास्ते में नजर रखना।"

"ठीक है बॉस। "इतना कहकर रहमत अली जैसे ही उठना चाहता है, दरवाजे पर किसी के दस्तक देने की आवाज आती है। सभी लोग चौकन्ने हो उठते हैं।

"पता नहीं, इतनी रात को कौन आया है? रुको,मुझे देखने दो," इतना कहकर मेजर ढींगरा अपनी जेब से रिवाल्वर निकालकर दरवाजे की ओर आगे बढ़ता है। राधिका भी पिस्तौल निकाल कर अपने हाथ में रख लेती है।

मेजर ढींगरा धीरे से दरवाजे को खोलता है। सामने लम्बे कद का एक व्यक्ति खड़ा है। उसने अपने चेहरे को एक बड़ी सी टोपी से ढँक रखा है। उसकी सफ़ेद लम्बी दाढ़ी थोड़ी ज्यादा ही बढ़ी हुई है। उसने अपने दांतों के बीच एक लंबा सा सिगार फंसा रखा है, जिससे निकलने वाला धुंआ, उसकी टोपी के उपरी हिस्से से टकराकर उसके चेहरे के आगे धुंध पैदा कर रहा है। एक क्षण के लिए मेजर ढींगरा उसे पहचानने की कोशिश करता है। इसी बीच मेजर राधिका भी दरवाजे के पास आ जाती है। उसने पिस्तौल को मजबूती से पकड़ कर रखा है। दरवाजे पर खड़ा व्यक्ति धीरे से मुस्कुराते हुए कहता है,

"हेलो मैडम सुपरनोवा।"

मेजर राधिका की आँखें फटी रह जाती हैं। आश्चर्य से उसे देखते हुए कहती है, "साधू बाबा!"

दोनों दरवाजे से पीछे हट जाते हैं। राधिका देखती है, साधू बाबा के दोनों हाथों में वही बैग है, जिसे वह और हिजुकी बैंकाक से लेकर चली थी।

"वेलकम बॉस!"

साधू बाबा कमरे के अन्दर आ जाते हैं। दोनों बैगों को जमीन पर रखते हुए कहते हैं, "तुमलोगों ने अपना ख्याल नहीं रखा। क्या यह मेरी जिम्मेदारी थी कि तुम्हारे बैग को घटनास्थल से मैं सुरक्षित लाता?"

लेफ्टिनेंट हिजुकी बहुत वर्षों के बाद कर्नल आनंद को इस रूप में देख चकित रह जाती है। कर्नल आनंद से उसकी अंतिम मुलाकात उस 6 अगस्त, 1945 को बैंकाक में हुई थी, जब वे नेताजी के साथ मीटिंग कर रहे थे। हिजुकी सोचती है, 'कितने बदल गए हैं कर्नल?"

"सॉरी बॉस, परिस्थितियां कुछ ऐसी हो गईं थीं कि अपने बैगों को बिना लिए ही हिजुकी के घर से भागना पड़ा।"

"चिंता की कोई बात नहीं। पुलिस के आने के पहले मैंने इसे उठा लिया था," साधू बाबा कहते हैं।

"इनके पति की लाश का क्या हुआ? हिजुकी वापस घर जाना चाहती है," राधिका पूछती है।

"दोनों शवों को पुलिस ले जा चुकी है। पुलिस को इतनी तो जानकारी होगी ही कि उस घर में एक छोटी सी लड़ाई हुई थी, किन्तु यह नहीं मालूम होगा कि लड़ाई तुमलोगों से हुई थी," साधू बाबा अनुमान लगाते हुए कहते हैं।

"जिस व्यक्ति को राधिका ने गोली मारी थी क्या उसके बारे में कुछ पता चला?" इसबार हिजुकी पूछती है।

"नहीं। किन्तु वह व्यक्ति एक अहम सबूत हो सकता था। उसके विषय में यह पता करना जरूरी होगा कि वह किस देश

का रहने वाला था। इससे यह जानकारी मिल सकती थी कि वह कौन लोग हैं जो हमें 'परिंदे की खोज' करने से रोकना चाहते हैं?" साधू बाबा चिंता प्रकट करते हुए कहते हैं।

"हो सकता है कि वे भाड़े के टट्टू हों?" राधिका सवाल करती है।

"हो सकता है? किन्तु फिलहाल इन बातों को रहने दो," इतना कहकर साधू बाबा हिजुकी के पास आते हैं। उसके सिर पर स्नेह से अपने हाथ रखते हुए कहते हैं,

"मुझे दुःख है लेफ्टिनेंट कि मेरे इस अभियान में तुमने अपने पति को खो दिया। किन्तु तुमने जो हिम्मत दिखाई वह हमारे इस अभियान को पूरा करने में जरूर मदद करेगा।"

फिर वह रहमत अली की ओर मुड़ते हुए कहते हैं, "लेफ्टिनेंट हिजुकी को इसके घर तक ले जाओ। यह कुछ दिनों तक आराम करेगी, फिर इसे अभियान में शामिल किया जाएगा।"

"नहीं कर्नल, मैं ठीक हूँ। मैं अपना काम जारी रखना चाहूंगी," हिजुकी उठते हुए कहती है।

कर्नल आनंद एक क्षण के लिए हिजुकी की ओर देखकर मुस्कुराते हैं और फिर अपने झोले से एक फ़ाइल निकाल कर राधिका की ओर बढ़ाते हुए कहते हैं," तुमलोग इस फ़ाइल का अध्ययन करो। हमारी टीम ने बहुत मुश्किल से इसे तैयार किया है। आज से तीन दिनों के बाद मैं तुमलोगों को टोकियो के रेंकोजी मंदिर में मिलूंगा, जहाँ नेताजी की कथित अस्थिकलश रखी हुई हैं।" इतना कहकर वह उठकर कमरे से

बाहर निकल जाते हैं। लेफ्टिनेंट हिजुकी भी रहमत अली के साथ अपने घर चली जाती है।

अब कमरे में अमरदीप ढींगरा और राधिका हैं। राधिका ने इससे पहले कभी भी 'परिंदे की खोज' फ़ाइल पर मेजर अमरदीप ढींगरा से बात नहीं की है। वह चीजों को समझ रही है, फिर भी उसे लगता है कि किसी भी निर्णायक मोड़ पर पहुंचने में उसे अभी और सफर तय करना पड़ेगा।

"यह एक उलझन भरी खोज है। मैं इसके तह में जितना अधिक जाने की कोशिश करती हूँ, उतनी ही उलझती चली जाती हूँ," राधिका टेबल पर रखे उस फ़ाइल को खोलते हुए कहती है, जिसे अभी-अभी साधू बाबा रखकर गए हैं। वह एक क्षण रुकती है और फिर मेजर अमरदीप की तरफ देखते हुए कहती है,

"आपकी खोज इस दिशा में क्या बताती है मेजर?"

"मैंने इस दिशा में बहुत अधिक फाइलों का अध्ययन नहीं किया है मेजर राधिका। यह जिम्मेदारी तो आपको दी गयी है। मुझे तो सिर्फ इतना आदेश मिला था कि मैं गुप्त रूप से आपकी सुरक्षा करूँ।"

"आपने अच्छा किया मेजर, वरना आज हम सभी लोग मारे जाते। आपका शुक्रिया," इतना कहकर राधिका साधू बाबा द्वारा दिए गए फ़ाइल को खोलती है। एक नजर उसपर डालकर वह फिर मेजर ढींगरा से कहती है, "जहाँ तक लेफ्टिनेंट हिजुकी और मैंने इस मामले को सुलझाने की कोशिश की है, मुझे लगता है कि हमलोगों को रूस की सीमा में प्रवेश करना पड़ेगा।'परिंदा'वहीं है।"

"यह एक कठिन काम है, किन्तु मैं एक ऐसे व्यक्ति को जानता हूँ जो केजीबी की नजरों से छुपकर कुछ लोगों को सोवियत रूस की सीमा के अन्दर ले जा सकता है।"

"उन जेलों का भी पता करना होगा, जहाँ रूस अपने राजनैतिक कैदियों को रखता है। युद्ध के बाद पूरी दुनियां में ऐसे शरणार्थी भरे पड़े है।"

"आप ठीक कहती हैं मेजर। यह एक विश्वव्यापी समस्या बनने जा रही है," मेजर ढींगरा यह कहते हुए टेबल पर रखे फ़ाइल को उठा लेता है। वह फ़ाइल के पहले पन्ने को खोलता है। कुछ क्षण तक गंभीर नजरों से पढ़ते हुए कहता है, इसमें तो सिलसिलेवार तरीके से उन लोगों के नाम हैं, जो घटना के दिन नेताजी के साथ हवाई सफ़र में थे।"

"ज़रा पढ़िए तो मेजर,शायद इसमें कुछ काम की बातें मिल जाए," राधिका कहती है। एक क्षण के लिए कमरे में खामोशी सी छा जाती है। मेजर अमरदीप ढींगरा उस फ़ाइल को धीमी आवाज में पढ़ना शुरू कर देता है,

"12 अगस्त, 1945 को सुभाष चन्द्र बोस साराबन में थे,जो मलेशिया का एक हिस्सा है। जापानियों ने उनसे कहा कि अब युद्ध ख़त्म हो चुका है और वे लोग मित्र राष्ट्र की सेना के सामने आत्मसमर्पण करने जा रहे हैं।

"यह सुनकर बोस को काफी निराशा हुई। वह इस बात को समझ चुके थे कि अब भारत की स्वतंत्रता के लिए जापान पर निर्भर रहना उनके लिए ठीक नहीं होगा। पराजय के बाद से जापानियों का स्वभाव भी उनके प्रति बहुत कुछ बदल चुका था। ऐसे में बोस सिंगापुर चले गए और दो दिनों तक

लगातार अपने केबिनेट के मंत्रियों के साथ सलाह मशविरा करते रहे। फिर 14 अगस्त को उन्होंने यह फैसला किया कि वे सिंगापुर से रूस चले जाएँगे। रूस में शरण लेने का उनका अंतिम फैसला था।

"दो दिनों बाद, 16 अगस्त को उन्होंने सिंगापुर को हमेशा के लिए अलविदा कहा। उस दिन उनके साथ कर्नल हबीबुर्र रहमान और सुब्बियार अप्पादुरई अय्यर उर्फ़ एस. ए. अय्यर (1898-1980)भी थे। अय्यर मूल रूप से एक पत्रकार थे, जिन्होंने 1940 में रायटर न्यूज़ एजेंसी के लिए विशेष संवाददाता के रूप में बैंकाक जाकर युद्ध की रिपोर्टिंग की थी। जब वे आजद हिन्द फौज के साथ जुड़े तो नेताजी ने उन्हें अपना प्रचार मंत्री बनाया। ये लोग दोपहर को बैंकाक पहुंचे और रात भर वहीं रुके।"

यहाँ पर एक क्षण के लिए राधिका चौंक जाती है। वह सोचती है, "6 अगस्त को, जिस दिन अमेरिका ने जापान के शहर हिरोशिमा पर पहला एटम बम गिराया था, उस दिन नेताजी बैंकाक में थे। उसी दिन वे सिंगापुर चले गए थे। फिर दस दिनों बाद 16 अगस्त को वापस बैंकाक लौटे। हिजुकी इस बात को जरूर जानती होगी। किन्तु हिजुकी तो अभी अपने घर चली गयी है। उससे इस बात की जानकारी लेनी होगी।" वह इस बिंदु पर मेजर ढींगरा से कोई बात नहीं करती है । मेजर ढींगरा फ़ाइल की अगली लाइन को पढ़ना शुरू करता है,

"उसके अगली सुबह, 17 अगस्त को सुभाष चन्द्र बोस अपने साथियों के साथ साइगॉन चले गए। बैंकाक में उनके

लिए दो हवाई जहाजों का इंतजाम किया गया था। उनके साथ कर्नल हबीबुर्र रहमान, एस. ए. अय्यर, देवनाथ दास, कर्नल प्रीतम सिंह, आबिद हुसैन, गुलजार सिंह के अलावा कुछ जापानी अधिकारी, हचिया और इशोदा भी शमिल थे। ये सभी लोग दोपहर तक साइगॉन पहुंच गए।

"जिस जहाज से सुभाष बोस बैंकाक से साइगॉन आए थे, वह जहाज वापस लौट गया। यहाँ पर उनके लिए एक नए जहाज का इंतजाम किया गया। यह एक बम्बर जहाज था। किन्तु बोस को यह बताया गया कि उस जहाज में उनके और उनके साथियों के लिए सिर्फ एक ही सीट खाली है। यह जहाज मनीला से आया था, जिसे मंचूरिया के डेरेन शहर में जाना था। यह सुनकर बोस को बहुत निराशा हुई। वह इस बात को लेकर जापानी अधिकारियों पर नाराज भी हुए। बहुत कहने-सुनने के बाद जापानियों ने अपने दो अधिकारियों, डलाट और हचिया को वियतनाम भेज दिया। अब बोस से कहा गया कि उनके लिए जहाज में दो सीट उपलब्ध हैं। फिर बोस ने अपने साथ कर्नल हबीबुर्र रहमान को ले जाने का फैसला किया।

"17 अगस्त को यह जापानी बम्बर जहाज पांच बजे शाम में साइगॉन से उड़ा। इस हवाई जहाज में सुभाष बोस के अलावा, कर्नल रहमान, लेफ्टिनेंट कर्नल सकाई, एस नोनोगाकी, तारकूनो (नेविगेटर), ताकाशाशी, ताकिजावा (मुख्य पायलट) जनरल शिदेई और आयोगी (दूसरा पायलट) आदि शामिल थे। यह जहाज सात बजकर पैतालीस मिनट पर फ्रेंच-इंडो चाइना के एक शहर टूरेंस में पहुंचा। फिर सभी लोग रात को वहीं रुक गए।"

इतना पढ़ने के बाद मेजर अमरदीप ढींगरा भावुक हो उठता है। वह फ़ाइल को मेजर राधिका की तरफ बढ़ाते हुए कहता है, "मेजर, इसके बाद वह बात लिखी गयी है जहाँ पर आकर हमारे प्रिय नेताजी सदा के लिए हमसे खो गए। इससे आगे मैं नहीं पढ़ सकता। कृपया आप खुद देख लें।"

"तुम तो इतने कमजोर नहीं थे मेजर। मानती हूँ कि इससे पहले मुझे तुम्हारे साथ काम करने का अवसर नहीं मिला, किन्तु मैंने तुम्हारी प्रोफाइल देखी है। तुम तो दुश्मनों से भिड़ने वालों में से थे," राधिका उसकी ओर आश्चर्यचकित नजरों से देखती है।

यह सुनकर अमरदीप ढींगरा कुछ भावुक अंदाज में कहता है, "लड़ाई खत्म हो चुकी है राधिका। भारत आजाद भी हो चुका है। किन्तु हमारे नेताजी ने जिस आजाद हिन्द फौज को मजबूत बनाया था, वह अब नहीं रही। हमारी बहादुरी के दिन उनके गुजर जाने के साथ ही खत्म हो गए!"

"यह तुमसे किसने कह दिया कि नेताजी गुजर चुके हैं?" राधिका क्रोधित होकर बोलती है। मेजर ढींगरा महसूस करता है कि अचानक से राधिका की आँखों से एक चिंगारी सी छिटकी और फिर उसी के अन्दर समा गयी। एक क्षण के लिए यह दृश्य सहम पैदा करने वाला था। ढींगरा एकदम धीरे से बोलता है,

"इस फ़ाइल में जो रिपोर्ट नेताजी के बारे में लिखा है?"

"थूकती हूँ मैं ऐसी रिपोर्ट्स पर। मैं लगातार ऐसी रिपोर्ट्स पिछले कुछ महीनों से पढ़ती आ रही हूँ। इन सभी में कहीं भी कोई तालमेल नहीं है। ऐसा लगता है कि किसी के कहने

पर ऐसी रिपोर्ट्स तैयार की गयी हैं। जब हमलोग सच्चाई की खोज में निकले हैं, तो कुछ लोग हमारी जान तक लेने पर तुले हुए हैं। वे नहीं चाहते कि सच दुनिया के सामने आए। जिस दिन ऐसा होगा, भारत में भूचाल आ जाएगा। तुम सोचो मेजर, अभी कुछ देर पहले ही हमलोगों पर हमला हुआ। एक व्यक्ति बिना वजह मारा गया। यह हमला क्यों किया गया? यदि नेताजी सही मायने में उस जहाज में मारे गए होते और दुनिया उनकी मौत को सच मान लेती तो कोई हमपर हमला क्यों करता?"

"यह बात तो है। फिर भी तुम्हें देख लेना चाहिए कि फ़ाइल में आगे क्या लिखा है?"

अब राधिका शांत है। वह फ़ाइल को पलटते हुए कहती है, "वह तो देखना ही पड़ेगा। यह साधू बाबा का आदेश है। मैं नहीं टाल सकती," इतना कहकर राधिका 18 अगस्त, 1945 के दिन की कहानियों को पढ़ना शुरू करती है। वह कहती है,

"18 अगस्त, 1945 को यही जहाज टूरेन से उड़ा और दो बजे दिन में ताइपे (फारमोसा अथवा ताइवान) पहुंचा। यहाँ पर उन लोगों ने थोड़ा बहुत खाना खाया। फिर दो बजकर पैंतीस मिनट पर यही जहाज ताइपे रनवे से उड़ा और कुछ ही क्षण में उसके इंजन में आग लग जाने की वजह से जहाज ताइहोकू एयर बेस पर जा गिरा। जहाज दो हिस्सों में बंट चुका था। उसमें पूरी तरह से आग लग चुकी थी। जहाज का मुख्य पायलट ताकिजावा और जनरल शिदेई जहाज के अन्दर ही मारे गए। बाकी लोगों को बाहर निकाला गया। बोस और उनके सहयोगी काफी जले हुए थे। घायलों को तुरंत

सैनिक अस्पताल ले जाया गया। बोस थर्ड डिग्री तक जल चुके थे। डॉक्टरों ने उन्हें बचाने की बहुत कोशिश की, किन्तु उसी रात उनकी मृत्यु हो गयी।"

"फिर दो दिनों के बाद सुभाषचन्द्र बोस का अंतिम संस्कार किया गया। सितम्बर 1945 में उनके अस्थिकलश को टोकियो के रैंकोजी मंदिर में भेज दिया गया।"

फ़ाइल को किनारे रखते हुए मेजर राधिका कहती है, "अब तुम्हैं समझ में आया मेजर ढींगरा कि साधू बाबा ने हमलोगों को टोकियो के रैंकोजी मंदिर में मुलाकात करने के लिए क्यों बुलाया है?"

"हाँ समझा," इतना कहकर मेजर ढींगरा उठना ही चाहता है तभी एकबार फिर से दरवाजे पर कोई दस्तक देता है। रात बहुत हो चुकी है। राधिका जल्दी से फ़ाइल को छुपा देती है। मेजर ढींगरा फिर से अपने हाथ में रिवाल्वर लेकर दरवाजे की ओर बढ़ता है। एक नजर वह राधिका की ओर देख आँखों ही आँखों में उसे सचेत रहने का इशारा करता है। फिर वह धीरे से दरवाजा खोलता है। सामने लेफ्टिनेंट हिजुकी और रहमत अली खड़ा है। वह चैन की साँस लेता है।

"अरे, तुमलोग वापस चले आए?"

"हाँ, पुलिस इनके पति की लाश को साथ ले गयी है। जो भी पूछताछ होनी थी, हो गयी। अब उसका अंतिम संस्कार कल होगा। लेफ्टिनेंट उस घर में रहना ही नहीं चाह रही थी। मैं इन्हें फिर से यहाँ ले आया," रहमत अली पूरी कहानी बताता है।

"यह तो बहुत अच्छा किया। चलो सबलोग थोड़ी देर आराम करते हैं। कल नए तरीके से काम शुरू करेंगे।"

अगली सुबह सभी लोग आपस में बैठकर 18 अगस्त, 1945 को हुई घटना की विवेचना करते हैं। सभी का यह मानना है कि उस दिन जहाज में यात्रा कर रहे सैनिक अधिकारियों में जनरल सुनामासा शिदेई सबसे महत्वपूर्ण व्यक्ति था। जापानी इम्पीरियल आर्मी में वह सिर्फ जनरल सुगियामा (1880-1945) से एक पद नीचे था। जनरल सुगियामा फील्ड मार्शल के रैंक पर था, जिसकी पोस्टिंग साइगॉन के मुख्यालय में थी, जबकि जनरल सुनामासा शिदेई पहले बर्मा और फिर मंचूरिया में इम्पीरियल आर्मी का चीफ था।

"इतने बड़े सैनिक अधिकारी की मौत एक हवाई दुर्घटना में हो जाना और उसका अंतिम संस्कार एक मामूली व्यक्ति की तरह किया जाना भी इस घटना पर एक बड़ा संदेह पैदा करता है," राधिका उस जनरल की मृत्यु से जुड़ी रिपोर्ट को पढ़ते हुए कहती है।

लेफ्टिनेंट हिजुकी अब सहज हो चुकी हैं। वह कहती है, "मैंने नेताजी को जनरल सुनामासा शिदेई के बारे में पहले भी चर्चा करते हुए सुना था। जैसा कि तुम्हें पता होगा राधिका कि बर्मा और मंचूरिया में आजाद हिन्द फौज की गहरी पकड़ थी, नेताजी जनरल शिदेई से भलीभांति परिचित होंगे। किन्तु उसकी मौत के बारे में जो बताया गया है, कोई उसपर विश्वास कर सकता है क्या?"

"हाँ, जापानियों ने यह कहा कि जहाज के अन्दर जिस स्थान पर जनरल शिदेई बैठा था, ठीक उसके सिर के ऊपर पेट्रोल का एक कंटेनर रखा हुआ था। जैसे ही जहाज दुर्घटनाग्रस्त हुआ, वह कंटेनर उसके शरीर पर जा गिरा, जिसकी वजह से वह पूरी तरह से जल गया।"

मेजर ढींगरा हँसते हुए कहता है, "यह तो एक मजाक वाली बात हुई। इतने बड़े जनरल को जहाज में बैठने के लिए वह जगह दी गयी जहाँ पर पेट्रोल का डब्बा रखा हुआ था? क्या जापानी सेना इतनी बड़ी लापरवाही कर सकती है? जापानी अपने नियमों के प्रति काफी अनुशासित होते हैं," वह फिर आगे कहता है,

"जनरल सुनामासा शिदेई का अंतिम संस्कार भी बड़े ही नाटकीय तरीके से किया गया। एक कप्तान रैंक का अधिकारी, जिसका नाम नाकामुरा था, को तीन ताबूत इंतजाम करने के लिए कहा गया, जिसमें जनरल शिदेई के अलावा जहाज के मुख्य पायलट ताकिजावा और को-पायलट आयोगी के शवों को रखा गया था। फिर कुछ छोटे अधिकारियों ने मिलकर बिना उन्हें कोई सम्मान-सलामी दिए ही उनका अंतिम संस्कार कर दिया।"

"इसपर विश्वास नहीं किया जा सकता," राधिका यह कहते हुए प्रधानमंत्री जवाहरलाल नेहरु के उस घटना का हवाला देती है, जिसमें किसी व्यक्ति ने उन्हें पत्र लिखकर बताया था कि 23 अगस्त, 1945 को नेताजी एक जापानी बम्बर जहाज पर सवार होकर मंचूरिया के डेरेन शहर पहुंच

गये थे। उनके साथ जनरल शिदेई भी था। और फिर, वे लोग एक जीप पर सवार होकर रूस की सीमा में प्रवेश कर गए।

"मेरे मन में एक सवाल उठ रहा है कि नेताजी 18 अगस्त को उस जहाज से यात्रा करने वाले हैं, इसकी जानकारी कितने जापानियों को थी?"

"बहुत ही कम लोगों को। यह एक टॉप सीक्रेट यात्रा थी," हिजुकी फाइल से एक और कागज़ निकालते हुए कहती है। "जहाँतक इस फ़ाइल में लिखा है, नेताजी की इस यात्रा की जानकरी जनरल टेराउची (1879-1946), मेजर जनरल टाडा हयाओ (1882-1948), जापानी राजदूत हचिया और लेफ्टिनेंट जनरल इशोदा के अलावा उस दिन उनके साथ आजाद हिन्द फौज के जो अधिकारी थे, सिर्फ उन्हीं को थी। यहाँ तक कि नेताजी के केबिनेट मंत्रियों को भी इस बात की जानकारी नहीं थी कि वे उस दिन कहाँ जा रहे थे।"

मेजर राधिका एक- एक कागज को गौर से पढ़ते हुए कहती है, "क्या इस बात का अनुमान लगाया जा सकता है कि जब जहाज में आग लगी तो नेताजी किस प्रकार जहाज से बाहर निकले होंगे?"

"एक तो वह बम्बर जहाज था और ऊपर से, जैसा कि यह कहा गया है कि उसके अन्दर पेट्रोल का कंटेनर भी रखा हुआ था, दुर्घटनाग्रस्त होने के बाद किसी को कैसे मौका दिया होगा बाहर निकलने का?" मेजर अमरदीप ढींगरा सवाल करता है।

"नहीं अमरदीप," राधिका उसकी तरफ देखते हुए कहती है, "इसपर भी एक रिपोर्ट है।"

"क्या?"

"शाहनवाज कमिटी के सामने कर्नल हबीबुर्र रहमान ने जो बयान दिया था, उसके अनुसार जब जहाज दुर्घटनाग्रस्त होता है, तो नेताजी आश्चर्य से कर्नल रहमान की ओर देखते हैं। कर्नल उन्हें सामने के दरवाजे से बाहर निकलने की सलाह देता है। जहाज के अन्दर तेल का कंटेनर गिर जाता है। आग और भी भड़क उठती है। नेताजी लगभग उसी आग में तैरते हुए जहाज से कूद कर बाहर निकल जाते हैं, जिसकी वजह से वे पूरी तरह से जल जाते हैं।"

"किन्तु कर्नल हबीबुर्र रहमान तनिक भी नहीं जलता? यहाँ तक कि उसका ऊनी स्वेटर, जिसे उसने उस वक़्त पहन रखा था, उसमें तनिक भी आग नहीं लगती?" हिजुकी हँसते हुए बोलती है।

हिजुकी की इस बात पर सभी को हंसी आ जाती है। पास ही बैठे रहमत अली कहता है, "हो सकता है कर्नल दुनिया को कहानियां सुनाने के लिए ही ज़िंदा बचा हो।"

"एक बम्बर मित्सुबिशी की-21 जहाज, जिसका वजन 6,070 किलोग्राम है और जो 485 किलोमीटर की रफ़्तार से उड़ता है, में आग लगने से किसी एक व्यक्ति का ऊनी स्वेटर तक न जले, यह तो अपने आप में हास्यास्पद है?" मेजर ढींगरा सवाल खड़े करता है।

"तुम सही कह रहे हो मेजर," राधिका उसकी तरफ देखते हुए कहती है, "मुझे शुरू से कर्नल रहमान के बयानों पर शंका रही है। मुझे लगता है कि या तो वह सारासर झूठ

बोलता रहा, या फिर उसने वही कहा जो उसे कहने को कहा गया था?"

"किसने कहा होगा उसे कि ऐसी मनगढ़ंत बातें जाकर सभी से कहो?"

राधिका मुस्कुराते हुए कहती है, "नेताजी के अलावा वह और किसका आदेश मानता? हो सकता है कि खुद नेताजी ने ही कर्नल से इस कहानी को गढ़ने के लिए कहा होगा। दुनिया उनकी कही हुई कहानियां सुनती रही और उधर वे चुपचाप रूस की सीमा में चले गये!"

"नेताजी के जहाज से बाहर निकलने में भी दो तरह की बातें सामने आ रही हैं। एक जापानी अधिकारी ताकाहाशी कहता है कि सुभाष बोस जहाज के दुर्घटनाग्रस्त होते ही सामने के प्रवेश द्वार से बाहर निकल गए थे, और दूसरा अधिकारी ताराकूनो कहता है कि प्रवेश द्वार बंद था," हिजुकी सवाल खड़े करती है।

"क्या तुम्हें लगता है हिजुकी कि जहाज के उड़ान भरने के बाद उसके दरवाजे खुले रहे होंगे?"

"प्लेन के क्रैश होने के बाद हो सकता है कि खुल गए हों?"

"हाँ, यह संभावना है," राधिका कहती है। फिर उसके मन में यह सवाल आता है कि क्या कोई जल रहा इंसान हवाई जहाज की उतनी ऊंचाई से बिना सीढ़ियों के सहारे नीचे उतर सकता है? किसी के कूद जाने भर से ही तो उसके हाथ-पैर भी टूट जाएँगे?

"कर्नल हबीबुर्र रहमान के बयान में यह बात कहीं भी नहीं लिखा गया है कि क्या नेताजी दुर्घटनाग्रस्त जहाज से कूदकर बाहर निकले थे या फिर सीढ़ियों के सहारे?"

"कोई भी सही बात नहीं बता सकता कि नेताजी एक जल रहे विमान से किस प्रकार कूदकर बाहर निकले थे? किसी ने भी उन्हें नहीं देखा था," हिजुकी कहती है।

"उनका अंतिम संस्कार किस तरह से किया गया," मेजर ढींगरा पूछता है।

"यह भी एक अबूझ पहेली है। साधू बाबा ने उस व्यक्ति से बात की थी, जिसने नेताजी का कथित रूप से अंतिम संस्कार किया था," राधिका बताती है। फिर वह एक कागज निकाल कर सभी के सामने रखते हुए कहती है,

"रिपोर्ट में यह कहा गया है कि ताइवान के एक उच्च अधिकारी ने किसी डॉक्टर कू की सलाह पर वहां के मेडिकल समिति को यह सलाह दिया था कि एक 85 वर्षीय व्यक्ति, जिसका नाम ली चेन क्यूई था, की खोज की जाए।"

"अब यह ली चेन क्यूई कौन था?"

"वह ताइपे नगरपालिका का एक अधिकारी था, जिसका काम मृत लोगों का दाह संस्कार करना था।"

"जब साधू बाबा ने ली चेन क्यूई से मुलाकात की तो उसने उन्हें एक किस्सा सुनाया," राधिका कहती है।"

"क्या?"

"उस बूढ़े व्यक्ति, ली चेन क्यूई, जिसकी उम्र 85 साल की हो चुकी थी, ने बताया कि अगस्त 1945 के अंत में एक

जापानी सैनिक अधिकारी ट्रक पर सवार होकर उसके पास आया था। उसके साथ एक ताबूत था। उसने ली चेन क्यूई को किसी व्यक्ति का मृत्यु प्रमाण पत्र देते हुए कहा कि इस ताबूत में जो व्यक्ति है, उसका अंतिम संस्कार नगरपालिका ब्यूरो के नियमों के अनुसार कर दिया जाए।"

"फिर," मेजर ढींगरा पूछता है।

राधिका बताती है, "उस बूढ़े व्यक्ति ने अंतिम संस्कार करने से पहले ताबूत को खोलकर उसमें रखे शव को देखने की इजाजत मांगी। जैसे ही उसने ताबूत को खोलकर यह जानने की कोशिश की कि उसके अन्दर सोया हुआ इंसान कौन है, उससे यह कहा गया कि किसी भी सूरत में ताबूत को नहीं खोलना है, सिर्फ उस व्यक्ति के मृत्यु प्रमाण पत्र के आधार पर ही उसका अंतिम संस्कार कर देना है। फिर ली चेन क्यूई ने ऐसा ही किया।"

"उस ताबूत के अन्दर कौन था?"

"मृत्यु प्रमाणपत्र के आधार पर नेताजी!"

कमरे का माहौल थोड़ा ग़मगीन हो चुका है। किसी के समझ में नहीं आ रहा कि अब आगे क्या कहा जाए। वहां एक ऐसी कहानी पर विवेचना की जा रही है, जिसपर किसी का यकीन नहीं है। फिर आगे की खोज की जिम्मेदारी राधिका उठाते हुए कहती है, "हमें एक अंतिम बार इस बात को समझ लेना चाहिए कि 18 अगस्त से 7 सितम्बर, 1945 के बीच हुआ क्या था?"

"7 सितम्बर क्यों?" लेफ्टिनेंट हिजुकी पूछती है।

"उसी दिन नेताजी की कथित अस्थिकलश को जापान में इंडियन इंडिपेंडेंस लीग के अध्यक्ष राममूर्ति को सौंपी गयी थीं।" इतना कहकर राधिका एकबार फिर से संक्षेप में सारी घटनाओं को एक साथ दोहराती है। वह कहती है,

"18 अगस्त, 1945 को कथित हवाई दुर्घटना होती है, फिर 23 अगस्त को एक जापानी न्यूज़ एजेंसी डोमि त्सुशिन, जो कि जापान के सम्राट का न्यूज़ एजेंसी था, नेताजी की हवाई दुर्घटना में हुई मृत्यु की सूचना दुनिया को देता है। फिर एक जापानी अधिकारी लेफ्टिनेंट तत्सुओ हयाशिदा सुभाष बोस की अस्थियों को टोकियो ले आता है और राममूर्ति को सौंप देता है। और 18 सितम्बर, 1945 को उन अस्थिकलश को टोकियो स्थित रैंकोजी मंदिर के मुख्य पुजारी मोचिजुकी को सौंप दिया जाता है। उसी दिन मंदिर में विधिपूर्वक उनका अंतिम संस्कार किया जाता है। वह पुजारी अस्थिकलश को वहीं पर सुरक्षित रखने का आदेश देता है।"

वह फिर कहती है, "रैंकोजी मंदिर में नेताजी के निधन का वर्षगांठ 18 अगस्त को मनाया जाता है। हमारे प्रधनमंत्री जवाहरलाल नेहरु 1957 में पहली बार वहां जाते हैं, किन्तु वहां के विजिटर बुक पर नेताजी के सम्मान में कुछ भी लिखने से इंकार कर देते हैं।"

"शायद उन्हें यकीन था कि वह अस्थिकलश नेताजी का नहीं था," हिजुकी कहती है।

"रहने दो इन बातों को। साधू बाबा ने हमलोगों को रैंकोजी मंदिर बुलाया है। हमसबों को वहां जाना है। घटनाओं की अगली कड़ी वहीं से जोड़ी जाएगी," राधिका यह कहते हुए फ़ाइल को बंद कर देती है।

9

रात हो चुकी है। कल सुबह ही उन सभी को जापान की राजधानी टोकियो जाना है। वहां साधू बाबा उनका इन्तजार कर रहे होंगे। नेताजी की मृत्यु के रहस्य के संबध में अभी तक राधिका ने जितने भी पहलुओं पर गौर किया, उसका कोई भी ठोस अर्थ नहीं निकलता है। एक नजर में 18 अगस्त की हवाई दुर्घटना सत्य लगती है और फिर जब उसका विश्लेषण किया जाता है, तो ऐसा प्रतीत होता है कि ये सारी कहानियां मनगढ़ंत हैं, जिसे जापानी सेना के शीर्ष अधिकारियों ने अपने कठोर नियमों के तहत गढ़ दिया है।

मतलब साफ़ है, यह एक गढ़ी हुई कहानी है। बहुत सारे राजनीतिक उलझनों को ध्यान में रखकर इस कहानी को आगे बढ़ाया गया है। उद्देश्य क्या हो सकता है? मेजर राधिका सोचती है, नेताजी को ब्रिटिश सेना के हाथों गिरफ्तार होने से सुरक्षित बचाना।

"आखिरकार कौन हो सकता है ऐसी कहानियों को गढ़ने के पीछे? यदि कोई है तो वह भी अपनी मर्जी से यह सब कुछ नहीं कर रहा। उसे भी कहीं से कोई निर्देश दे रहा। कहाँ से? क्या जापान से, भारत से, रूस से या फिर ब्रिटेन से? क्योंकि इन कहानियों में कोई तालमेल नहीं है? कुछ लोग एक ही हवाई जहाज पर एक ही समय में सवार होते हैं और फिर वह जहाज दुर्घटनाग्रस्त हो जाता है। फिर सभी

के बयान अलग-अलग तरह के होते हैं; खासकर नेताजी के सम्बन्ध में।

राधिका जितना सोचती है, उसकी उलझनें और भी बढ़ती जाती हैं। उसे लगता है कि क्या वह इन उलझनों को हल कर पाएगी, या फिर बात वहीं पर खत्म हो जाएगी, जिसके विषय में दुनिया चर्चा करती आ रही है? तब फिर मिशन 'परिंदे की खोज' का क्या होगा? वह साधू बाबा के भरोसे को टूटने नहीं देना चाहती। किन्तु उसके पास खुद की बहुत सारी समस्याएँ हैं। भारत ने अभी एक दशक पहले ही आजादी हासिल की है। वह इतना गरीब देश है कि उसने अपने सूचना तंत्र को मजबूत करने में अभी तक सफलता हासिल नहीं की है। यह एक कठिन काम है जिसमें उसे वर्षों लग जाएँगे। साधू बाबा ने निजी तौर पर 'सुभाष की खोज' का बीड़ा उठाया है और उनके पास भी वही तकनीक है, जिसे आजाद हिन्द फौज के ज़माने में इस्तेमाल किया जाता था। दूसरे विश्वयुद्ध के बाद जब दुनिया एक बार फिर से दो गुटों में बंटती नजर आ रही है, तो एक दूसरे के खिलाफ सूचनाओं को जमा करने में सोवियत रूस की गुप्तचर संस्था केजीबी और अमेरिका की सीआईए सबसे आगे है। उनके पास नयी-नयी तकनीकों का भंडार है। राधिका को लगता है कि आगे चलकर वह कहीं लाचार न हो जाए।

रात काफी हो चुकी है। कल की यात्रा से पहले सभी लोग गहरी नींद लेकर अपनी थकान मिटा लेना चाहते हैं। किन्तु मेजर राधिका को नींद नहीं आ रही। उसे अपने मिशन के अलावा लेफ्टिनेंट हिजुकी की भी चिंता हो रही है। उसे लगता

है कि नाहक में उसके पति की हत्या कर दी गयी। फिर अचानक से उसका दिमाग यह सोचने लगता है कि वे कौन लोग हो सकते हैं, जिन्होंने ऐसा किया होगा? क्या उसके पति ने नेताजी के उन कागजातों को बचाने की कोशिश की होगी, जिन्हें वे लोग जबरन उसके घर से उठा ले गए? उसके पति को क्या मतलब हो सकता था उन कागजों से? क्या उसे मालूम था कि हिजुकी ने उन कागजों को क्यों छुपा कर रखा था? क्या हिजुकी ने अपने पति को बताया था कि उनमें क्या-क्या बातें लिखी गयी थीं? यहाँ पर आकर कहानी और भी उलझी हुई नजर आती है। मेजर राधिका सोचती है, "एक बात तो तय है, कोई है जो नहीं चाहता कि कोई भी नेताजी सुभाषचंद्र बोस की कथित मृत्यु पर फिर से खोज करे!"

फिर राधिका सोचती है, "कल टोकियो जाने से पहले उसे कुछ और भी जानकारी हासिल कर लेनी चाहिए, ताकि साधू बाबा के साथ उन विषयों पर चर्चा करने में आसानी हो।" वह एकबार फिर से 'परिंदे की खोज' फ़ाइल को खोलती है। उसकी नजर एक शब्द "टी" पर टिक जाती है।

"टी" अर्थात सुभाष चन्द्र बोस का गुप्त नाम। जापानी सेना के अधिकारी अपने सभी गुप्त संदेशों में सुभाष चन्द्र बोस को "टी" कहकर ही संबोधित किया करते थे। यह उनका कोड नाम था।

राधिका को अचानक से याद आता है कि उसने पढ़ा था कि नार्थवेस्ट फ्रंटियर कांग्रेस के एक अध्यक्ष ने नेताजी के बारे में एक सन्देश में लिखा था कि वे "टीटी" पहुंच गये हैं। उस व्यक्ति ने खुद वहां जाने का दावा किया था।

"उस समय मैंने इस "टीटी" शब्द को नजरअंदाज कर दिया था। यह मेरी भूल थी।" वह खुद से सवाल करती है," क्या मुझे नार्थवेस्ट फ्रंटियर जाना चाहिए?" (इस इलाके को उत्तर-पश्चिम सीमा प्रांत में खैबर पख्तून भी कहा जता है, जो अब पाकिस्तान में है।)

फिर वह जापानी सैनिको द्वारा अपने अधिकारियों को भेजे गये एक टेलीग्राम को पढ़ती है। इसे 20 अगस्त, 1945 को जारी किया गया था। इस टेलीग्राम में नेताजी के लिए वही कोड वर्ड "टी" का इस्तेमाल किया गया था, जिसमें लिखा गया था कि 18 अगस्त को जब "टी" राजधानी टोकियो के लिए चला, तो उसका हवाई जहाज ताइहोकू(ताइपे)में दिन के दो बजे दुर्घटनाग्रस्त हो गया। गंभीर रूप से घायल होने की वजह से मध्य रात्रि को उसकी मौत हो गयी।

"किन्तु उनके एक भी फोटोग्राफ नहीं हैं। इस हवाई दुर्घटना के जापानी सरकार ने कुल पांच फोटो जारी किए थ, जिनमें तीन तो उस बम्बर जहाज के थे, जो दुर्घटनाग्रस्त हुआ था। एक फोटो कर्नल हबीबुर रहमान का था, जो अपने हाथ में एक मंजूषा लिए हुए बैठा था, जिसके अन्दर नेताजी का कथित राख बताया गया था। और, एक फोटो किसी अज्ञात मृत इंसान का जारी किया गया था, जिसका शरीर सिर से पांव तक कपड़े में लिपटा हुआ था। इस चित्र में उस व्यक्ति का चेहरा नहीं दिख रहा था, किन्तु जापानी अधिकारी यह दावा कर रहे थे कि वही सुभाष चन्द्र बोस थे।"

इस सम्बन्ध में कर्नल हबीबुर रहमान ने यह दावा किया था कि जब उन्होंने कफ़न से ढंके हुए उस व्यक्ति की तस्वीर

खींचने की इजाजत चाही तो जापानी अधिकारियों ने ऐसा करने से साफ़ इंकार कर दिया। तर्क यह दिया गया कि चूँकि कफ़न के अन्दर के इंसान का चेहरा इस वीभत्स तरीके से जला हुआ है कि उसकी तस्वीर खींचने की इजाजत नहीं दी जा सकती। ऐसी तस्वीरों को खींचना जापानी रीति-रिवाजों के खिलाफ बताया गया था।

किन्तु दूसरी तरफ एक जापानी डॉक्टर योशिमी द्वारा बताई गयी एक बात ठीक इसके उलट दिखाई पड़ती है। उस डॉक्टर ने अधिकारियों से कहा था कि सुभाष बोस के पूरे शरीर पर पट्टी लगी हुई थी, किन्तु उनका चेहरा खुला हुआ था। डॉ योशिमी ताइपे के अस्पताल में नेताजी के साथ अंतिम समय तक थे।

बम्बई का एक पत्रकार था हिरेन शाह। वह फ्री प्रेस जर्नल के लिए काम करता था। सितम्बर 1946 में वह उसी अस्पताल में रिपोर्टिंग करने गया था, जहाँ नेताजी ने कथित रूप से अंतिम सांसें ली थीं। उसकी मुलाकात उस नर्स से हुई जिसने गंभीर अवस्था में नेताजी की सेवा की थी। उस नर्स का नाम त्सान पी शा था। वह एक सर्जिकल नर्स थी। उसने पत्रकार को अस्पताल के एक बेड को दिखाते हुए कहा था कि नेताजी ने अपनी अंतिम सांसें उसी जगह पर ली थीं। वह बेड कमरे के दक्षिणी हिस्से में था।

"मैंने उनकी देखभाल अंतिम साँस लेने तक किया था। डॉक्टरों के द्वारा मुझे उनके पूरे शरीर पर जैतून के तेल लगाने को कहा गया था। मैंने वैसा ही किया। वह जैसे ही होश में आते, पानी की मांग करते। मैं उन्हें पानी पिलाया

करती थी। फिर शाम के सात बजे के बाद उनकी तबियत बिगड़ने लगी। तब डॉक्टर ने उन्हें सूई दी। वे कोमा में चले गए और फिर उनकी मृत्यु हो गयी।"

मेजर राधिका इस रिपोर्ट को पढ़कर थोड़ा सोचने पर मजबूर हो जाती, किन्तु फिर अपने ज़माने के मशहूर पत्रकार और आजाद हिन्द फौज के प्रचार मंत्री रहे एस.ए.अय्यर के एक बयान को पढ़कर उसका मन बदल जाता है। नेताजी की मृत्यु की खबर सुनकर अय्यर बहुत दुखित थे। उन्होंने एक जापानी अधिकारी, जिसका नाम टाडा था, से आग्रह किया कि वे नेताजी के मृत शरीर को देखना चाहते हैं। टाडा उन्हें हवाई जहाज से ताइहोकू ले गया। किन्तु वह जहाज ताइहोकू की जगह ताइचुंग हवाई अड्डे पर उतरा। जब अय्यर ने नाराज होकर इसका कारण पूछा तो उन्हें बताया गया कि चूँकि ताइहोकू में धूल की आंधी आयी हुई थी, इसलिए जहाज को ताइचुंग में उतारना पड़ा। उन्होंने फिर से ताइहोकू जाने की जिद की, ताकि वह नेताजी के मृत शरीर को देख सकें। जाहज फिर उड़ा, किन्तु इस बार टोकियो में जाकर रुका। अय्यर को नेताजी के कथित मृत शरीर को देखने नहीं दिया गया।

मेजर राधिका को सबसे विरोधाभास नेताजी का भारतवासियों के नाम अंतिम सन्देश लगता है। इस सन्देश को और कोई नहीं, बल्कि कर्नल हबीबुर्र रहमान ने टोकियो में एस.ए. अय्यर को सुनाया था। मृत्यु से कुछ क्षण पूर्व नेताजी ने रहमान को कथित रूप से कहा था,

"मेरा अंत अब निकट आ चुका है। मैं पूरा जीवन अपने देश की आजादी के लिए लड़ा। मैं आजादी के लिए कुर्बान हो

रहा हूँ। जाकर मेरे देशवासियों से कह दो कि वे भारत की आजादी के लिए लड़ें। भारत शीघ्र ही आजाद होगा, स्वतंत्रता मिलेगी।"

मेजर राधिका बुदबुदाती है, "कर्नल रहमान का यह सबसे बड़ा विरोधाभास बयान है। नर्स त्सान पी शा की बात यदि मानी जाए तो नेताजी शाम के समय से ही बोलने की स्थिति में नहीं थे। वह कोमा में थे। इतने गंभीर रूप से घायल कोई भी व्यक्ति इतना लंबा सन्देश अपने देशवासियों को कैसे सकता है? एक डॉक्टर जिसका नाम त्सुरुता था, से नेताजी ने अंग्रेजी में आग्रह किया था कि क्या वे उनके पास सारी रात बैठ सकते हैं? किन्तु शाम के सात बजे ही उनकी तबियत इतनी बिगड़ गयी थी कि डॉक्टरों को उन्हें सूई देनी पड़ी। इसके बाद वह कोमा में चले गये और फिर उन्होंने कभी भी आँखें नहीं खोलीं।" "तो फिर, कर्नल रहमान को नेताजी ने अपना सन्देश किस प्रकार सुनाया? यह कहीं से भी विश्वास करने वाली बात नहीं है," मेजर राधिका मन ही मन कहती है, "यहाँ हर चीज गड़बड़ है। कोई भी एक बात दूसरे से मेल नहीं खाती।"

अब सुबह होने को है। राधिका को नींद आ रही है। वह सोने का फैसला करती है। फ़ाइल को ठीक से सहेज कर रखती है और बिस्तर पर लेटकर एकबार फिर सोचती है, "एक तरह से जितनी जानकारी मुझे हसिल करनी चाहिए थी मैंने किया। पता नहीं मुझे क्यों ऐसा लगता है कि 'परिंदे की खोज' में मुझे सोवियत रूस जाना चाहिए। क्या पता, एकबार वहां नेताजी के दर्शन का अवसर मिल जाए? किन्तु रूस जाने

का मतलब है सबसे बड़े खतरे को मोल लेना। फिरभी, मैं इस इस सम्बन्ध में साधू बाबा से एक बार बात करना चाहूंगी।"

वह ऑंखें बंद कर एकबार अबतक याद किए गए सम्पूर्ण घटनाक्रम पर नजर डालती है। फिर सोचती है, "रूस जाने का रास्ता गाजी मलंग के इलाके से गुजरता है।" गाजी मलंग एक पश्तून जन-जाति है, जिसने 1944 से 1947 के बीच अफगानी सत्ता के खिलाफ विद्रोह किया था। यह एक स्वतंत्र विचार रखने वाला जन-जाति है। उनमें से ही एक ने नेताजी को रूस में देखने की बात कही थी, जिसकी जानकारी ब्रिटिश खुफिया विभाग को थी।

"नेताजी ने जब 1941 में एक पठान के वेश में ब्रिटिश खुफिया विभाग के अधिकारियों की आँखों में धूल झोंककर कलकत्ता से जर्मनी तक की यात्रा की थी, तो उनका मार्ग अफगानिस्तान ही था। वह इसी रास्ते से पहले रूस गए, फिर जर्मनी और वहाँ से जापान आ गए थे। नेताजी को जर्मनी से जापान बुलाने में साधू बाबा ने उनकी बहुत मदद की थी," यही सब सोचते-सोचते मेजर राधिका को नींद आ जाती है।

सुबह उठते ही वह फिर अपनी खोज में लग जाती है। वह उस खजाने के बारे में पता करती है, जो आजाद हिन्द फौज के पास था? इतने बड़े संगठन को चलाने के लिए काफी पैसों की जरूरत होती है। आजाद हिन्द फौज के पास बैंकों में लगभग दस करोड़ येन थे, जिनमें से अंतिम समय में, सिंगापुर से जाने के पहले, नेताजी ने नौ करोड़ येन बैंकों से निकाल लिए थे। उन पैसों में से एक बड़ी रकम आजाद हिन्द फौज के सैनिकों और कर्मचारियों को अग्रिम वेतन के

रूप में भुगतान किया गया था, पन्द्रह लाख येन टोकियो इंडिपेंडेंट लीग को दिया गया था और बाकी रकम तथा सोने एवं जवाहरात को चार बैगों में भरकर नेताजी खुद अपने साथ ले गए थे। उस दिन हुई हवाई दुर्घटना में इतनी बड़ी रकम के बिखरे पड़े मिलने के कोई सबूत नहीं मिलते। अलबत्ता यह जरूर कहा गया था कि कुछ जवाहरात ताइहोकू हवाई अड्डे पर मिले थे, जिसे एकत्र कर बाद में टोकियो में इंडियन इंडिपेंडेंट लीग के अध्यक्ष जे.राममूर्ती को भिजवा दिया गया। नेताजी के खजाने का वजन लगभग 70 किलोग्राम था, जिनमें से अंत में 1952 में ग्यारह किलोग्राम खजाना दिल्ली लाया गया था, जिसे राष्ट्रीय संग्रहालय में रख दिया गया। किन्तु 1946 में जवाहरलाल नेहरु को जो गुप्त पत्र मिला था, उसमें कहा गया था कि नेताजी स्वयं दो बैगों में भरकर अपने खजाने को सोवियत रूस ले गए थे।

सुबह उठते ही राधिका सबसे पहले लेफ्टिनेंट हिजुकी से एक सवाल करती है, "क्या तुम बता सकती हो कि जो फ़ाइल तुम्हारे घर से गायब कर दी गयी उनमें महत्वपूर्ण बात क्या थी?"

"मेरी समझ से उसमें जो सबसे महत्वपूर्ण बात थी वह यह कि नेताजी ने रूसी अधिकारियों से संपर्क साधा था, जिसमें कहा गया था कि वह भारत की स्वतंत्रता के लिए रूस की मदद चाहते हैं," हिजुकी याद करते हुए बताती है। एक क्षण के लिए कमरे में खामोशी छा जाती है। फिर हिजुकी कहती है," शायद नेताजी रूस में आत्मसमर्पण करना चाहते थे। यदि वे ब्रिटिश के सामने ऐसा करते या पकड़े जाते तो उन्हें फंसी दे दी जाती।"

"ठीक है, टोकियो चलने की तैयरी करो। साधू बाबा हमलोगों का इंतजार रैंकोजी मंदिर में कर रहे होंगे।"

जैसे ही सभी लोग रैंकोजी मंदिर के प्रवेश द्वार पर पहुँचते हैं, उनका दिल धड़कने लगता है। यह पहला अवसर है, जब उन्हें लगता है कि वे एक ऐसी चीज का दर्शन करने जा रहे हैं, जो उनके दिलों से जुड़ी है। वह है नेताजी सुभाषचंद्र बोस का अस्थिकलश!किन्तु किसी का भी दिल इस बात पर यकीन नहीं करता। यह एक बुद्ध मंदिर है। छोटा सा है, किन्तु बहुत ही सलीके से बना हुआ। इस मंदिर का निर्माण 1594 में जापान में बौद्ध धर्म की एक शाखा निचिरेन द्वारा की गयी थी, जो कमल सूत्र के सिद्धांतों पर विश्वास करता था, जिसका अर्थ होता है धर्म की सत्यता। यह खुशी और समृद्धि का प्रतीक है।

"मेरा तो दिल धड़क रहा है," मेजर अमरदीप ढींगरा मंदिर के अंदर प्रवेश करते ही कहता है।

"क्यों धड़क रहा है?" राधिका पूछती है।

"इतने दिनों बाद जो नेताजी के अस्थिकलश को देखने जा रहा हूँ," ढींगरा जवाब देता है।

"ऐसा कुछ नहीं है मेजर, मन को शांत रखो। अभी तक यह तय नहीं हुआ है कि जो चीज इस मंदिर में रखी हुई है, वह नेताजी की ही है," राधिका गंभीर होकर कहती है।

मंदिर के अन्दर एकदम शांति है। इक्का-दुक्का ही कोई बौद्ध भिक्षु उन्हें नजर आ रहे हैं। वे लोग एकदम शांत मन से मंदिर के उस स्थान पर पहुँचते हैं, जहाँ वह अस्थिकलश

है। फिर अपने सामने वे एक स्वर्णिम पैगोडा को देखते हैं, जो कमरे के मध्य में है। ऐसा प्रतीत होता है कि कोई प्राचीन वास्तु सदियों से वहां पर पड़ी हुई हों; एकदम रहस्यमयी सी! नेताजी की इतनी खोज करने के बावजूद हालांकि वे अभी तक किसी भी नतीजे पर नहीं पहुंच पाए हैं, फिर भी उनका मन उस चीज के सामने श्रधा से झुक जाता है। सभी दोनों हाथों को जोड़कर उस अस्थिकलश को प्रणाम करते हैं। फिर वे लोग जैसे ही वापस लौटने के लिए पीछे मुड़ते हैं, देखते हैं कि सामने साधू बाब खड़े मुस्कुरा रहे हैं।

"मेरे पीछे आओ," इतना कहकर वह मंदिर के एक गलीनुमा स्थान की ओर मुड़ जाते हैं। यहाँ एक छोटा सा साफ़-सुथरा कमरा है। जमीन पर गद्देदार विछावन लगा हुआ है, जिसके ऊपर सफ़ेद चादर है। वे आराम से उस विछावन पर बैठते हुए कहते हैं, "सभी लोग मेरे करीब आओ। यहीं पर बैठकर बातें करते हैं।"

जैसे ही रहमत अली दरवाजे को अंदर से बंद करना चाहता है, साधू बाबा कहते हैं, "रहने दो वुल्फ-57, बंद कमरे में हो रही बातें शक पैदा करती हैं। इस मंदिर के बौद्ध भिक्षु भले ही तुमलोगों को दिखाई न देते हों, किन्तु वे हर जगह हैं। हमलोग एकदम धीरे-धीरे बातें करेंगे।"

सभी लोग उनके सामने बैठ जाते हैं। राधिका बीच में है, उसकी दाहिनी ओर मेजर अमरदीप ढींगरा और बाईं तरफ लेफ्टिनेंट हिजुकी बैठी हुई है। रहमत अली चुपचाप एक किनारे बैठा सिर्फ उनकी बातों को सुन रहा होता है।

"परिंदे की खोज पर तुमलोगों ने कितना अध्ययन किया?" साधू बाबा मेजर राधिका की ओर देखते हुए पूछते हैं।

"हमने जितनी भी खोज की उसका कोई मतलब नहीं निकलता। हर एक बात दूसरे के विपरीत चली जाती है," राधिका जवाब देती है।

"हमें लगता है कि तुमलोगों को खोज का तरीका बदल देना चाहिए। तुमने जितना अध्ययन किया, यदि उसका कोई मतलब नहीं निकलता, तो तुम्हें अब सीधे तौर पर मैदान में उतरना होगा मेजर," साधू बाबा गंभीर होकर कहते हैं।

इस बार मेजर ढींगरा कहता है, "यही तो मैं भी सोचता हूँ बॉस, किन्तु पता नहीं चलता कि काम को कहाँ से शुरू करना है।" वह थोड़ी देर रुकता है। फिर कहता है, "मैं एक बात कहना चाहता हूँ, वह यह कि कोई है जो नहीं चाहता कि हमलोग 'परिंदे की खोज' में आगे बढ़ें।"

कमरे में गंभीर शांति छा जाती है। फिर साधू बाबा ही पूछते हैं, "तुम्हें किसपर शक हो रहा है मेजर? वो कौन लोग हो सकते हैं, जिन्होंने लेफ्टिनेंट हिजुकी के पति की हत्या की?"

"मुझे तो कोई जापानी एजेंट दिखाई पड़ता है," इसबार हिजुकी बोलती है।

"वह कैसे?"

"जहाँ तक मेजर राधिका और मैंने नेताजी की रहस्यमय तरीके से हुई कथित मौत की घटनाओं का अध्ययन किया है, मुझे लगता है 18 अगस्त को हवाई दुर्घटना हुई ही नहीं थी,

बल्कि कराई गयी थी। उसके पहले कुछ चुनिंदे अधिकारियों ने नेताजी के साथ मिल बैठकर उनके जापान की सीमा से निकल जाने का तानाबना बुन दिया था। जापान जानता था कि इस घटना का विश्वव्यापी असर पड़ेगा। भारत के लोग इस बात पर कभी भी यकीन नहीं करेंगे कि नेताजी उसी हवाई दुर्घटना में मारे गए, जिसकी कहानी जापान सुना रहा है। फिर जब कोई हमलोगों की तरह उनकी खोज करेगा, तो कोई तो होगा जो यह नहीं चाहेगा कि उस हवाई दुर्घटना की असलियत सामने आए, क्योंकि यह कोई स्वाभाविक घटना नहीं, बल्कि सैनिकों के द्वारा कमरे में बैठकर गुप्त रूप से तैयार की गयी योजना थी।"

"भारत को इस घटना के दो साल बाद आजादी मिली। शायद जापान यह सोच रहा होगा कि भारतीय लोग उस समय इस घटना का उतना विरोध नहीं कर पाएँगे, क्योंकि भारत में आजादी की लड़ाई अंतिम चरण पर थी और देश में मुस्लिम लीग द्वारा बंटवारे की मांग को लेकर जो दंगे भड़क रहे थे, उसके बीच हवाई दुर्घटना के रहस्य को जानने की किसी को फुर्सत नहीं थी," राधिका इस बात को भारतीय सन्दर्भ में समझाने की कोशिश करती है।

कमरे के अन्दर वातावरण अब और भी गंभीर होता जा रहा है। फिर साधू बाबा कहते हैं, "हमें रोकने के पीछे रूस या फिर चीन क्यों नहीं हो सकता? यह भी हो सकता है कि कोई भारतीय ही ऐसा करा रहा हो? भारत को आजादी मिले अब एक दशक हो गए हैं। कुछ राजनीतिक लोग शायद यह नहीं चाहते होंगे कि नेताजी के गड़े मुर्दे को फिर से उखाड़ा जाए?"

"आपने चीन पर संदेह क्यों व्यक्त कियां?" राधिका पूछती है।

"युद्ध की समाप्ति के बाद जब कर्नल हबीबुर रहमान से दिल्ली के लाल किला में दिसंबर 1945 में पूछताछ चल रही थी, तब ब्रिटिश खुफिया विभाग का एक निदेशक था फिलिफ एडमंड फ़िनी (1904-1980), जिसने कुछ अलग ही जाँच की थी," साधू बाब कहते हैं।

"क्या जांच की गयी थी?" राधिका पूछती है।

"एडमंड फ़िनी अपने कैरियर के आरंभिक दिनों में भारत में रह चुका था। दूसरे विश्वयुद्ध की शुरुआत में वह कलकत्ता के स्पेशल ब्रांच में था। बाद में वह लंदन में ब्रिटिश खुफिया विभाग का निदेशक बना। उसने टोकियो स्थित डगलस मेकार्थर (1880-1964) के निदेशालय में बैंकाक से एक अत्यंत ही आवश्यक सन्देश भेजकर कहा था कि 12 नवम्बर, 1945 को उसने किसी के.वाटनवे से पूछताछ की थी। वह व्यक्ति एक दुभाषिया था, जो जापान की इम्पीरियल सेना के एक अधिकारी हिकारी कीकन के लिए काम करता था। हिकारी कीकन की जिम्मेदारी आजाद हिन्द फौज से भी जुड़ी हुई थी। वाटनवे ने एडमंड फ़िनी को पूछताछ के दौरान बताया था कि 16 और 17 अगस्त को उससे कहा गया कि जनरल इशोदा के घर पर जो मीटिंग होने जा रही थी, उसमें उसे एक दुभाषिए के रूप में उपस्थित रहना है। उस मीटिंग में सुभाष चन्द्र बोस और कर्नल हबीबुर रहमान भी थे। किन्तु जब वह इशोदा के घर पर पहुंचा, तबतक मीटिंग खत्म हो चुकी थी। इशोदा ने बिना दुभाषिए के ही बैठक कर लिया था।

मीटिंग का विषय था कि सुभाष बोस को किस प्रकार उनके गंतव्य स्थान पर पहुंचा दिया जाए। वह रूस जाना चाह रहे थे, शायद मंचूरिया के रास्ते।"

"इसका मतलब यह है कि वह रूस में हैं या फिर मंचूरिया में?"

"मंचूरिया पूर्वी एशिया का एक विशाल इलाका है, जिसकी सीमाएं चीन और रूस दोनों से जुड़ी हैं। इसके उत्तर-पूर्व में साइबेरिया है। दक्षिण में पीले सागर के पास यह चीन और मंगोलिया से जुड़ा है। दूसरे विश्वयुद्ध के समय यह जापान का कठपुतली राज्य था, किन्तु अब यह चीन के प्रभाव में है। यदि नेताजी मंचूरिया में हैं तो अभी के साम्यवादी चीन का मंचूरिया पर कुछ तो प्रभाव होगा? भारत और चीन के रिश्ते फिलहाल बहुत अच्छे नहीं हैं। हमारे प्रधानमंत्री जवाहरलाल नेहरु पंचशील के सिद्धांतों पर चल रहे है, किन्तु चीन उसे स्वीकार करे तब ना? चीन में माओ के नेतृत्व में विस्तारवाद चल रहा है," साधू बाबा विस्तार से समझाने की कोशिश करते हैं।

"अब समझा कि आपने इस रुकबट में चीन का क्यों नाम लिया था? युद्ध के समय तो नेताजी चीन के समर्थन से रूस से बातें करना चाहते थे, किन्तु अब स्थित बदल गयी है," राधिका चिंता प्रकट करती है।

"उन दिनों चीन वह नहीं था जो अब है। कोई भी हो सकता है जो हमें 'परिंदे की खोज' से दूर रखना चाहता है। हिजुकी के पति की हत्या एक चेतावनी हो सकती है।"

"किन्तु आपने तो सराय गढ़ की बैठक में हमलोगों से कहा था कि इस कमरे में बैठे हुए लोगों के अलावा कोई नहीं जानता कि गुप्त रूप से हमलोग नेताजी की खोज कर रहे हैं," राधिका सवाल करती है।

"उस दिन की मीटिंग के बाद मुझे थोड़ा विस्तार करना पड़ा। जैसे-जैसे कड़ियाँ जुड़ती गईं, मुझे लगा कि इस अभियान में और भी लोगों की जरूरत होगी। हो सकता है कि उनका सूचना तंत्र हमसे ज्यादा मजबूत हो। हमलोग तो अपने निजी अनुभवों के आधार पर आगे बढ़ रहे हैं, किन्तु यह भी हो सकता है कि जो लोग हमें रोकना चाहते हैं, उनके पीछे किसी देश की सरकार हो," साधू बाबा स्वीकार करते हैं।

"तो फिर हमलोगों को कहाँ से काम शुरू करना चाहिए? रूस से या फिर मंचूरिया से?" इसबार लेफ्टिनेंट हिजुकी सवाल करती है।

"अफगानिस्तान से," साधू बाबा पूरी गंभीरता से कहते हैं।

"मैं भी यही सोच रही थी। "टी" के मिलने की संभवाना अफगानिस्तान के रास्ते ही है," राधिका कहती है।

"तुमने 'टी' का जिक्र कर पुरानी बातें याद दिला दी मेजर। जापानी गुप्तचर नेताजी को इसी नाम से बुलाते थे," साधूबाबा अचानक से गंभीर हो जाते हैं।

कमरे में एक अजीब सी खामोशी छा जाती है। फिर साधू बाबा अपने झोले से कुछ निकालते हुए कहते हैं, "गौर से सुनो।" अब यह अंतिम अवसर है। शायद फिर मिलना न हो। फिर दोबारा 'परिंदे की खोज' करने का मौका शायद न मिले।

हो सकता है कि तुममें से कोई भी न बचे। और, यह भी हो सकता है कि तुममें से किसी की मुलाक़ात एक बार फिर से नेताजी से हो जाए! यह तुमलोगों का पासपोर्ट है, जो तुम्हें सोवियत रूस की सीमा में ले जाएगा। अब तुम सभी लोग भारत से साम्यवादी विचारों का अध्ययन करने वाला एक दल हो, जो सोवियत रूस जा रहे हो। रूस की सरकार को यह यकीन दिलाना होगा कि तुम्हारे लेनिन और स्टालिनवादी विचारधाराओं के अध्ययन से शीत युद्ध के दौरान सोवियत रूस को अमेरिका के खिलाफ भारत में एक नया संगठन तैयार करने का अवसर मिलेगा। यदि नेताजी की खोज करनी है तो तुम्हारे लिए कम्युनिस्ट सोच को समझना जरूरी है," इतना कहकर साधू बाबा उन सभी को उनका पासपोर्ट दे देते हैं।

"क्या इसमें रूस के अन्दर प्रवेश करने का वीजा भी है?"

"हाँ, एक अध्ययन दल के रूप में तुम अफगानिस्तान के रास्ते रूस जा रहे हो। कोई भी व्यक्ति किसी भी प्रकार का हथियार नहीं ले जाएगा। तुम्हें अब फौजी से अध्ययनकर्ता का रूप धारण करना होगा।"

"अफगानिस्तान में हमलोगों को किनसे संपर्क स्थापित करना होगा?" इसबार मेजर ढींगरा सवाल करता है।

"राजा महेंद्र प्रताप सिंह ने 1915 में अफगानिस्तान के काबुल में भारत की पहली अंतरिम सरकार की स्थापना की थी। यह सरकार एक निर्वासित सरकार थी। पहली बार आजाद हिन्द फौज का गठन भी 1915 में ही उन्होंने अफगानिस्तान में किया था। वे रासबिहरी बोस के साथ जापान में भी थे।

जापान में उनसे हमारी मुलाकात हुई थी। हालांकि वह अब भारत में लोक सभा के सदस्य हैं, किन्तु उनके कुछ समर्थक अभी भी काबुल में हैं। एकबार वह स्वयं रूस जाकर लेनिन (1870-1924) से मिले थे। उन्होंने रूस से भारत की आजादी में मदद मांगी थी। लेकिन लेनिन ने इसपर कोई रूचि नहीं दिखाई। फिर भी उनके कुछ समर्थक अभी भी काबुल में हैं, जिनसे तुमलोगों को मिलना है।"

"वह कौन लोग हैं?" राधिका पूछती है।

"हैं तो बहुत से लोग, किन्तु तुम्हें उनमें से एक व्यक्तिअब्दुल शेख दुर्रानी से मिलना है। वह मास्को में साम्यवादी विचाधारा पर कुछ अध्ययन कर रहा है। कुछ ही दिनों बाद वह अपने एक दल के साथ काबुल से मास्को जा रहा है। उस दल में तुमलोग भी होगे। आगे बढ़ो और 'परिंदे की खोज करो मेजर," इतना कहकर साधू बाबा उठ खड़े होते हैं।

"हमलोगों के पास कितने दिनों का समय है?"

"सात महीने का। मास्को में तुम्हारी पढ़ाई छह महीने में पूरी होगी और एक महीना तुमलोगों को धूमने-फिरने के लिए दिया गया है। इसी बीच सबकुछ पता करना होगा। अब मैं वापस सराय गढ़ लौट रहा हूँ। ज़िंदा लौटकर वापस आना। सराय गढ़ में ही मिलूंगा," इतना कहकर साधू बाबा तेजी से रेंकोजी मंदिर से बाहर निकल जाते हैं।

जाते-जाते साधू बाबा मेजर राधिका को एक कोड वर्ड बता जाते हैं, जिसका इस्तेमाल उसे अब्दुल शेख दुर्रानी से मिलने पर करना है।

सड़क के किनारे एक कार खड़ी होती है। वह तेजी से उसके अन्दर बैठ जाते हैं। अपने झोले से हवाना सिगार निकालकर उसे अपनी दांतों के बीच दबा देते हैं। उनके बगल में बैठा एक व्यक्ति लाइटर से उनके सिगार को सुलगाता है। राधिका गौर से देखती है। वह व्यक्ति जाना-पहचाना सा है। वह याद करती है। उसे उसने सराय गढ़ की उस मीटिंग में देखा था, जब पहली बार वह वहां गयी थी। वह मेजर रस्तोगी है। राधिका मन की मन मुस्कुराते हुए कहती है, "साधू बाबा ने भी अपना बड़ा नेटवर्क बना लिया है।"

10

"कहते हैं कि सुपरनोवा के विस्फोट से ही सोने का निर्माण हुआ था," राधिका एक लम्बे से व्यक्ति के ठीक सामने जाकर उसकी आँखों में आँखें डालकर कहती है।

उस व्यक्ति की दाढ़ी हल्की सी बढ़ी हुई है। उसने सफ़ेद रंग का कुर्ता-पजामा पहन रखा है, जिसके ऊपर भूरे रंग का हाफ जैकेट है।उसकी उम्र कोई पचास साल होगी। उसके सिर के बाल थोड़े बड़े, ललाट चौड़ी, नाक थोड़ी सी लम्बी और आँखें भूरी हैं। वह राधिका की बात को सुनकर खिलखिलाकर हंसता है। राधिका देखती है, उसके बाएँ जबड़े की एक दांत सोने की बनी है। वह व्यक्ति राधिका को काफी रहस्यमय सा प्रतीत होता है, थोड़ा डराबना भी। राधिका कुछ नहीं कहती। जब वह हंसना बंद कर देता है, तो राधिका देखती है कि उसकी आँखों की कोर से आंसुओं की एक पतली सी धार निकल रही है। वह आंसुओं को अपनी दोनों हथेलियों से पोंछकर कुरते की जेब से अपना चश्मा निकालते हुए कहता है, "जबतक चश्मा ना पहन लूँ, मैं सोने और पीतल में अंतर नहीं समझ पाता।"

यह एक कोड वर्ड है, जिसे साधू बाबा ने राधिका को दुर्रानी से मिलने से पहले बताया था।

"काबुल में आपका स्वागत है मेजर," दुर्रानी अपने दाहिने हाथ के पंजे को धीरे से उठाकर राधिका को सलाम करता है।

राधिका इसका जवाब सिर्फ अपने सिर को धीरे से झुका कर देती है। फिर दुर्रानी कहता है, "आपके आने से पहले कर्नल का पैगाम मुझे मिल गया था मेजर राधिका।"

"कौन कर्नल?" राधिका सवाल करती है।

"ओ सॉरी!कर्नल नहीं, साधू बाबा का पैगाम," दुर्रानी भूल सुधारते हुए कहता है।

"आपसे मिलाकर खुशी हुई अब्दुल शेख दुर्रानी।"

"मुझे भी। आपके और साथी कहाँ हैं?" दुर्रानी सवाल करता है।

"वे सभी काबुल में ही ठहरे हुए हैं," इतना कहते हुए राधिका पूछती है, "यहाँ से मास्को के लिए कब निकलना है?"

"हमारी टीम आनेवाले शुक्रवार को निकल रही है।"

"आपकी टीम में कितने लोगहैं?" राधिका फिर पूछती है।

"हमलोग कुल सत्रह लोग हैं, जो मास्को के दौरे पर जा रहे हैं। और आपके लोगों को मिलाकर कुल इक्कीस लोग हो जाएँगे," दुर्रानी जवाब देता है।

"सभी अफगानी हैं?" राधिका फिर पूछती है।

"नहीं, उनमें से चार रसियन हैं, जिनमें एक महिला भी है।" राधिका कुछ नहीं कहती। वह थोड़ी सोच में पड़ जाती है। एक क्षण के बाद फिर दुर्रानी ही कहता है," काबुल में हमारी एक संस्था है, जो साम्यवादी विचारधारा को समझने की कोशिश कर रही है। उनके विचारों के समझने के लिए ही ख़ुश्चेव की सरकार ने अपनी एक टीम को काबुल भेजा है।

हमलोग कुछ महीने मास्को में रहकर युद्ध के बाद की बदलती दुनिया को समाजवाद के आईने सेदेखने की कोशिश करेंगे। हमारा लक्ष्य साम्यवादी रूस के साथ-साथ आगे बढ़ना है।"

"रूस की मित्रता आपके लिए फायदेमंद रहेगी। यह तो अच्छी बात है, मैं भी साम्यवाद से रू-ब-रू होना चाहती हूँ, ताकि जान सकूं कि युद्ध के बाद दुनिया किस ओर जा रही है और सोवियत रूस उसका मुकाबला कैसे कर रहा है," राधिका मुस्कुराते हुए कहती है।

"आपके देश में तो समाजवाद के प्रति लोगों का झुकाव है। आपके प्रधानमंत्री पंडित नेहरु खुद इस विचारधरा से प्रभावित रहे हैं," दुर्रानी कहता है।

"आप भारत के विषय में बहुत कुछ जानते हैं," राधिका एकबार फिर मुस्कुराते हुए कहती है। एक क्षण रुकने के बाद वह फिर कहती है, "ठीक है शेख साहब, फिलहाल मैं चलती हूँ। शुक्रवार को हमलोग आपकी संस्था में हाजिर हो जाएँगे।"

"मास्को काबुल के उत्तर-पश्चिममेंहै। यहाँ से उसकी दूरी लगभग चार हजार किलोमीटर है। इस दूरी को तय करने में अस्सी घंटे से अधिक समय लग सकते हैं। हमलोग सड़क के रास्ते जाएँगे।"

"जानती हूँ।"

"अभी नवंबर का महीना है। दिसंबर आते-आते मास्को बर्फ़ में तब्दील जो जाएगा। आपको अपने और अपने साथियों के लिए सर्दियों से सुरक्षा का इंतजाम कर लेना होगा।"

"जानती हूँ। और यह भी जानती हूँ कि साइबेरिया के 'जनरल दिसंबर' और 'जनरल जनवरी' ने नेपोलियन बोनापार्ट की पांच लाख सेना को बर्फ के दलदल में गलाकर मार डाला था। कड़ाके की सर्दी में रूस बिना लड़े किसी भी सेना को पराजित कर सकता है। आप चिंता न करें शेख साहब, हमलोग पूरी तैयारी के साथ हैं। खुदा हाफिज़, अब मुझे इजाजत दें। जुम्मे के दिन मुलकात होगी," इतना कहते हुए राधिका कमरे से बाहर निकल जाती है।

सोवियत रूस की ओर से भेजी गयी यह एक बस है, जिसमें सवार होकर सभी लोग काबुल से मास्को के लिए प्रस्थान करते हैं। यह एक यात्रि बस कम, साम्यवादी विचारधारा की प्रचार गाड़ी अधिक लगती है। बस के अन्दर लेनिन और स्टॅलिन की तस्वीरों के अलावा एक बड़ी सी पेंटिंग कार्ल मार्क्स (1818-1883) और उसके ठीक बगल में फ्रेडरिक एंगेल्स (1820-1895)की लगी हुई है। बस की पिछली सीट के पास एक पुस्तकालय भी है, जिसमें दास कैपिटल, साम्यवादी घोषणापत्र, लेनिन और स्टॅलिन के सिद्धांत, रूस की पत्रिकाएँ और समाचर पत्रों के अलावा लियो टॉलस्टॉय (1828-1910), मैक्सिम गोर्की (1868-1936), इवान तुर्गनेव (1818-1883)और फ्योदोर दोस्तोएव्स्की(1821-1881) की कुछ जगत प्रसिद्ध किताबें हैं, जो दुनिया को बदलने की हैसियत रखती हैं।

मेजर राधिका बस के मध्य में खिड़की के पास की सीट पर बैठी अपने अभियान के बारे में सोच रही है। उसे तनिक भी उम्मीद नहीं कि उसे 'सुभाष की खोज' में सफलता मिल

पाएगी अथवा नहीं। कुछ ही साल पहले ख़त्म हुए भीषण युद्ध के दृश्यों के बारे में याद कर वह कांप उठती है। उन दिनों उसके अन्दर बहुत हिम्मत थी और नेताजी के लिए मर मिटने का जज्बा भी। युद्ध के दौरान उसने सिंगापुर, बर्मा, बैंकाक, वियतनाम, जापान और भारत के उत्तर-पूर्व के इलाकों में आजाद हिन्द फौज के लिए जासूसी किया था, किन्तु इतने साल गुजर जाने के बाद अब उसे लगता है कि वह थोड़ी शिथिल हो गयी है। ठीक उसकी बगल की सीट पर लेफ्टिनेंट हिजुकी बैठी हुई है। वह भी ग़मगीन है, शायद अपने मृत पति की याद में! उसके पीछे की सीट पर मेजर अमरदीप ढींगरा और उसके पास रहमत अली बैठा हुआ है। अब्दुल शेख दुर्रानी सबसे अगली सीट पर बैठा हुआ है, जिसके पास एक लंबा-तगड़ा आदमी भी बैठा है।

जैसे ही बस खुलती है, अधेड़ उम्र की एक महिला मेजर राधिका के पास आकर उसके कंधे पर अपनी हथेली को रखते हुए कहती है, "मैं प्रोफ़ेसर यूलिया पोपोवा हूँ।"

राधिका अपनी सीट से उठ खड़ी होती है। वह उस रसियन महिला का स्वागत करते हुए कहती है, "मेरा नाम राधिका है।" फिर वह प्रोफ़ेसर यूलिया पोपोवा का परिचय हिजुकी से कराते हुए कहती है, "आपसे मिलकर बहुत खुशी हुई प्रोफ़ेसर।"

प्रोफ़ेसर पोपोवा मुस्कुराकर एक नजर हिजुकी की ओर देखती है, फिर अपना ध्यान राधिका की तरफ केन्द्रित करते हुए कहती है, "क्या मैं इस सफ़र में थोड़ी देर के लिए आपके पास बैठ सकती हूँ?"

"क्यों नहीं?" इसबार हिजुकी कहती है। उसे लगता है कि परिचय के समय प्रोफ़ेसर ने उसे नजरअंदाज किया। वह उठ खड़ी होती है। प्रोफ़ेसर पोपोवा उसका शुक्रिया करते हुए कहती है, "कृप्या कुछ देर के लिए आप मेरी सीट पर चली जाएँ। वहां अब्दुल शेख दुर्रानी के ठीक पीछे वाली सीट है।"

हिजुकी कुछ नहीं कहती। चुपचाप वहां से उठकर आगे की सीट पर बैठ जाती है। उसका मन अभी भी गमगीन है। बस अपनी रफ़्तार से आगे बढ़ रही है। अधिकांश यात्री सोवियत रूस की विचारधाराओं वाली पत्रिकाओं में खोए हुए हैं। अचानक से हिजुकी को लगता है कि ठीक उसके आगे की सीट पर अब्दुल शेख दुर्रानी के पास बैठा व्यक्ति कुछ जाना-पहचाना सा है। वह व्यक्ति अपनी आँखें बंद किए हुए है। ऐसा प्रतीत होता है कि वह कुछ सोच रहा हो। हिजुकी उसके चेहरे को पढ़ने की कोशिश करती है। वह सोचने लगती है, "कहाँ देखा है इस इंसान को?" वह अपने दिमाग पर जोर लगाती है। फिर अचानक से उसके पूरे शरीर में एक सिहरन सी दौड़ पड़ती है,

"यह वही इंसान है जिसे हिजुकी ने अपने घर में तब लात मारकर गिरा दिया था, जब उसने मेजर राधिका के ऊपर गोली चलाने की कोशिश की थी। उसके कमरे में उसके पति की लाश पड़ी थी। मेजर राधिका ने इस व्यक्ति के एक साथी को वहीं पर गोली मारकर ढेर कर दिया था। गिरने के बाद यह व्यक्ति अँधेरे का फायदा उठाते हुए कमरे से फरार होने में कामयाब हो गया था।"

लेफ्टिनेंट हिजुकी के रोंगटे खड़े हो जाते है। उसे लगता है कि वे सभी घिर चुके हैं। दुश्मन को इस बात की जानकारी

मिल चुकी है कि वे लोग सोवियत रूस में किस काम से जा रहे हैं। अब उसे प्रोफ़ेसर यूलिया पोपोवा पर भी संदेह होने लगता है। वह सोचती है,

"क्या ये लोग रूस की खुफिया एजेंसी केजीबी के एजेंट हैं? अभी हाल ही में तो 1954 में इसकी स्थापना हुई है। मूल रूप से यह गुप्तचर संस्था रूस की आंतरिक सुरक्षा करती है, किन्तु शीत युद्ध के समय इसका मुख्य काम अमेरिका और उसके समर्थक देशों की गतिविधियों पर नजर रखना और दुनिया में रूस समर्थित साम्यवादी देशों की सुरक्षा करना है।"

हिजुकी का दिमाग अब तेजी से चलने लगता है। वह सोचती है, "जितनी जल्दी हो सके, उसे इस बात की जानकारी मेजर राधिका को देनी चाहिए। वह पीछे मुड़कर देखना चाहती है कि मेजर उस प्रोफ़ेसर पोपोवा के साथ क्या कर रही है? फिर उसे लगता है कि ऐसा करने से लोग उसपर संदेह करेंगे। वह चुपचाप खिड़की के बाहर मनोरम दृश्यों की तरफ अपना ध्यान केन्द्रित करना चाहती है, किन्तु उसका मन सामने बैठे उस इंसान के बारे में सोच रहा होता है, जिसने उसके पति की हत्या की थी।

यह कोई आसान सफ़र नहीं है। बस पहाड़ियों, दर्रों और अनगिनत घाटियों को पार कर आगे की ओर बढ़ रही है। राधिका सोचती है, "पता नहीं मास्को शहर कैसा दिखता होगा? वह कभी गयी जो नहीं।" फिर वह पास बैठे प्रोफ़ेसर यूलिया पोपोवा से पूछ बैठती है,

"मैं पहली बार मास्को जा रही हूँ। कैसा लगता है वह शहर?"

"युद्ध के बाद वहां पुनर्निर्माण का काम तेजी से चल रहा है। वह कम्युनिस्ट दुनिया का एक सबसे शानदार शहर है," प्रोफ़ेसर पोपोवा जवाब देती है।

"युद्ध में कितनी क्षति हुई होगी रूस की?"

"एक करोड़ से अधिक तो रूस की सेना ही मारी गयी। आम नागरिकों की क्या कहें? जिन्दगी को पटरियों पर लाने का काम अब फिर से शुरू हो चुका है," पोपोवा उदास मन से जवाब देती है।

राधिका कुछ नहीं कहती। वह सोचती है, "यह युद्ध, जिसे दुनिया दूसरी बड़ी लड़ाई के नाम से जानती है, मानवीय नरसंहार का एक सबसे बड़ा उदाहरण बना।" अब वह इसके बारे में सोचना भी नहीं चाहती। वह अपना ध्यान खिड़की के बाहर मनोरम दृश्यों की तरफ केन्द्रित करना चाहती है, तभी प्रोफ़ेसर पोपोवा पूछ बैठती है,

"क्या आपको अनुमान है कि इस युद्ध में कितने भारतीयों की मौत हुई होगी?"

राधिका जवाब में कहती है, "मैं सिर्फ अनुमान ही लगा सकती हूँ। भारत तो युद्ध लड़ ही नहीं रहा था, हमारे लोगों को तो जबरन ब्रिटिश सरकार द्वारा लड़ाया जा रहा था।"

"किन्तु सुभाष चन्द्र बोस तो युद्ध लड़ रहे थे?"

प्रोफ़ेसर यूलिया पोपोवा की जुबान से सुभाष बोस के नाम को सुनकर मेजर राधिका सोच में पड़ जाती है कि वह इस सवाल का जवाब दे अथवा नहीं? फिर वह अचानक से बोल

173

उठती है, "नेताजी तो भारत की आजादी की लड़ाई लड़ रहे थे, न कि विश्व युद्ध की लड़ाई।"

"किन्तु वह विश्व युद्ध का हिस्सा तो थे?" प्रोफ़ेसर पूछती है।

"नहीं प्रोफ़ेसर, वह युद्ध में सिर्फ ब्रिटेन के खिलाफ थे। उनकी लड़ाई अपनी सीमा के अंदर थी। उनका उद्देश्य सिर्फ और सिर्फ भारत को आजाद करना था। उन्होंने साम्यवादी रूस के खिलाफ तो कभी हथियार नहीं उठाया; यहाँ तक कि चीन के खिलाफ भी नहीं। रूस मित्र राष्ट्र के साथ था, जिसका एक बड़ा दोस्त ब्रिटेन भी था। रूस से नेताजी की कोई दुश्मनी नहीं थी," राधिका विस्तार से कहती है।

तर्क को बढ़ाते हुए अब प्रोफ़ेसर कहती है, "किन्तु भारत की आजादी की लड़ाई तो महात्मा गांधी के नेतृत्व में भारत की जमीन पर ही लड़ी जा रही थी। इसमें लाखों लोग शामिल थे और वह लड़ाई अहिंसा के सिद्धांतों पर लड़ी गयी थी।"

बात का रुख मोड़ते हुए राधिका एक सवाल पूछती है, "मैं तो कभी रूस गयी नहीं प्रोफ़ेसर, क्या आप बता सकती हैं कि साम्यवादी रूस में महात्मा गांधी की क्या पहचान है?"

"उनका नाम हर जगह इज्जत से लिया जाता है," यूलिया पोपोवा जवाब देते हुए राधिका से एक सवाल पूछती है, "क्या आपको पता है कि महात्मा गांधी टॉलस्टॉय के साथ पत्राचार किया करते थे?"

"हाँ, मैंने पढ़ा है," राधिका एक छोटा सा जवाब देती है।

"आप सुभाष चंद्र बोस और महात्मा गांधी के बीच क्या अंतर देखती हैं?" अचानक से प्रोफ़ेसर एक ऐसा सवाल कर बैठती है, जो मेजर राधिका के मन को घायल कर देता है। फिर वह चौंक उठती है, "यह प्रोफ़ेसर बार-बार नेताजी सुभाष चंद्र बोस का जिक्र क्यों कर रही है?" अब उसे कुछ संदेह सा होने लगता है। भारत में आम लोग इस सवाल का जवाब जरूर खोजते रहते हैं, किन्तु एक रूसी, जो उसके साथ सफ़र में है और जिसे वह जानती तक नहीं, क्यों ऐसे सवाल कर रही है? राधिका सचेत हो जाती है। वह सिर्फ इतना कहती है,

"मैंने नेताजी सुभाष चंद्र बोस के बारे में अधिक पढ़ा नहीं है।"

प्रोफ़ेसर पोपोवा शांत नहीं रहती। वह कहती है, "भारत में लोग गांधी को महात्मा और सुभाष बोस को नेताजी कहते हैं। अंतर यही है।"

"इसका क्या अर्थ निकलता है?" राधिका पूछ बैठती है।

"एक जन-नायक थे और एक की आत्मा इतनी महान थी कि लोग उन्हें महात्मा कहने लगे," यूलिया पोपोवा मुस्कुराते हुए बोलती है।

राधिका जवाब में कुछ भी नहीं कहती। थोड़ी देर के लिए दोनों के बीच चल रहे संवाद अचानक से शांत हो जाते हैं। शाम ढल चुकी है। बस अपनी रफ़्तार से मास्को की तरफ बढ़ रही है। तभी एक व्यक्ति खड़ा होकर सूचना देता है कि आजकी रात हमलोग यहीं पर रुकेंगे। कल सुबह से फिर यात्रा शुरू की जाएगी।

"हमलोग सोवियत संघ के कजाकिस्तानके इलाके में हैं। रूस इतना विशाल है कि उसके पैर यूरोप और एशिया दोनों ही महाद्वीपों में फैले हुए हैं," अब्दुल शेख दुर्रानी हँसते हुए राधिका से कहता है। राधिका अपने साथियों के साथ एक छोटे से टेंट में बैठी हुई है। सर्दी इतनी अधिक है कि उससे बचने के लिए टेंट के अंदर ही आग जला दिए गए हैं।

"हमलोगों को और कितना समय लगेगा मास्को पहुंचने में?" राधिका पूछती है।

"आज तो पहला ही दिन है। उम्मीद करते हैं कि यदि सबकुछ ठीक रहा तो सोमवार की रात हमलोग अपनी मंजिल पर होंगे," इतना कहकर दुर्रानी टेंट से बाहर निकल जाता है। लेफ्टिनेंट हिजुकी, जो दुर्रानी की उपस्थिति में थोड़ा असहज सी महसूस कर रही थी, राहत की साँस लेती है। वह मेजर राधिका के और भी करीब आकर एकदम धीरे से कहती है,

"मेजर, हमलोग ट्रैप कर लिए गए हैं। हमारे दुश्मन भी इस सफ़र में हामारे साथ चल रहे हैं।"

"मतलब?" इसबार अमरदीप ढींगरा बोलता है।

"मतलब यह है मेजर ढींगरा कि हमने एक ऐसे व्यक्ति को इस सफ़र में पहचान लिया है, जिसने साइगॉन में हमारे पति की हत्या की थी।"

हिजुकी की इस बात से सभी को जोर का झटका लगता है।मेजर ढींगरा क्रोध से तिलमिलाते हुए कहता है, "लेफ्टिनेंट, तुम उसकी पहचान बता दो, हम इसी सफ़र में उसे सुला देंगे।"

"एक नहीं, दो लोग हैं जो यह समझ चुके हैं कि हमलोगों की मास्को यात्रा का उद्देश्य क्या है?" मेजर राधिका एकदम धीरे से बोलतीहै।

"तब तो यह और भी खतरनाक बात है," रहमत अली चिंतित निगाहों से राधिका की ओर देखते हुए कहता है।

"तुमने किसे पहचाना मेजर?" अमरदीप ढींगरा राधिका से सवाल करता है।

"मेरे साथ जो प्रोफ़ेसर यूलिया पोपोवा है, वही। मुझे शक है कि वह प्रोफ़ेसर नहीं, बल्कि कोई एजेंट है। वह नेताजी के बारे में मेरे विचारों को जानने को उत्सुक है," राधिका जवाब देती है।

"और तुम्हें किस पर संदेह है लेफ्टिनेंट?" मेजर ढींगरा हिजुकी की ओर देखते हुए कहता है।

"वही जो आज शेख दुर्रानी के पास बैठा यात्रा कर रहा था।"

"क्या वह केजीबी एजेंटहै?"

"यह मैं कैसे कह सकती हूँ। मैंने सिर्फ उसके तौर तरीके से ही अनुमान लगाया है। वह केजीबी का हो भी सकता है और नहीं भी।"

"क्या शेख दुर्रानी को इसबात का पता है? साधू बाबा ने तो हम सबों को उसकी मदद लेने को ही काबुल भेजा है। यदि दुर्रानी को इस बात की जानकारी है, तो इसका सीधा मतलब यह निकलता है कि दुर्रानी हमलोगों के साथ डबल क्रॉस कर रहा है," ढींगरा स्थिति को स्पष्ट करने की कोशिश करता है।

राधिका सोच में पड़ जाती है। उसे यकीन नहीं होता कि साधू बाबा बिना जांचे-परखे ही ऐसा काम कर सकते हैं। वह कहती है, "दुर्रानी पर इतनी जल्दी संदेह मत करो मेजर।"

"हाँ, तुम ठीक कह रही हो राधिका। साधू बाबा हमलोगों को इस प्रकार से किसी अनजाने दलदल में नहीं धकेल सकते। फिर भी, समय निकाल कर तुम एक बार दुर्रानी से बात कर लो तो बेहतर होगा," ढींगरा सलाह देता है।

"नहीं, मैं इस सम्बन्ध में उससे कोई बात नहीं करूंगी। हमलोगों को अपनी ओर से किसी गैर के सामने नेताजी शब्द का इस्तेमाल भी नहीं करना चाहिए, वरना उनका शक यकीन में बदल जाएगा। उन्हें यही लगना चाहिए कि सोवियत संघ में हम सब साम्यवाद को समझने आए हैं, न कि 'परिंदे की खोज करने।"

"किन्तु साधू बाबा ने तो तुम्हें एक कोड वर्ड दिया था दुर्रानी से मिलने के लिए। ऐसे में उसे इस बात का पता होगा कि हमलोग किस मिशन पर हैं," ढींगरा संदेह जाहिर करता है।

"नहीं हो सकता है;या हो भी सकता है? मैं यकीन के साथ नहीं कह सकती। मैंने उस कोड वर्ड का उतना ही इस्तेमाल किया था, जितना मुझे करना चाहिए था। मैंने तो नेताजी के बारे में उससे कोई बात तक नहीं की।"

लेफ्टिनेंट हिजुकी, जो पूरे ध्यान से इन बातों को सुन रही है, अपने विचारों को प्रकट करते हुए कहती है, "तुम ठीक कह रही हो मेजर, फिर भी हमलोगों को अब्दुल शेख दुर्रानी के बारे में जानकारी रखनी चाहिए। इस बात को जानना

जरूरी है कि दरअसल उसका काम क्या है और वह क्यों हमारी मदद को तैयार हुआ है?"

राधिका कहती है, "जब राजा महेंद्र प्रताप सिंह ने प्रथम विश्व युद्ध के समय अफगानिस्तान में आजाद हिन्द फौज का गठन किया था, जो कि ब्रिटिश सरकार के खिलाफ था, तभी कुछ प्रमुख अफगानी उस संगठन से जुड़ गए थे। उन्हीं अफगानियों में से एक का पुत्र अब्दुल शेख दुर्रानी है, जो दूसरे विश्व युद्ध के समय साधू बाबा के संपर्क में आया था। मैं यह तो नहीं बता सकती कि साधू बाबा से उसका क्या संबध है, किन्तु उनका दुर्रानी पर भरोसा करना ही बड़ी बात है।"

"तो इसका मतलब यह हुआ कि हमलोग दुर्रानी की तरफ से सुरक्षित हैं," इसबार रहमत अली अपने विचार रखता है।

"यह हो सकता है वुल्फ-57, फिरभी यह बात समझ में नहीं आ रही कि जिस व्यक्ति ने हिजुकी के पति की हत्या की, वह दुर्रानी के पास क्यों बैठा था?" मेजर ढींगरा संदेह प्रकट करता है।

"हो सकता है कि शेख दुर्रानी को उस व्यक्ति की असलियत का पता नहीं हो? और यह भी हो सकता है कि सोवियत संघ अफगानिस्तान में अपने विचारों को फ़ैलाने के लिए दुर्रानी की मदद चाहता हो। वह अपना एक संस्था चलाता है, जिसके माध्यम से वह अफगानिस्तान को सोवियत विचारों के प्रभाव में लाना चाहता हो?"

"हाँ, यह हो सकता है। यदि वह हत्यारा केजीबी का एजेंट है;या फिर किसी भी देश का, तो यह मान कर चलना होगा

कि वह एक शातिर अपराधी है। अब उसके पीछे किसी को लगाना होगा।"

"आप सही फरमा रहे हैं मेजर ढींगरा," हिजुकी कुछ सोचते हुए कहती है, "बेहतर होगा कि रहमत अली को उस हत्यारे के पीछे लगा दिया जाए।"

"तुम क्या कहती हो मेजर राधिका?"

राधिका, जो चुपचाप इन लोगों की बातों को सुन रही है, कहती है, "ठीक है, जबतक हमलोग सोवियत संघ में है, वुल्फ-57 उस हत्यारे पर नजर रखेगा।"

"और प्रोफ़ेसर यूलिया पोपोवा के बारे में क्या करना है?" हिजुकी फिर पूछती है।

"उसकी जिम्मेदारी तुम मुझपर रहने दोलेफ्टिनेंट। मैं उसे देख लूंगी। यदि वह सही मायने में कोई प्रोफ़ेसर है, तो कोई बात नहीं, अन्यथा उसे मुझे ही संभालना पड़ेगा," इतना कहकर राधिका रहमत अली से कहती है, "तुम्हें काफी होशियार रहना होगा। वह एक पेशेवर हत्यारा है। खुद को बचाए रखना रहमत, रूस में हमलोगों को तुम्हारी ख़ास जरूरत पड़ेगी।

11

राधिका मास्को को देखकर अभिभूत हो जाती है। उसे लगता है कि यह विचारों और संस्कृति की एक अलग ही दुनिया है। युद्ध के बिखरे हुए अधिकांश निशानों को अब साफ़ कर दिए गए हैं। इंसानी जिन्दगी पटरी पर दौड़ती नजर आती है। राधिका को यह समझ में नहीं आ रहा है कि इस विशाल शहर में वह 'परिंदे की खोज' कहाँ से शुरू करे। वह तुरंत फैसला करती है कि आज की रात ही वह अपने लोगों के साथ एक मीटिंग कर अभियान का खाका तैयार कर लेगी। वह पूरी एकाग्रता से नेताजी की कथित मृत्यु से जुड़े उन सभी कड़ियों को एक बार फिर से जोड़ने की कोशिश करती है, जिसका अध्ययन उसने अबतक किया है। उसके जेहन में सराय गढ़ में कर्नल आनंद के साथ हुई उसकी पहली मीटिंग की बातें गूंज रही हैं। 'परिंदे की खोज' की दिशा वहीं से तो तय की गयी थी। उसके बाद से वह बैकाक, साइगॉन, जापान और अब सोवियत रूस तक पहुंच चुकी है, किन्तु नेताजी का कहीं कोई अता-पता नहीं। कोई भी कड़ी एक दूसरे से मेल नहीं खाती। फिर भी उसे लगता है कि हो न हो, एक दिन परिंदा सोवियत रूस में ही कहीं जरूर दिख जाएगा!शक जी सुई उधर ही जाती है। फिर भी उसकी लगातार की जा रही कोशिशों का कोई नतीजा नहीं निकल रहा है। वह अपने कमरे से निकलकर हिजुकी के पास जाने की सोच ही रही है कि दरवाजे पर दस्तक सुनाई पड़ती है। उसे लगता है कि जरूर

हिजुकी होगी। वह तेजी से कुर्सी से उठकर दरवाजा खोलती है। सामने प्रोफ़ेसर यूलिया पोपोवा खड़ी है। उसे देख राधिका क्षण भर के लिए आश्चर्यचकित रह जाती है। वह अभी भी दरवाजे के बीच में खड़ी है। सोचती है, 'यह तो बिन बुलाए मेहमान की तरह आ गयी।'

"मेरा स्वागत नहीं करोगी राधिका?" पोपोवा मुस्कुराते हुए कहती है।अब राधिका को महसूस होता है कि वह गलत तरीके से दरवाजे को छेंक कर खड़ी है। वह तेजी से पीछे हटते हुए कहती है,

"ओह, सॉरी प्रोफ़ेसर! आपका स्वागत है। कृप्या कमरे के अन्दर आइए।"

पोपोवा मुस्कुराते हुए कमरे के अन्दर आती है। उसके हाथ में एक बोतल है, जिसे वह टेबल पर रख देती है। राधिका गौर से उस बोतल को देखती है। उसपर जो लेवल लगा है वह रूसी भाषा में है। फिर भी वह अंदाज लगाती है, 'जरूर यह वोदका की बोतल होगी।'

"मैं अपने कमरे में बैठकर तुम्हें ही याद कर रही थी, फिर मैंने सोचा क्यों नहीं तुम्हारे कमरे में ही जाकर वोदका पी जाए। ठंढ बहुत अधिक है, कुछ तो राहत मिलेगी," यूलिया पोपोवा एकबार फिर से मुस्कुराते हुए कहती है।

राधिका याद करती है, 'पिछली बार उसने बैंकाक में लेफ्टिनेंट हिजुकी के घर पर पी थी।' वह एक नजर पोपोवा पर डालते हुए कहती है, "क्यों नहीं प्रोफ़ेसर, मेरे कमरे में आपका स्वागत है। आप कृप्या आराम से बैठिए, मैं तुरंत चीजों का इंतजाम कर देती हूँ।"

"शुक्रिया!" इतना कहकर पोपोवा वोदका की बोतल खोल देती है।

तभी दरवाजे पर एकबार फिर से दस्तक सुनाई देती है। "क्षमा कीजिएगा प्रोफ़ेसर, मैं दरवाजा खोलती हूँ। पता नहीं इस वक़्त कौन होगा? मैंने तो किसी को आमंत्रित नहीं किया?" राधिका दरवाजे को खोलती है। देखती है, सामने हिजुकी खड़ी मुस्कुरा रही है। फिर जैसे ही हिजुकी की नजर अन्दर बैठी यूलिया पोपोवा पर पड़ती है, उसके चेहरे की मुस्कान अचानक से गायब हो जाती है।

"अंदर आ जाओ," राधिका धीरे से बोलती है। हिजुकी को देख यूलिया पोपोवा की भृकुटी हल्की सी तनती है। फिर वह खुद को संभाल लेती है। उसके चेहरे पर अभी एक क्षण के लिए आए तनाव को दोनों में से कोई भी पकड़ नहीं पाती।

"गुड इवनिंग प्रोफ़ेसर," इतना कहकर हिजुकी सामने के सोफे पर बैठ जातीहै।

"बहुत अच्छा किया जो आप भी आ गईं। मैं आपसे मिलना ही चाहती थी। शाम का वक़्त है, फिलहाल पार्टी कर लेते हैं, बातें बाद में करेंगे," पोपोवा मुस्कुराते हुए कहती है।

"जरूर, क्यों नहीं? आपके साथ शाम बिताने में मुझे खुशी होगी प्रोफ़ेसर," हिजुकी भी मुस्कुरा कर जवाब देती है।

"हाँ, यात्रा के दौरान आपसे ठीक से बात नहीं हुई। राधिका के साथ तो हमने बहुत सारी बातें की, किन्तु आपके बारे में नहीं जान्न पाई। आप तो जापान से हैं न? फिर भारतीय टीम के साथ किस तरह से जुड़ गईं?" पोपोवा सवाल करती है।

इस बात का जवाब देना हिजुकी के लिए बहुत ही अटपटा सा है, फिर भी वह धीरे से एक कहनी गढ़ती है, "नहीं, मैं जापान से नहीं हूँ। मैं बैंकाक में रहती हूँ। फिलहाल आजाद भारत की सामाजिक स्थिति का अध्ययन कर रही हूँ, कि दो सौ साल तक ब्रिटिश उपनिवेश का हिस्सा रहने के बाद अब भारत के लोग कैसा महसूस कर रहे हैं। अभी हाल ही में हमारी मुलाकात राधिका से हुई, जो साम्यवाद पर अध्ययन कर रही हैं। मुझे भी इसमें रूचि हुई। खासकर मैं यह देखना चाहती हूँ कि युद्ध के बाद साम्यवादी रूस में कितना बदलाव आया है?"

"युद्ध ने तो हम जैसे लोगों को अध्ययन का एक ऐसा भंडार दिया है, जिसे समझने में जिन्दगी खप जाएगी," पोपोवा वोदका का एक बड़ा सा घूंट लेते हुए कहती है। उसकी आँखों में अब हल्का सा नशा छाने लगा है।

"आप क्या करती हैं प्रोफ़ेसर?" हिजुकी भी नशे में पूछती है।

"मैं मास्को के लेनिन स्टेट लाइब्रेरी में युद्ध से जुड़ी बातों का अध्ययन कर रही हूँ। खासकर, दक्षिण-पूर्व एशिया में इसका क्या प्रभाव पड़ा, यही मुझे जानना है। इसी संदर्भ में मुझे भारत में भी रूचि है।"

"भारत तो युद्ध लड़ा ही नहीं था, उसे जबरन लड़ाया गया था। वह तो उपनिवेश था ब्रिटेन का। युद्ध लड़ने की उसकी जरूरत भी नहीं थी। वह तो सिर्फ अपनी आजादी के लिए संघर्ष कर रहा था, और वह भी शांतिपूर्ण तरीके से," हिजुकी कहती है।

"फिर भी मित्रराष्ट्रों ने भारत की एक बहुत बड़ी सेना का उपयोग अधिनायकवाद के खिलाफ किया, क्या मैं गलत कह रही हूँ?" पोपोवा तर्क को आगे बढ़ाती है।

राधिका को ऐसा लगता है कि यह शाम अब बेफिजूल के तर्कों में ही गुजर जाने वाली है। वह बातों को मोड़ने की कोशिश करती है। "ऐसी कोई बात नहीं है प्रोफ़ेसर, उपनिवेशवाद ऐसी चीजों को जन्म देता ही है। दुनिया सदियों से आपस में लड़ती आ रही है। भारत की सेना का उपयोग तो मित्र राष्ट्रों ने प्रथम विश्वयुद्ध के समय भी किया था, जिनमें से अधिकांश का आजतक पता ही नहीं चला कि वे कहां जाकर मारे गए। भारत तो सिर्फ यह चाहता था कि उसे आजाद कर दिया जाए। युद्ध उसकी मजबूरी थी।"

"क्या सुभाष चंद्र बोस के लिए भी युद्ध एक मजबूरी थी?" यूलिया पोपोवा फिर एक नया सवाल करती है।

इस बार राधिका कुछ नहीं बोलती। वह समझ चुकी है कि सामने बैठी प्रोफ़ेसर उसे नेताजी के मुद्दे में उलझाकर कुछ नया बखेड़ा कायम करना चाहती है। यात्रा के समय भी उसने ऐसा ही किया था। उस समय तो बस में अनेक लोग थे, किन्तु यहाँ तो बातें एकांत में हो रही हैं। बात खुलेगी तो दूर तक जाएगी!

किन्तु लेफ्टिनेंट हिजुकी को ऐसा लगता है कि 'परिंदे की खोज'के लिए वह एक नया रास्ता पकड़ सकती है। अचानक से उसके मन में एक ख्याल आता है, क्यों नहीं इस प्रोफ़ेसर को इसका माध्यम बनाया जाए? अब वह एक दिमागी खेल खेलना चाहती है। वह पूछती है,

"प्रोफ़ेसर पोपोवा, आप सोवियत रूस में कहाँ की रहने वाली हैं?"

"मैं जार्जिया से हूँ? क्या आप जानती हैं इस शहर को?" वह सवाल के जवाब में सवाल करती है।

"नहीं, कम्युनिस्ट रूस को जानने-समझने का यह मेरा पहला अवसर है," इतना कहकर हिजुकी कुछ क्षण के लिए शांत रहती है। इस बीच पोपोवा वोदका का एक नया पैग बनाती है। थोड़ी देर सोचने के बाद, एक बार फिर से हिजुकी पूछती है, "प्रोफ़ेसर, अभी आपने बताया कि आप लेनिन स्टेट लाइब्रेरी में काम करती हैं, क्या आप मेरी कुछ मदद कर सकती हैं?"

"आप किस सिलसिले में मदद चाहती हैं?"

"मैं वहां युद्ध और उससे जुड़े राजनैतिक कैदियों के बारे में अध्ययन करना चाहती हूँ। साथ ही यह भी पढ़ना चाहती हूँ कि कम्युनिस्ट रूस अपने राजनैतिक कैदियों के साथ कैसा बर्ताव करता है?"

हिजुकी के इस सवाल से यूलिया पोपोवा की आँखें चमक उठती हैं। इस बार राधिका कुछ ऐसा महसूस करती है मानो पोपोवा को उसका मनपसंद विषय मिल गया हो। पोपोवा तुरंत जवाब देती है, "क्यों नहीं हिजुकी? लेनिन स्टेट लाइब्रेरी इतना विशाल है कि इंसान की जिन्दगी खप जाए वहां पढ़ते हुए। इस पुस्तकालय में सत्रह मिलियन किताबें और तेरह मिलियन पत्रिकाएँ हैं। इस लाइब्रेरी की स्थापना 1862 में की गयी थी। पहले इसका नाम 'दि लाइब्रेरी ऑफ़ दि मास्को पब्लिक म्यूज़ियम'था। आप किस विषय को पढ़ना चाहेंगी?"

"जैसा कि मैंने कहा, मैं हाल ही में समाप्त हुए महायुद्ध पर सोवियत रूस के विचारों का अध्ययन करना चाहती हूँ। रूस अपने राजनैतिक कैदियों के साथ क्या व्यवहार करता है, इस सम्बन्ध में कुछ जानकारी हासिल करना चाहती हूँ, क्या आप इस विषय पर मेरी मदद कर सकती हैं प्रोफ़ेसर?"

"क्यों नहीं?"

"मैं एक और बात जानना चाहती हूँ प्रोफ़ेसर कि बोल्शेविक क्रांति के बाद दक्षिण-पूर्व एशिया में हुए युद्धों में कम्युनिस्ट रूस का क्या योगदान रहा? क्या रूस की साम्यवादी विचारधारा एशिया के देशों जैसे:- भारत, वियतनाम, चीन, कम्बोडिया और बर्मा आदि को प्रभावित कर सकती हैं?"

प्रोफ़ेसर यूलिया पोपोवा एक क्षण के लिए सोचने लगती है। वह गंभीर निगाहों से हिजुकी की ओर देखती है। उसकी आँखें अब नशीली हो गयी हैं। वह लड़खड़ाती हुई जुबान से कहती है,

"कल सवेरे ही लेनिन स्टेट लाइब्रेरी में हमलोगों की बैठक अफगानिस्तान से आए हुए एक प्रतिनिधिमंडल के साथ है। अफगानिस्तान की ओर से इसका नेतृत्व अब्दुल शेख दुर्रानी ही कर रहे हैं। आपलोग तो वहां आएंगी ही, मैं आपके अध्ययन का इंतजाम करा दूंगी।" इतना कह वह कुछ क्षण सोचकर फिर कहती है, "अब मुझे चलना चाहिए। रात बहुत हो चुकी है और सर्दी भी बढ़ रही है। इस स्वागत और गंभीर मुद्दों पर बातचीत के लिए आपने अपना जो समय दिया, उसके लिए आपका धन्यवाद राधिका।"

राधिका मुस्कुराकर उसका स्वागत करती है। जैसे ही प्रोफ़ेसर यूलिया पोपोवा उठना चाहती है, एकबार फिर से दरवाजे पर कोई दस्तक देता है। पोपोवा गंभीर नजरों से राधिका की ओर देखती है। "पता नहीं, अब इतनी रात को कौन आया? इतना कहकर राधिका दरवाजे को खोलती है। सामने मेजर अमरदीप ढींगरा और रहमत अली खड़ा है। उन दोनों को देख प्रोफ़ेसर राधिका से कहती है,

"अच्छा तो मैडम राधिका, मुझे इजाजत दीजिए। कल सुबह दस बजे लेनिन स्टेट लाइब्रेरी में मिलते हैं।आपसबों को लेने के लिए गाड़ी आ जाएगी।" और वह खुले हुए बोतल पर ढक्कन लगाकर कमरे से बाहर निकल जाती है।

यूलिया पोपोवा के बाहर निकलते ही कमरे का वातावरण हल्का हो जाता है, मानो कोई बड़ा बोझ घर से निकल गया हो। मेजर ढींगरा आश्चर्य से पूछता है, "इतनी रात गये यह मैडम आपके कमरे में क्या लेने आयी थीं?"

"लेने नहीं, बहुत कुछ जानने आयी थी। वह बहुत ही शातिर दिमाग की है। वह चाहती है कि हमलोग ही अपनी तरफ से उसे खोलकर बता दें कि हमारा मिशन क्या है?" राधिका चिंता प्रकट करते हुए कहती है। हिजुकी खिलखिलाकर हंसती है।

"इसमें हंसने की क्या बात है लेफ्टिनेंट?"

"मैं यह देख रही थी कि आजाद हिन्द फौज में नेताजी के साथ काम कर चुकी एक जासूस से केजीबी की एक एजेंट के साथ मुलाकात कैसी रही," वह फिर हँसते हुए कहती है।

"अभी तुम यह कैसे कह सकती हो हिजुकी कि वह प्रोफ़ेसर केजीबी की एजेंट है?" इतना कहकर राधिका अमरदीप ढींगरा और रहमत अली की ओर देखती है। "तुमने अच्छा किया मेजर जो अभी चले आए। मैं तुमलोगों को बुलाने ही जा रही थी कि प्रोफ़ेसर आ गयी।"

"लगता है अच्छी पार्टी चली तुम दोनों की," मेजर ढींगरा ठीक वहीं पर बैठता है, जहाँ कुछ देर पहले यूलिया पोपोवा बैठी थी। वह गौर से वोदका की बोतल को देखता है। "मास्को की सर्दी बेमिशाल है। सोचता हूँ इस बोतल में बचे हुए वोदका से अपने गले को तर कर लूँ," इतना कहते हुए मेजर ढींगरा उस ग्लास को उठता है, जिसे अभी-अभी राधिका ने खाली किया था। राधिका एक नजर ढींगरा को देख कहती है, "वह मेरी ग्लास है। जूठी है, एक मिनट रुको मेजर, मैं तुम्हारे लिए दूसरा ग्लास लाती हूँ।"

"क्या फर्क पड़ता है?" ढींगरा पंजाबी भाषा में कहते हुए राधिका के ग्लास को उठा लेता है। जैसे ही वह बोतल के ढक्कन को खोलता है, उसे कुछ शक होता है। वह उलट-पलट कर उस ढक्कन को देखता है। उसके नीचे कुछ अजीब सी वस्तु चिपकी हुई है। वह इतनी छोटी है कि ठीक से दिखाई नहीं देती। मेजर ढींगरा ग्लास को फिर से टेबल पर रखकर रहमत अली से कहता है, "वुल्फ-57, जरा अपनी जेब से टॉर्च निकालो तो?"

टॉर्च की रोशनी में बोतल के ढक्कन में लगी उस वस्तु को देख मेजर ढींगरा के ललाट पर तनाव की रेखाएं उभर आती हैं। सभी लोग उस छोटी सी वस्तु को गौर से देखने लगते हैं।

"क्या है?" राधिका पूछती है।

मेजर ढींगरा अपने नाखूनों से उस वस्तु को खींचकर बाहर निकालते हुए कहता है, "यह एक माइक्रोफोन है।"

कमरे में बैठे सभी लोगों के जिस्म पर सिहरन सी दौड़ जाती है। मेजर तुरंत हाथ के इशारे से सभी को कुछ भी बोलने से मना कर देता है। फिर वह राधिका के जूठे ग्लास को उठाकर उसके अन्दर उस माइक्रोफोन को डालता है। उसी ग्लास में अपने लिए वोदका की एक बड़ा सा पैग बना कर उसे एक ही सांस में पी जाता है।

"यह तुमने क्या किया मेजर?" राधिका आश्चर्य से पूछती है, "तुमने तो सबूत ही पी ली।"

मेजर ढींगरा मुस्कुराते हुए अपनी दांतों के बीच फंसे उस माइक्रोफोन को निकाल कर टेबल पर रख देता है। फिर वह उसी ग्लास से उसपर हल्का सा प्रहार करता है। वह वस्तु टूट जाती है। उसके अंदर तांबे की एक छोटी सी तार है, जो एक चिप्स से चिपकी हुई है। मेजर उसे भी तोड़कर नष्ट कर देता है।

"यह क्या था?" राधिका सवाल करती है।

"शीतयुद्ध का नया आविष्कार। केजीबी का तोहफा जिसे तुम्हारी प्रोफ़ेसर यहाँ रख गयी थी।"

"तो वह इस कमरे में बैठे लोगों की बातें सुन सकती थी?"

"अवश्य! हमलोग जो भी बातें करते वह बड़े आराम से अपने कमरे में बैठकर सुन सकती थी।"

"तो इसका मतलब यह हुआ कि वह यहाँ पार्टी करने नहीं, बल्कि हम सभी को एकसाथ ट्रैप करने आयी थी," इसबार हिजुकी बोलती है। एक क्षण रुकने के बाद वह फिर कहती है, "मेरा तो सारा नशा ही उतर गया।" फिर वह राधिका की तरफ देखती है, "अब समझी न मेजर, प्रोफ़ेसर यूलिया पोपोवा केजीबी की एक एजेंट है।"

"हाँ, मैं भी इन घटनाओं की कड़ियों को जोड़ रही हूँ। तुमने अच्छा किया अमरदीप, जो तुम समय पर आ गए। मैं अब टेबल की सफाई कर देती हूँ। अभी ही मुझे तुमलोगों से कुछ बातें करनी है। आज की रात ही मैं इस मिशन की एक नई रूपरेखा तैयार करना चाहती हूँ," राधिका जवाब देते हुए कहती है।

सभी लोग एक दूसरे के करीब बैठ जाते हैं। वे सभी काफी गंभीर हैं। उन्हें लगता है कि यदि मिशन 'परिंदे की खोज' पूरी करनी है, तो अब से काफी सावधान रहना होगा, वरना रूस से खाली हाथ ही वापस जाना पड़ेगा। शुरुआत राधिका करती है,

"जबसे मैं मास्को आयी हूँ इस बात की कोशिश में लगी हूँ कि अपने मिशन के बारे में अधिक से अधिक जानकारियां एकत्र करूँ। इस दिशा में मैंने सोवियत संघ के पुस्तकालयों, प्रेस, जेलों, यहाँ के प्रशासन के द्वारा कैदियों के साथ किए गए व्यवहार, कुछ ख़ास राजनैतिक-धार्मिक कैदियों के इतिहास और भारत से रूस आने वाले राजनयिकों का अध्ययन कर रही हूँ। साधू बाबा ने हमलोगों को बिलकुल ठीक समय पर मास्को भेजा है। अभी हाल ही में भारत

के प्रधानमंत्री जवाहरलाल नेहरु अपनी पुत्री इंदिरा गांधी (1917-1984) के साथ मास्को आए थे। सोवियत संघ चाहता है कि इस शीत युद्ध के दौर में भारत रूस के साथ खड़ा रहे, क्योंकि भारत का एक सबसे बड़ा दुश्मन पाकिस्तान को अमेरिका ने ट्रैप कर लिया है। रूस कभी भी नहीं चाहेगा कि अमेरिका पाकिस्तान में अपना कोई सैनिक अड्डा तैयार करे। इसीलिए वह भारत और अफगानिस्तान को अपने करीब रखना चाहता है।"

"नेहरुजी कितने दिनों तक रूस में थे?" मेजर ढींगरा पूछता है।'

"वह जून 1955 में मास्को आए थे। वह रूस में सोलह दिनों तक रहे। उन्होंने रूस में लगभग तेरह हजार किलोमीटर की यात्रा की। दुनिया का कोई भी प्रधानमंत्री शायद ही किसी देश में इतने लम्बे समय तक यात्रा किया हो? यह अपने आप में एक सवाल है?"

"मेजर, तुमने बताया था कि नेताजी की कथित मृत्यु को लेकर नेहरु जी काफी उहापोह की स्थिति में थे। उन्होंने अपने एक खास व्यक्ति श्यामलाल जैन से पत्र टाइप करवाया था, जिसमें यह कहा गया था कि एक बम्बर जहाज से सुभाष बोस जापानी जनरल शिदेई के साथ उतरे और मंचूरिया के रास्ते एक जीप पर सवार होकर रूस की सीमा में चले गए। अब यह जानना जरुरी है कि इतने लम्बे समय तक एक प्रधानमंत्री के रूप में रूस की आधिकारिक यात्रा पर आकर क्या उन्होंने उस पत्र की असलियत को जानने की कोशिश की थी?" लेफ्टिनेंट हिजुकी राधिका से सवाल करती है।

राधिका को लगता है कि उसकी खोज सही दिशा में जा रही है। यह एक कठिन सवाल है कि क्या दो राजनयिकों के बीच होने वाले गुप्त बातचीत का खुलासा कभी होता है; लोग सिर्फ अंदाज ही लगा सकते हैं। क्या नेहरु ने ख़ुश्चेव से इस सम्बन्ध में कोई बात की होगी? यह एक जटिल सवाल है। इसी यात्रा के दूसरे साल नेहरु ने सुभाषचंद्र बोस की हवाई दुर्घटना में हुई कथित मौत की जाँच के लिए शाहनवाज कमिटी का गठन किया था, जिसने आनन-फानन में यह कह दिया कि नेताजी उसी हवाई दुर्घटना में मारे गए थे।

"तुम सही कह रही हो लेफ्टिनेंट। अचानक से भारत का झुकाव सोवियत संघ की ओर होना और रूस का दिल खोलकर भारत का सहयोग करना यह सबित करता है कि भारत साम्यवादी विचारधारा के साथ चलने को तैयार हो गया था।"

दोनों के बीच चल रहे वार्तालाप में मेजर अमरदीप ढींगरा बीच में ही टोकता है, "एक बात मुझे समझ में नहीं आती कि जबकि भारत के पास गांधीवाद का अपना अलग सिद्धांत था और नेहरु खुद गांधी जी के सबसे बड़े भक्त थे, तो उन्होंने अपने देश के मौलिक सिद्धांतों से इतर समाजवादी विचारों का सहारा क्यों लिया? नेताजी की गांधी जी के साथ विचारधारा की ही तो लड़ाई थी, जिसमें गांधी जी अपनी जिद पर अड़े रहे और नेताजी ने देश से बाहर जाकर स्वतंत्रता की लड़ाई जारी रखने में ही अपनी भलाई समझी।"

"अभी इन विचारों को रहने दो अमरदीप," राधिका उसे टोकते हुए कहती है, "यह बहस का समय नहीं है। हमलोगों

को फ़िलहाल दो बिन्दुओं पर आपना ध्यान केन्द्रित करना चाहिए- एक, इस बात की जानकारी एकत्र करें कि कम्युनिस्ट शासन के प्रमुख अख़बार प्रावदा में नेताजी के बारे में क्या लिखा गया और दूसरा यहाँ के जेलों और राजनैतिक कैदियों के साथ रूस के व्यवहार क्या रहे हैं। यदि नेताजी ने रूस में शरण ली थी, तो उन दिनों के स्टॅलिन प्रशासन ने उनके साथ क्या बर्ताव किया होगा? तब भारत आजाद नहीं हुआ था और सोवियत संघ को भारत की वह जरूरत नहीं थी, जो आज शीत युद्ध के ज़माने में है। ब्रिटिश गुप्तचर विभाग की जो रिपोर्ट मैंने पढी, उसके अनुसार तो यह साबित होता है कि यदि नेताजी ने रूस में शरण ली थी, तो ब्रिटेन यह चाहता था कि वे गुप्त रूप से वहीं खत्म हो जाएँ और दुनिया को उनके बारे में कभी भी कुछ पता न चले।"

"तो हमलोगों को रूस के उन प्रमुख जेलों का भी अध्ययन करना चाहिए, जहाँ राजनैतिक कैदियों को रखा जाता रहा है," ढींगरा एक रास्ता बताता है।

"दो ही मुख्य जेल हैं, जिसके बारे में मैं विस्तार से समझाना चाहूंगी। एक है, मास्को का ब्युटिरस्की जेल, जिसमें राजनैतिक बंदियों को रखा जाता रहा है और दूसरा, साइबेरिया का जेल है, जो एक प्रकार से कैदियों के लिए नरक है।"

"इसके अलावा सोवियत रूस की लेनिन सरकार ने कैदियों के लिए गुलाग नामक एक प्रथा की भी शुरुआत की थी, जिसके तहत उनलोगों के खिलाफ राजनीतिक दमन किया जाता था, जो उनकी बातों से असहमत हुआ करते थे," हिजुकी कहती है।

"तुम ठीक कह रही हो लेफ्टिनेंट। अब इन बातों को बिस्तार से समझते हैं, ताकि यदि नेताजी रूस के इन जेलों में थे, या हैं तो उनकी खोज की जा सके," राधिका एक कागज पर घटनाक्रम का खाका तैयार करना शुरू करती है। वह कहती है,

"पहले ब्यूटिरस्की जेल, जिसे ब्यूटिरका जेल भी कहा जाता है, को समझते हैं। जार के शासनकाल में यह जेल केंद्रीय कारावास के रूप में काम करता था, जिसकी स्थापना कैथरीन दि ग्रेट (1729-1796) ने की थी। उन दिनों इस जेल में विद्रोहियों को रखा जाता था। बोल्शेविक क्रांति के बाद जब सोवियत रूस का निर्माण हुआ, तब इस जेल में अन्य कैदियों के अलावा राजनैतिक कैदियों को भी रखने का प्रचलन शुरू हुआ। यह काफी बदनाम जेल है। इसके अन्दर के हालत बदतर बताए जाते हैं।"

"क्या तुम्हारे पास उन बड़े लोगों के लिस्ट हैं, जिन्हें इस जेल में रखा गया था?" मेजर ढींगरा पूछता है।

"बहुत सारे नाम हैं अमरदीप। मैं उनमें से कुछ के बारे में बताती हूँ। पहला नाम तो फबीन इवानोविच (1884-1946) का है। वह एक कैथोलिक पादरी था। दूसरा नाम अन्ना एब्रिकोसोवा (1882-1936) का आता है। वह औरत रूस के कैथोलिक चर्च की प्रमुख और डोमेनिक आर्डर की नन भी थी। फिर एक नाम लेखक इशहाक बाबेल (1894-1940), एक अराजकतावादी नेता एरोन बैरन (1891-1937), एक कजाक नेता अलीखान बुकीर्विनोव (1866-1937)का भी नाम आता है। फिर दूसरे विश्वयुद्ध के समय जब रूस की

सेना ने हिटलर के नाजी सहयोगियों को गिरफ्तार किया, तो उन्हें भी इसी जेल में रखा गया था। इनमें से वार्नर हार्स (1900-1950) जो हिटलर का निजी डॉक्टर था, हेंज हिटलर (1920-1942) जो हिटलर का भतीजा था और गुंथर मार्क (1888-1947) जो एक जर्मन ब्रिगेड फ्यूहरर था, के नाम प्रमुख हैं। ये सभी लोग जेल के अन्दर ही कैदी के रूप में मारे गए थे।"

"यहतो बहुत दर्दनाक है। यदि नेताजी को उन्होंने इस जेल में रखा होगा तो उनके साथ भी.....नहीं, ऐसा नहीं हो सकता," इतना कहकर हिजुकी रोने लगती है।

"शांत रहो लेफ्टिनेंट। मन को अपने काबू में रखो। अभी तुम्हें बहुत से काम करने हैं," इतना कहकर राधिका रूस के साइबेरिया जेल की बात सुनाती है। "सोवियत रूस में साइबेरिया का जेल इससे भी घातकहै। यह इलाका रूस के मध्य-पूर्व में स्थित है, जिसका क्षेत्रफल 1.31लाख वर्ग किलोमीटर है। इसका मतलब यह हुआ कि यह इलाका भारत से चार गुणा बड़ा है। यहाँ के ख़राब मौसम की वजह से जनसंख्या बहुत कम है। किन्तु सोवियत रूस ने अपने बहुत सारे गुप्त हथियारों का अड्डा साइबेरिया में ही लगा रखा है। यहाँ के जेल में गुलाम कैदियों को रखने की प्रथा थी, किन्तु दूसरे विश्वयुद्ध के समय इस जेल में गिरफ्तार किए गये सैनिकों को भी रखा गया था। उन सैनिकों में से पांच लाख की मौत तो सिर्फ भूख से हो गयी थी।"

इतना कहकर मेजर राधिका लेफ्टिनेंट हिजुकी की ओर देखती है। हिजुकी, जो अभी थोड़ी देर पहले तक नेताजी को

लेकर भावुक हो उठी थी, अब उसने अपने ऊपर नियंत्रण कर लिया है। राधिका पूछती है, "हाँ, तो तुम गुलाग के बारे में क्या कह रही थी लेफ्टिनेंट?"

"लेनिन ने गुलाग नाम से कुछ श्रम शिविरों का निर्माण कराया था, जो दरअसल एक प्रकार का कैदखाना था। स्टालिन के काल में यह और भी खतरनाक हो गया। दूसरे विश्वयुद्ध के समय सोवियत संघ में कुल 53 ऐसे गुलाग थे, जिनमें छोटे किस्म के अपराधियों से लेकर राजनैतिक बंदियों को रखा गया था। कहते हैं कि 1923 से अबतक इन शिविरों में एक करोड़ अस्सी लाख कैदियों को रखा जा चुका है," हिजुकी इस जेल के बारे में बताती है।

सभी लोग एकसाथ आश्चर्य प्रकट करते हैं कि साम्यवादी रूस अपने यहाँ कैदियों के साथ कितना खतरनाक बर्ताव करता है। मेजर ढींगरा कहता है, "हमलोग एक व्यक्ति की तलाश में यहाँ आए हैं। शक यह हो रहा है कि यदि उन्हें इन जेलों में से किसी एक में रखा गया होगा, तो क्या उनके साथ भी ऐसा ही व्यवहार किया गया होगा? युद्ध के अंतिम दिनों में नेताजी खुद रूस जाने की बात कर रहे थे, ताकि रूस की सहायता से वह भारत की आजादी की लड़ाई लड़ सकें। नहीं, रूस उनके साथ इस तरह का व्यवहार कभी भी नहीं कर सकता। युद्ध के समय भले ही नेताजी जापान के साथ थे, किन्तु उन्होंने कभी भी रूस की सीमा में अपने सैनिकों को नहीं भेजा। वे तो सिर्फ यह चाहते थे कि भारत से यूनियन जैक हर हाल में उतर जाए और अंग्रेज वापस इंग्लैंड चले जाएँ।"

"तुम सही कह रहे हो अमरदीप। मुझे लगता है कि थोड़ी सी आजादी के साथ नेताजी रूस के इन्हीं जेलों में से किसी एक में हैं! शक की सूई ब्यूटिरका जेल की तरफ जाती है, क्योंकि रूस अपने सभी बड़े राजनैतिक कैदियों को इसी जेल में रखते आया है," राधिका अनुमान लगाती है। फिर वह कहती है,

"रात बहुत हो चुकी है। अब हमलोगों को अपने इस अभियान को अंतिम रूप देना चाहिए। लेफ्टिनेंट हिजुकी, कल सुबह तुम लेनिन स्टेट पुस्तकालय जा रही हो, जहाँ तुम्हें प्रोफ़ेसर पोपोवा की मदद से जानकारी एकत्र करनी है। मेजर अमरदीप, तुम रूसी अख़बार प्रावदा के दफ्तर जाओगे। तुम्हें इस बात की खोज करनी है कि क्या इस अखबार ने नेताजी के बारे में कुछ लिखा था या नहीं।" और फिर राधिका रहमत अली की ओर देखते हुए कहती है, वुल्फ-57, तुम्हें उस हत्यारे का पीछा करते रहना है, जिसने लेफ्टिनेंट हिजुकी के पति की हत्या की है। ज़रा सावधान रहना उससे, वह पेशेवर हत्यारा है और तुम्हें इस देश में हथियार रखने की इजाजत नहीं है।"

"और तुम कल कहाँ रहोगी?" ढींगरा पूछता है।

"मैं अब्दुल शेख दुर्रानी की मीटिंग में जाउंगी, जहाँ अफगानी प्रतिनिधियों से सोवियत रूस के अधिकारियों की बातचीत होने वाली है। यह मीटिंग भी तो लेनिन स्टेट पुस्तकालय में ही होगी। मैं और हिजुकी एक साथ जाएँगे।"

"वह हत्यार वहाँ भी आएगा, मुझे शक है मैडम," रहमत अली संदेह जाहिर करता है।

"मुझे तो इस बात का ख्याल ही नहीं रहा," तुम भी साथ ही चलोगे रहमत," इतना कहकर राधिका उठ खड़ी होती है।

"अब हमलोगों को वापस अपने कमरे में जाना चाहिए," अमरदीप ढींगरा उठते हुए कहता है।

"कहाँ जाओगे इतनी रात को?आजकी रात हम सभी लोग इसी घर में रहेंगे। हिजुकी मेरे साथ होगी, तुमलोग इसी कमरे में सो जाओ," राधिका एक प्रकार से आदेश देते हुए कहती है।

हिजुकी और राधिका एक ही कमरे में सो जाती है। हिजुकी को नींद नहीं आ रही। वह राधिका को पकड़ कर कहती है,

"मुझे अपने पति की बहुत याद आ रही है राधिका। वह इस अभियान का हिस्सा नहीं होते हुए भी मारा गया।"

कमरे में अंधेरा है। राधिका उसके चेहरे को छू कर देखती है। हिजुकी रो रही है। राधिका उसे अपने सीने से लगा लेती है, मानों वह उसकी छोटी बहन हो। वह कहती है, "उसका बलिदान व्यर्थ नहीं जाएगा हिजुकी।"

12

यह एक विशाल पुस्तकालय है, जो कई हिस्सों में बंटा हुआ है। बाहर से देखने में इसके भवन जितने शांत नजर आते हैं, अंदर उससे भी कहीं अधिक शांति है। दस बजे के आसपास पांच गाड़ियाँ एक साथ पुस्तकालय के अहाते में प्रवेश करती हैं। इनमें अफगानिस्तान से आए हुए प्रतिनिधिमंडल के अलावा मेजर राधिका की टीम भी शामिल है। प्रवेश द्वार के पास प्रोफ़ेसर यूलिया पोपोवा कुछ रूसियों के साथ खड़ी है।देखने में वे सभी मंझे हुए कम्युनिस्ट प्रतीत होते हैं। टीम का नेतृत्व अब्दुल शेख दुर्रानी कर रहा है। गाड़ी से उतरते ही वह अपने सभी लोगों को एकसाथ लेकर पुस्तकालय के मुख्य द्वार की ओर बढ़ता है, जहाँ उनका गर्मजोशी से स्वागत किया जाता है। फिर दुर्रानी एक-एक कर अपने साथियों का मेजवान से परिचय कराता है। अब वे सभी पुस्तकालय के अन्दर चले जाते हैं। कई गलियारों और सीढ़ियों को पार करते हुए वे सभी एक बड़े से कमरे में प्रवेश करते हैं, जहाँ लेनिन और स्टालिन की विशाल तस्वीरें लगी हुई हैं। उन तस्वीरों के ठीक सामने एक दूसरी दीवार पर कार्ल मार्क्स का वही चिर परिचित गंभीर चेहरा नजर आता है। छोटा, किन्तु ख़ूबसूरत सा एक स्टेज है और सामने अतिथियों के बैठने के लिए सलीके से कुर्सियां लगी हुई हैं। स्टेज के पीछे एक रेशमी कपड़े में लाल रंग से रूसी भाषा में 'युद्ध के बाद पुनर्निर्माण

की समस्या और उसका समाधान'लिखा हुआ है। आज आए हुए प्रतिनिधिमंडल के साथ इसी विषय पर बातचीत होनी है।

सेमीनार शुरू हो इससे पहले प्रोफ़ेसर यूलिया पोपोवा अपनी कुर्सी से उठकर हिजुकी के पास आती है। उसे एक मोटी सी डायरी और एक कलम देते हुए धीरे से कहती है, "मेरे साथ चलो, मैं तुम्हारा परिचय एक ऐसे व्यक्ति से कराती हूँ, जो इस लाइब्रेरी में तुम्हारी बहुत मदद करेगा।"

हिजुकी एक नजर मेजर राधिका की ओर देखती है। दोनों के बीच आँखों ही आँखों में कुछ इशारा होता है और वह तुरंत प्रोफ़ेसर के साथ कमरे से बाहर निकल जाती है। पीछे की सीट पर रहमत अली बैठा है। उसकी निगाहें किसी बाज की तरह कमरे को घूर रही हैं। किन्तु उन बैठे हुए लोगों में वह हत्यारा उसे कहीं भी नजर नहीं आता।

"इनसे मिलो हिजुकी, यह हैं बोरिस स्लोवास्की, जो इस लाइब्रेरी में सोवियत रूस के जेलों में बंद राजनैतिक कैदियों से जुड़ी किताबें, पत्रिकाओं और दस्तावेजों के इंचार्ज हैं," इतना कहकर प्रोफ़ेसर पोपोवा हिजुकी का बोरिस से परिचय कराती है।

बोरिस लगभग चालीस साल का एक इंसान है, जिसकी लम्बाई छह फीट होगी। उसने सलीके से कपड़े पहन रखे हैं। उसकी नाक एकदम खड़ी है और गाल भरे हुए। उसने सुनहरे रंग का चश्मा अपनी नाक पर चढ़ा रखा है, जो उसके व्यक्तित्व को और भी प्रभावशाली बनाता है। वह हिजुकी को देख पहली ही नजर में फ़िदा हो जाता है। हिजुकी भी इस बात को महसूस करती है। बोरिस अपने हाथ को

आगे बढ़ाकर हिजुकी का स्वागत करता है। जैसे ही हिजुकी उससे हाथ मिलाती है, वह एक गर्माहट सी महसूस करती है। प्रोफ़ेसर एक ही नजर में दोनों को ताड़ जाती है। वह मुस्कुराकर कहती है,

"यदि दोनों का परिचय हो गया हो तो अब कुछ काम की बातें करें?"

हिजुकी शरमाकर अपने हाथ अलग कर लेती है और बोरिस थोड़ा घबड़ाते हुए कहता है, "क्यों नहीं?आपलोग मेरे साथ आइए, चेंबर में बैठकर बातें करते हैं।"

"तुम दोनों बातें करो, मुझे तो अभी अफगानिस्तान से आए हुए प्रतिनिधिमंडल के साथ होने वाले सेमिनार में शिरकत करना है। वे लोग वहां मेरा इन्तजार कर रहे होंगे। बोरिस, तुम मैडम हिजुकी की थोड़ी मदद कर देना, यह विशेष रूप से तुमसे कुछ जानकारी हासिल करने आयी है," इतना कहकर प्रोफ़ेसर पोपोवा वापस लौट जाती है। जाते-जाते वह हिजुकी से कहती है, "तुम्हारा काम ख़त्म हो जाए तो तुम भी सेमिनार में आ जाना।"

अब चेम्बर में बोरिस स्लोवास्की और हिजुकी अकेली है। हिजुकी का दिमाग तेजी से काम करने लगता है। वह महसूस करती है कि बोरिस को वह एक माध्यम के रूप में इस्तेमाल कर सकती है। बोरिस उसे एक कमजोर दिल वाला इंसान लगता है, आमतौर पर किसी भी सुन्दर महिला को देख फ़िदा हो जाने वाला इंसान। एक ऐसा इंसान जो महिलाओं के प्रति अपनी आदत से मजबूर हो और जो बात-बात में दिल देने जैसी हरकतें करे। वह उसे बहलाकर यह जानने की कोशिश

कर सकती है कि क्या कभी किसी ने इस बात की रिपोर्ट की थी कि नेताजी युद्ध के बाद रूस आए थे।

चेंबर में एकदम शांति छाई हुई है। अपनी कुर्सी पर बैठने के बाद बोरिस स्लोवास्की मीठी नजरों से हिजुकी की ओर देख कहता है, "इससे पहले मैं किसी भी ऐसी महिला से नहीं मिला, जो आपकी तरह खूबसूरत हो। क्या आप चीन से हैं?"

हिजुकी को लगता है उसने बोरिस के बारे में ठीक ही अनुमान लगाया। वह भी मुस्कुराकर जवाब देती है, "नहीं, मैं जापान से हूँ।"

"आप सोवियत रूस में किस उम्मीद से आयी हैं?"

"दरअसल मैं अकेली नहीं आयी, बल्कि एक प्रतिनिधिमंडल के साथ हूँ जो युद्ध के बाद साम्यवादी रूस में होने वाले परिवर्तनों का अध्ययन करने आया है।"

"जापान तो कोई साम्यवादी देश नहीं है। आप साम्यवाद को जानकार क्या करेंगी?"

हिजुकी को लगता है कि उसे जापान की जगह बैंकाक ही बोलना चाहिए था। उसने गलत कर दिया। यदि इस व्यक्ति को जरा भी संदेह हो गया, तो वह किसी भी प्रकार से मदद नहीं करेगा। वह तुरंत खुद को सँभालते हुए कहती है,

"इससे क्या फर्क पड़ता है कि कोई देश साम्यवादी विचारों का है और कोई पूंजीवादी का। किसी भी देश के सौ प्रतिशत नागरिक किसी एक विचारधारा के नहीं होते। मैं हूँ तो जापान से, जो अपने ऊपर दो परमाणु बमों के गिरने के बाद भीषण तकलीफों से उबरने की कोशिश कर रहा है,

किन्तु मेरी रूचि उन लोगों में है जो युद्ध के दौरान कैद कर लिए गए थे। खासकर उन लोगों के बारे में, जो दुनिया की नजरों में राजनेता कहलाते थे।"

"आप किस राजनेता के बारे में जानने को इच्छुक हैं?"

हिजुकी को लगता है कि अब उसे सीधी तौर पर बातें करनी चाहिए। घुमा-फिरा कर बातें करने का वक़्त गया। वह एकदम सपाट शब्दों में कहती है, "युद्ध के दौरान भारत के एक बहुत ही प्रभावशाली नेता थे सुभाषचंद्र बोस। वह अपने देश की आजादी की लड़ाई लड़ने जापान चले आए थे। आप तो जानते ही होंगे कि युद्ध के अंतिम दौर में वे कहीं खो गए।"

"किन्तु मैंने तो पढ़ा था कि उनकी मौत किसी हवाई दुर्घटना में हो गयी थी," बोरिस अब थोड़ा गंभीर होकर कहता है।

"हाँ, यह तो मैं भी पढ़ी थी। किन्तु जब पिछले साल मेरा भारत जाना हुआ तो मैंने यह देखा कि वहां के लोग इस बात पर यकीन ही नहीं करते कि सुभाष बोस की मौत किसी हवाई दुर्घटना में हुई थी। भारत के अधिकांश लोग यह सोचते हैं कि युद्ध के अंतिम दौर में वह शायद सोवियत रूस चले आए थे।"

"हाँ, ऐसी कुछ रिपोर्ट ब्रिटिश सरकार की तरफ से आयी थी। ब्रिटेन के गुप्तचरों ने जो रिपोर्ट अपनी सरकार को दी थी, उसमें कई स्थानों पर सोवियत रूस का जिक्र आता है। किन्तु हमारी सरकार ने तो आधिकारिक रूप से कभी भी इस

बात को स्वीकार नहीं किया कि सुभाषचन्द्र बोस ने रूस में अपना कदम रखा था।"

"क्या आप मुझे उन रिपोर्ट्स की कापी उपलब्ध करा सकते हैं, जो ब्रिटिश जासूसों ने तैयार किए थे? अब तो युद्ध खत्म हो चुका है, उन रिपोर्ट्स को पढ़ने में कोई खतरा नहीं है," हिजुकी थोड़ा मुस्कुराते हुए कहती है।

"हमारी लाइब्रेरी में किसी भी रिपोर्ट की कॉपी देने का आदेश नहीं है। हाँ, आप उसे पढ़ सकती है।"

"इतना काफी होगा मेरे लिए। कृपया आप मेरी मदद करें?"

"ठीक है, हमलोग रिपोर्ट्स सेक्शन में चलते हैं," इतना कहकर बोरिस उठ खड़ा होता है। दोनों एक लम्बे से गलियारे से गुजरते हैं। यहाँ एकदम शांति छाई हुई है। बोरिस हिजुकी के एकदम करीब आकर कहता है, "हिजुकी, क्या तुम आज मेरे साथ डिनर कर सकती हो? देखो इनकार नहीं करना।"

हिजुकी को लगता है कि उसने बोरिस के बारे में जितना सोचा था, वह उससे कहीं अधिक तेज है। वह खुद को उसके करीब से अलग नहीं करती, किन्तु उसके प्रस्ताव को ख़ारिज करते हुए कहती है, "देखो बोरिस, मैं यहाँ एक प्रतिनिधिमंडल के साथ आई हूँ। मुझे किसी भी अजनबी के साथ डिनर पर जाने की इजाजत नहीं दी जा सकती।"

"क्या तुम मुझे अजनबी समझती हो?"

"हमलोग अभी ही तो मिले हैं।"

"तो क्या हुआ? तुम मुझे देखते ही पसंद आ गयी," बोरिस थोड़ा उतावला होते हुए कहता है।

"तुम महिलाओं को बहुत जल्दी पसंद करने लगते हो?" हिजुकी थोड़ा मुस्कुराकर धीरे से कहती है।

"नहीं, बात यह नहीं है।"

"तब क्या बात है?"

"बात यह है कि तुम पहली जापानी महिला हो, जिसे मैंने इतने करीब से देखा है," बोरिस थोड़ा उतावला होते हुए कहता है। हिजुकी एकदम शांत रहती है। वह सोचती है, यह इंसान जो अभी कुछ ही देर पहले मिला, किस हद तक जा सकता है? ऐसे इंसान से कोई भी काम कराया जा सकता है। वह अपने क़दमों को थोड़ा तेज कर देती है। बोरिस लपकते हुए फिर से उसके नजदीक आकर कहता है, "तो मैं क्या समझूँ हिजुकी, क्या तुमने आजकी रात मेरे साथ डिनर पर नहीं ही चलने का मन बना लिया है?"

"बात यह नहीं है बोरिस। मुझे इसके लिए अपने सीनियर से इजाजत लेनी पड़ेगी।"

"कौन है तुम्हारा सीनियर?"

"है एक हिन्दुस्तानी। अभी सेमिनार में बैठी हुई है।"

"ओ, वह भी एक महिला ही है," बोरिस हँसते हुए कहता है।

"तुम्हें महिलाओं में कितनी रूचि है? तुम इतनी जिम्मेदारी भरे काम कैसे कर लेते हो?" हिजुकी थोड़ी गंभीर नजरों से उसे देखती है।

"नहीं, मुझे सभी महिलाओं में कोई रूचि नहीं है। किन्तु तुम ख़ास नजर आयी। मैं एकबार फिर से आग्रह करता हूँ कि आज की रात मैं तुम्हारे साथ डिनर करना चाहता हूँ।"

हिजुकी को लगता है कि यह इंसान इतनी आसानी से पीछा नहीं छोड़ने वाला है। वह अब तय कर लेती है कि बोरिस को 'परिंदे की खोज' के लिए अपना एक माध्यम बनाएगी। वह कहती है, "ठीक है बोरिस स्लोवास्की, तुम अपना फोन नंबर दे देना, मै अपने सीनियर से इजाजत लेकर तुम्हें फोन करूंगी।"

"मैं खुद तुम्हें लेने आउंगा हिजुकी। सिर्फ तुम फोन कर देना," इतना कहकर बोरिस गलियारे के दाहिनी तरफ मुड़ जाता है। सामने एक बड़ा सा हॉल है, जिसमें हजारों फाइलें रखी हुई हैं। यहाँ पर चीजें अलग-अलग सूची में बंटी हुई हैं। बोरिस ब्रिटिश सेक्शन में चला जाता है। थोड़ी देर फाइलों को खोजने के बाद वह लाल रंग की एक फ़ाइल को निकालता है, जिसके ऊपर ब्रिटिश टॉप सीक्रेट रिपोर्ट्स लिखा हुआ है। वह फ़ाइल को हिजुकी के हाथ में देते हुए कहता है, "इस फ़ाइल को आराम से वहां टेबल पर बैठकर पढ़ लो। तबतक मैं एक व्यक्ति से मिलकर आता हूँ।"

हिजुकी का दिल उस फ़ाइल के पहले ही पेज को देख कर धड़कने लगता है। उसमें किसी गुप्तचर की एक रिपोर्ट है, जिसपर 23 अगस्त 1945 मार्क किया हुआ है। रिपोर्ट को वह पढ़ना शुरू करती है, "आजाद हिन्द फौज के सुप्रीम कमांडर सुभाष चंद्र बोस को मंचूरिया के रास्ते सोवियत रूस की सीमा में प्रवेश करते हुए देखा गया। उसके साथ जापान

का एक टॉप रैंक का जनरल भी था..... सीमा पर एक रूसी सैन्य अधिकारी ने उसका स्वागत किया...."

वह पन्नों को पलटना शुरू करती है। उसी तरह की एक और रिपोर्ट जिसमें यह लिखा हुआ है कि ब्रिटिश सरकार यह चाहती है कि बोस यदि रूस में है तो उसे वहीं रहने दिया जाए। यदि वह भारत आ गया तो यहाँ बहुत बड़ा बखेड़ा हो जाएगा।

अब हिजुकी का कलेजा और भी तेजी से धड़कने लगता है। वह एक नजर हॉल का मुआयना करती है। वहां कोई भी व्यक्ति नहीं है। वह कुर्सी पर बैठ-बैठे ही झुककर अपने अंडर गारमेंट्स से एक छोटा सा कैमरा निकालती है और तेजी से उस फ़ाइल की तस्वीर खींचकर तुरंत ही कैमरे को छुपा लेती है। इसी बीच बोरिस आकर कहता है, "हिजुकी डार्लिंग, क्या तुमने रिपोर्ट्स पढ़ ली?"

वह झेंपते हुए जवाब देती है, "यस मिस्टर बोरिस स्लोवास्की, मैंने देख लिया। अब मुझे यहाँ से चलना चाहिए।"

"तो क्या हमलोग आज डिनर पर मिल रहे हैं?"

हिजुकी की इच्छा होती है कि वह आगे बढ़कर बोरिस की गाल पर एक तमाचा जड़ दे, किन्तु वह जानती है कि वह ऐसा नहीं कर सकती। ऐसा करने से वह गिरफ्तार कर ली जाएगी और फिर 'परिंदे की खोज' का पूरा मिशन ही असफल हो जाएगा। वह धीरे से मुस्कुराकर कहती है, "मेरे फोन का इंतजार करना बोरिस," इतना कहकर वह तेजी से सेमिनार हॉल की ओर बढ़ जाती है।

हॉल के दरवाजे के ठीक पास रहमत अली खड़ा है। उसका चेहरा काफी तमतमाया हुआ है। वह आँखें फाड़कर गलियारे की तरफ देख रहा है। हिजुकी को देखते ही वह तेजी से उसके करीब आकर कहता है, "मैडम वह इसी लाइब्रेरी में है। आप कृप्या तुरंत सेमिनार हाल में चले जाएं, जहाँ लोग बैठे हुए हैं। हमने अभी ही उसे गलियारे की तरफ जाते हुए देखा है।"

"क्या वह अकेला है?" हिजुकी पूछती है।

"जी, बिलकुल अकेला है। यहाँ मैं उसका कुछ कर नहीं सकता। यदि कलकत्ता होता तो मैं उसे कभी का मार देता।"

"तुम सिर्फ उसपर नजर बनाए रखो वुल्फ-57, इस देश में मारपीट करने की कोई जरूरत नहीं है अन्यथा हमलोगों का मिशन असफल हो जाएगा," इतना समझाकर हिजुकी तेजी से हॉल के अन्दर चली जाती है। सेमीनार अभी भी जारी है। स्टेज पर अब्दुल शेख दुर्रानी भाषण दे रहा है। हिजुकी चुपचाप मेजर राधिका के बगल में जाकर बैठ जाती है। वह एक नजर हॉल में बैठे लोगों पर डालती है। देखती है कि प्रोफ़ेसर पोपोवा उसकी तरफ गौर से देख रही है। हिजुकी उससे नजरें नहीं मिलाती।

"कुछ काम हुआ?" राधिका एकदम धीरे से पूछती है।

हिजुकी अपने हाथ को बढ़ाकर राधिका के पंजे को दबाते हुए कहती है, "हाँ, बहुत बड़ी जानकारी मिली है। हमें लगता है कि अब यहाँ से वापस चलना चाहिए। वह हत्यारा भी इसी पुस्तकालय में कहीं पर छिपा हुआ है।"

"थोड़ी देर रुक जाओ। यह अंतिम भाषण है। इसके बाद लंच होगा। फिर सबलोग एकसाथ वापस लौटेंगे।"

हिजुकी कुछ नहीं कहती। अपना ध्यान स्टेज पर लगाती है, जहाँ अब्दुल शेख कह रहा है, "साम्यवाद ही दुनिया का भविष्य है, जो सर्वहारा वर्ग की भलाई कर सकता है। दुनिया में बहुत सारी लड़ाइयाँ हैं। अभी दुनिया ने एक बड़ी लड़ाई लड़ी। किन्तु इंसान इससे कभी बाज नहीं आता। उपनिवेशवाद ने गुलामी प्रथा को जन्म दिया। युद्ध ने अब उपनिवेशों को खत्म करना शुरू कर दिया है, किन्तु संसार में गुलाम आज भी हैं, जो आपको मजदूर के रूप में दिखेंगे। लोग धर्म के नाम पर लड़ाई करते हैं। किन्तु साम्यवाद धार्मिक मुद्दों से नफरत करता है। कट्टरपंथी धार्मिक नेताओं का इसमें कोई स्थान नहीं है। हमारे अफगानिस्तान में बहुत सारे लोग भी इस नीति का समर्थन करते हैं।"

भाषण के अंत में सारे प्रतिनिधि दुर्रानी का स्वागत करते हैं। एक प्रतिनिधि अपने समापन भाषण में कहता है कि जल्द ही भारत सहित एशिया के कई देश लेलिनवाद के सिद्धांतों को अपना लेंगे। सर्वहारा वर्ग इतना मजबूत हो जाएगा कि दुनिया में पूंजीपतियों के लिए कोई जगह ही नहीं बचेगी।

"कामरेड, आपने अच्छा भाषण दिया," प्रोफ़ेसर पोपोवा बाहर निकलते हुए अब्दुल शेख दुर्रानी का स्वागत करती है। फिर वह हिजुकी के पास आकर उससे पूछती है, "क्या बोरिस ने तुम्हें सहयोग किया?"

"जी हाँ, आपका शुक्रिया। मुझे लगता है कि बोरिस से एक-दो मुलाकातें और करनी होगी।"

"जरूर करो, वह बहुत मजेदार आदमी है। मुझे अभी लाइब्रेरी में कुछ काम है। शाम को एकबार फिर मिलते हैं वोदका के साथ," इतना कहकर प्रोफ़ेसर आगे निकल जाती है।

"लंच के बाद क्या हमें घर चलना चाहिए," हिजुकी राधिका से पूछती है।

"हाँ, घर पर ही बैठकर बातें करते हैं। मुझे लगता है कि मेजर अमरदीप भी प्रावदा अख़बार के दफ्तर से वापस आ चुका होगा। एक मीटिंग जरूरी है।"

"तुम्हें कुछ जानकारी मिली प्रावदा के दफ्तर में अमरदीप," राधिका पूछती है।

"कोई ख़ास नहीं। एक तो समस्या यह थी कि यह अखबार रूसी भाषा में है और दूसरी यह कि लोग सहयोग करने को इच्छुक नहीं दिखे। फिर भी मैंने 1945 से अभी तक के अख़बारों को पलटकर देख लिया। एक रिपोर्टर था, जिसने मुझे कुछ सहयोग किया।"

"18 अगस्त को ताइपे में हुई हवाई दुर्घटना के बारे में भी कुछ नहीं था?" राधिका अधीरता से पूछती है।

"अक्टूबर क्रांति के बाद से यह अखबार सोवियत रूस का प्रमुख समाचार पत्र रहा है, जिसे यहाँ की कम्युनिस्ट पार्टी चलाती है। जब नेताजी के निधन के बारे में विवाद उठा और यह आशंका जताई गयी कि वे रूस चले गए थे, तो

अख़बार ने इस घटना से इनकार किया। नेताजी की खबर पर अख़बार का चुप रहना भी एक अजीब सी बात है," ढींगरा सफाई देता है।

"अच्छा कोई बात नहीं," इतना कह कर राधिका हिजुकी की ओर मुड़ती है। "तुम कह रही थी कि तुमने कुछ सफलता हासिल की है हिजुकी?"

"मुझे लाइब्रेरी में ब्रिटिश गुप्तचरों की एक रिपोर्ट मिली। मैंने उसका फोटो खींच लिया है। वह रिपोर्ट 23 अगस्त 1945 की थी, जिसमें ब्रिटेन के किसी एजेंट ने दावा किया था कि 18 अगस्त की शाम को उसने नेताजी को मंचूरिया के रास्ते रूस की सीमा में प्रवेश करते हुए देखा था।"

"यह तो महत्वपूर्ण है," राधिका संतोष प्रकट करते हुएक हती है।

"मुझे तुमसे एक इजाजत चाहिए मेजर," हिजुकी राधिका की ओर देखकर कहती है।

"किस बात की इजाजत?"

"प्रोफ़ेसर पोपोवा ने लाइब्रेरी में मेरा परिचय एक व्यक्ति से कराया था। उसी ने यह रिपोर्ट मुझे पढ़ने के लिए दिया। वह चाहता है कि आज रात मैं उसके साथ डिनर पर जाऊं।"

राधिका मुस्कुराते हुए कहती है, "क्या नाम है उसका?"

"बोरिस स्लोवास्की। वह पुस्तकालय में सीक्रेट रिपोर्ट्स और रूस के जेलों में बंद राजनैतिक कैदियों पर हुए रिसर्च का इंचार्ज है।" फिर हिजुकी हंसकर कहती है, "वह मुझ पर फ़िदा है!"

कमरे में बैठ सभी लोग हंसने लगते हैं। राधिका गंभीर हो जाती है। वह कहती है, "लेफ्टिनेंट, यह बहुत ही अच्छा मौका है। बोरिस से जितनी भी बातें हो सके उगलवा लो। आज की रात तुम उसके साथ डिनर पर जा रही हो।" फिर वह रहमत अली की ओर देखते हुए कहती है, "वुल्फ-57, तुम लेफ्टिनेंट हिजुकी की हिफाजत में एक छाए की तरह उसके साथ रहोगे।"

"प्रोफ़ेसर पोपोवा ने कहा है कि वह शाम को आएगी। उसके सामने मैं बोरिस को फोन नहीं कर सकती," हिजुकी आशंका जाहिर करती है।

"तुम चिंता नहीं करो, इससे पहले कि वह यहाँ आए, मैं अमरदीप के साथ खुद उसके पास चली जाउंगी। साथ में अब्दुल शेख दुर्रानी भी होगा। तुम और रहमत अली आराम से निकल जाना," इतना कहकर राधिका मीटिंग समाप्त कर देती है।

शाम होने से पहले राधिका अमरदीप ढींगरा के साथ कमरे से बाहर निकल जाती है। यह पहली बार है जब दोनों एक साथ अकेले किसी मिशन पर निकले हैं। मिशन 'परिंदे की खोज'के शुरू होने से अबतक राधिका ने एक दिन भी चैन की सांस नहीं ली है। वह लगातार काम कर रही है। अबतक वह नेताजी से जुड़ी सभी महत्वपूर्ण घटनाओं की जानकारी लेने में ही व्यस्त रही। उसका मन काफी थका-थका सा रहता है। उसे सबसे बड़ी चिंता इस मिशन में असफल हो जाने का है। इस थकान के बीच अमरदीप का उसके साथ होना उसे अच्छा लगता है। वह आग्रह करती है,

"मैं काफ़ी थक गयी हूँ अमरदीप। अभी तक अँधेरे में ही भटक रही हूँ। थोड़ी देर मास्को की सड़क पर पैदल चलने का मन कर रहा है। अभी बहुत समय है दुर्रानी के पास जाने में। चलो थोड़ी चहलकदमी करते हैं।" फिर वह आकाश की ओर देखते हुए कहती है, "पता नहीं 'परिंदा'कहां है?"

"अबतक के भागदौड़ का क्या नतीजा निकला राधिका? तुमने तो जरुरत से ज्यादा मेहनत की है।"

"मैं समझतीहूँ अभी तक कुछ भी नहीं। किन्तु न जाने क्यों मुझे लगता है कि लेफ्टिनेंट हिजुकी खोज के करीब आ चुकी है। यदि उसने आजकी रात बोरिस के साथ डिनर पर उसका मन जीत लिया तो हो सकता है कि नेताजी के बारे में उसे कुछ महत्वपूर्ण जानकारी मिल जाए," राधिका उम्मीद जताते हुए कहती है।

"वह कैसे?"

"देखो क्या होताहै? फिलहाल मैं कुछ कह नहीं सकती," इतना कहते हुए राधिका विषयवस्तु को बदलते हुए मेजर अमरदीप ढींगरा से पूछती है, "अमरदीप, हमलोग इतने दिनों से एकसाथ काम कर रहे हैं, किन्तु आजतक मैंने तुमसे तुम्हारे बारे में कुछ भी नहीं पूछा।"

"क्या जानना चाहतीहो?"

"यही कि तुम भारत में कहाँ के रहने वाले हो और तुम्हारे घर में कौन-कौन लोग हैं? यह एक निजी सवाल है, चाहो तो इसका जवाब नहीं भी दे सकते हो।"

"ऐसी कोई बात नहीं है राधिका। इस अभियान के दौरान मौका ही नहीं मिला तुमसे कुछ बातें करने का। मैं पंजाब से हूँ। घर में सिर्फ माँ है। पिताजी का स्वर्गवास बहुत पहले हो गया था। वह ब्रिटिश आर्मी में थे। हमलोगों की पंजाब में थोड़ी-बहुत जमीन है, जिसकी आज भी माँ ही देखभाल करती है।"

"युद्ध के बाद तुम क्या करते रहे?"

"मैंने खेती शुरू कर दी थी कि अचानक कर्नल आनंद का सन्देश मिला। उन्हें इनकार नहीं कर सकता था," अमरदीप अपने बारे में जानकारी देते हुए राधिका से पूछता है, "और तुमने अपने बारे में नहीं बताया।"

"क्या बताऊँ? मैं तो जाफना में थी। युद्ध शुरू होने के ठीक पहले ही शादी हुई। वह भी फौज में था। किन्तु बर्मा की लड़ाई में मारा गया। माँ-पिताजी भी नहीं रहे। मैं तो भगवान् मुरुगन की आराधना में ही अपना जीवन बिता रही थी, कि एक दिन नुल्लुर कंडास्वामी के मंदिर से कर्नल ने मुझे खोज निकाला। बस इतनी सी कहानी है मेरी।"

"ठंढ बढ़ चुकी है। ऊपर से बर्फबारी भी हो रही हैं। चलो टैक्सी कर लेते हैं।"

"हाँ, ये ठीक रहेगा। मास्को की सर्दी भी अजीब है। सड़कों पर बर्फ के दलदल जमा हो जाते हैं। जबसे आए हैं, धूप देखा ही नहीं हैं," इतना कहकर राधिका एक टैक्सी को इशारा करती है। दोनों अब्दुल शेख दुर्रानी के निवास पर निकल पड़ते हैं।

अब्दुल शेख दुर्रानी अपनी टीम के साथ कम्युनिस्ट पार्टी की स्थानीय शाखा के एक होस्टल में ठहरा है, जहाँ सारा समय किसी न किसी प्रकार के संगठन संबंधी बैठकें, सर्वहारा पर आपसी बातचीत और पूंजीवाद के खिलाफ प्रचार चलता रहता है। ये सभी लोग एक खास विचारधारा से ओतप्रोत नजर आते हैं, जिनमें लेनिन और स्टॅलिन के बनाए नियमों की छाप देखी जा सकती है। वे लोग ख़ुश्चेव को दुनिया का सबसे ताकतवर राजनेता मानते हैं और कल्पना करते हैं कि एक दिन साम्यवाद उत्तरी अमेरिकी इलाके में भी फैल जाएगा। दुर्रानी इनके साथ लगातार बातचीत में व्यस्त रहता है।

"तुम तो कम्युनिस्ट के किले में रहते हो दुर्रानी। क्या सारा दिन एक ही काम चलता रहता है?" राधिका हँसते हुए पूछती है।

"तुमलोगों को एक बार फिर से देखकर अच्छा लगा। आज सारा दिन कार्यक्रमों में ही व्यस्त रहा। चलो कैंटीन में बैठकर बातें करते हैं। वहां शरीर को गर्म रखने की भी भरपूर व्यवस्था है," दुर्रानी भी हँसते हुए जवाब देता है।

"आज तुमने बहुत हीअच्छा भाषण दिया।"

"तुम मजाक कर रही हो मैडम राधिका, साम्यवाद पर मेरी कोई पकड़ नहीं। बस इसे अफगानिस्तान तक ले जाना चाहता हूँ," दुर्रानी कैंटीन की एक कुर्सी को राधिका के लिए आगे करता हुआ कहता है। उसके पास ही अमरदीप ढींगरा भी बैठ जाता है।

"हमलोग शायद बहुत देर नहीं बैठ पाएं। प्रोफ़ेसर पोपोवा ने आने की बात कही थी।"

"बस थोड़ी देर बैठते हैं। फिर चली जाना।"

"क्यों नहीं प्रोफ़ेसर के घर पर ही चला जाए?" राधिका सलाह देतीहै। दुर्रानी थोड़ी देर सोचकर फिर कहता है, ठीक है अभी चलते हैं।

"बहुत दिन हो गए मास्को आए हुए, अब वापस हिंदुस्तान जाने का मन कर रहा है," राधिका थोड़ी सी उदासी जाहिर करती है।

"तुमलोग जिस मिशन पर आए थे, क्या वह पूरा हो गया?"

दुर्रानी के इस सवाल से दोनों चौंक उठते हैं। उन्हें लगता है कि उनका मिशन अब कहीं से भी गुप्त नहीं रहा। राधिका आश्चर्य प्रकट करते हुए कहती है, "तुम किस मिशन की बात कर रहे हो? जिस साम्यवाद को आँखों से देखना था, उसे तो इतने दिनों से देख ही रही हूँ। छह महीने का वीजा था, अब लगभग खत्म होने चला है। मैं तो वापस लौट जाने की सोच रही हूँ।"

"तुमने 'परिंदे की खोज' कर ली?" अब्दुल शेख दुर्रानी एकदम से राधिका की आँखों में आँखें डालकर कहता है।

इस पूरे मिशन में राधिका के लिए इससे बड़ा आश्चर्यजनक सवाल और कुछ भी नहीं है। उसे लगता है कि वह अबतक इस भ्रम में जी रही थी कि वही एक अकेली है जो अपने तीन सहयोगियों से साथ सोवियत रूस में नेताजी को खोज

रही है। यहाँ तो उसके भेद एक-एक को मालूम है। वह दुर्रानी के सवाल का कोई जवाब नहीं देती है।

अमरदीप ढींगरा को ऐसा लगा कि एक पल के लिए मेजर राधिका की आँखों में आंसू का एक कतरा उभरा। उसकी आँखें जैसे शोक में डूबी हुई सी नजर आयी। वह पास बैठी राधिका के हाथ को मजबूती से पकड़ते हुए कहता है, "मैं समझता हूँ कि तुम्हें एक ग्लास वोदके की जरूरत है।"

तीनों के बीच अचानक से मरघट सी शांति छा जाती है। फिर दुर्रानी खुद से उठकर काउंटर तक जाता है। वापस आकर वोदका की एक बोतल को टेबल पर रखते हुए कहता है, "इसमें मन को उदास करने जैसी कोई बात नहीं है मेजर राधिका। तुम्हारे अफगानिस्तान आने के पहले से ही मुझे इस बात की जानकारी थी। साधू बाबा ने तुम्हें यूँ ही अफगानिस्तान के रास्ते मास्को जाने की सलाह नहीं दी थी। मुझे बता दिया गया था कि कोई 'सुपरनोवा' तुमसे मिलने आ रही है; मैं यदि गलत नहीं हूँ तो वह सुपरनोवा तुम ही हो।"

"मेरा तो मिशन ही अब गुप्त नहीं रहा। कभी भी हम सभी लोग मास्को में ही मारे जाएँगे," राधिका चिंता प्रकट करते हुए कहती है।

"कौन कहता है कि तुम्हारा मिशन गुप्त नहीं है। 'परिंदे की खोज' की जानकारी तुम्हारे ग्रुप के अलावा किसी को भी नहीं मालूम है।"

"क्या तुम भी इसी मिशन पर हो?" राधिका अब उसकी आँखों में आँखें डालकर उससे सीधा सवाल करती है।

"नहीं, मैं राजा महेंद्र प्रताप सिंह के बनाए 'आजाद हिन्द फौज' के लिए काम करता हूँ," दुर्रानी जवाब देता है।

"किन्तु उसका विलय तो नेताजी के आजाद हिन्द के साथ कभी का हो चुका था। फिर युद्ध के बाद तो यह समाप्त हो चुका है," इस बार अमरजीत बोलता है।

"कुछ चीजें हमेशा के लिए खत्म नहीं होती मेजर। संस्थाएं मिट जाती हैं, किन्तु उसके विचार लम्बे समय तक ज़िंदा रहते हैं। राजा महेंद्र प्रताप सिंह एक क्रांतिकारी थे। उन्होंने अंग्रेजों के खिलाफ रूस में लेनिन से भी मदद चाही थी। अब तो भारत आजाद है, किन्तु राजा के कुछ प्रभाव तो आज भी अफगानिस्तान में हैं," दुर्रानी समझाता है।

राधिका कुछ क्षण के लिए सोचती है। फिर अचानक से कहती है, "मैंने कड़ियाँ जोड़ ली। साधू बाबा ने राजा महेंद्र प्रताप सिंह की सलाह पर ही रासबिहारी बोस की जगह नेताजी सुभाषचंद्र बोस को इंडियन नेशनल आर्मी की कमान सँभालने की वकालत की थी। दुर्रानी, तुम्हारे पिता अफगानिस्तान में राजा साहेब के साथ थे। इसका मतलब यह हुआ कि साधू बाबा आज भी राजा साहेब के संपर्क में है और 'परिंदे की खोज' में तुम अपने पिता के समर्पण का फर्ज निभा रहे हो।"

"तुम कड़ियों को जोड़ने में माहिर हो राधिका। शायद इसीलिए साधू बाबा ने इस मिशन में तुमपर भरोसा किया।"

"किन्तु मैं तो अभी तक अँधेरे में भटक रही हूँ।"

"अब नहीं, शायद आज की रात ही तुम्हें कोई अच्छी खबर मिल जाए," दुर्रानी इतना कहते हुए उठना ही चाहता है कि सामने से प्रोफ़ेसर यूलिया पोपोवा आते हुए दिखती है।

"अजीब बात है, मैं तुमलोगों को खोजती हुई तुम्हारे घर तक गयी और तुमलोग यहाँ बैठकर वोदका के मजे ले रहे हो," प्रोफ़ेसर करीब आते ही बोलती है।

"क्यों? वहां तो हिजुकी होगी?" राधिका नकली आश्चर्य प्रकट करते हुए कहती है।

"नहीं, तुम्हारा कमरा बंद है," प्रोफ़ेसर अपने लिए ग्लास में वोदका डालते हुए कहती है।

"रहने दो इन बातों को," दुर्रानी बीच में ही स्थिति को सँभालते हुए पूछता है, "कल तुम्हारा क्या कार्यक्रम है प्रोफ़ेसर?"

"मुझे तो हर रोज की तरह लाइब्रेरी जाना है। कल क्यूबा का एक प्रतिनिधिमंडल आ रहा है, जिसके साथ बैठक रखी गयी है," प्रोफ़ेसर एक ही साँस में पूरी ग्लास खाली कर बोलती है।

"अचानक से दुर्रानी एक सवाल करता है, "प्रोफसर, क्या तुम मेरी एक मदद करोगी?"

"क्यों नहीं, तुम हुक्म करो," वह अब थोड़ी नशे में है।

"क्या तुम्हारे पास लाइब्रेरी में कोई ऐसा रिकॉर्ड है कि युद्ध के बाद सोवियत रूस की सेना अथवा उसके गुप्तचरों ने दुश्मन देश के बड़े-बड़े राजनेताओं को गिरफ्तार किया है?"

दुर्रानी पूरी गंभीरता से पूछता है। अचानक से दुर्रानी द्वारा ऐसे सवाल किए जाने से राधिका का कलेजा तेजी से धड़कने लगता है।

प्रोफ़ेसर यूलिया पोपोवा, जो अब पूरी तरह से नशे में दिख रही होती है, एक नजर राधिका पर डालते हुए कहती है, "दुर्रानी, क्या तुम इंडियन लीडर सुभाष चंद्र बोस की बात कर रहे हो?"

राधिका और अमरदीप ढींगरा को जबरदस्त झटका लगता है। उन्हें लगता है कि बस, अब और नहीं! कहानी खत्म हो चुकी है। राधिका सोचती है, 'मास्को में वह जिससे भी मिल रही है, सभी को 'सुभाष की खोज'की जानकारी है। क्या फायदा अब यहाँ रहने का? वह मन ही मन तय करती है कि वह अब वापस भारत लौट जाएगी और अपनी असफलता की कहानी साधू बाबा को बता देगी।'

अचानक से प्रोफ़ेसर उठ खड़ी होती है। इस सर्दी में उसने बहुत ही भारी जैकेट पहन रखे हैं। फिर भी वह जैकेट को अपनी कलाई के पास खींचकर घड़ी देखते हुए कहती है, "मुझे लगता है कि अब मुझे यहाँ से चलना चाहिए। मुझे और भी काम है। देखती हूँ मैं तुम्हारे लिए क्या कर सकती हूँ।"

जाने से पहले प्रोफ़ेसर यूलिया पोपोवा राधिका के एकदम करीब आती है। उसकी गाल को चूमते हुई कहती है, "तुम जिसकी तलाश कर रही हो डार्लिंग, उसका रास्ता इसी लाइब्रेरी से होकर गुजरता है। आज रात तुम्हारी सहेली हिजुकी को सब पता चल जाएगा, वह डिनर पर गयी हुई है न।"

मेजर राधिका को काटो तो खून नहीं!

13

कड़ाके की सर्दी के बीच यह एक मदहोश कर देने वाली रात है। इस होटल में जितने भी लोग डिनर कर रहे हैं, उनमें बोरिस स्लोवास्की आज की रात सबसे ज्यादा खुश नजर आ रहा है। सामने की टेबल पर सफ़ेद कपड़े में बैठी हिजुकी एक जापानी गुड़िया सी लग रही है। हालांकि बोरिस उससे कद में काफी लंबा है, किन्तु हिजुकी की सुंदरता के बीच यहाँ कुछ भी बेमेल नहीं दिख रहा। हिजुकी बहुत खुश नहीं है, फिर भी वह लगातार यह दिखाने की कोशिश करती है कि वह आज रात के डिनर से बहुत खुश है। उसने अपने मन में ठान रखा है कि यदि बोरिस स्लोवास्की उसके काम के लायक है, तो आज की रात ही वह अपना मिशन पूरा कर लेगी।

"मैं तुमसे बहुत खुश हूँ डार्लिंग। तुमने मेरी बात रख ली। तुम्हारा मेरे साथ होना ही आज की शाम को खूबसूरत बनाता है," बोरिस उसकी आँखों में आँखें डाल कर कहता है।

"हाँ बोरिश, मैं तुम्हारा आग्रह टाल नहीं पायी।"

"यह तुमने बहुत अच्छा किया वरना मैं बहुत लम्बे समय तक उदास रहता।"

"तुमने पहली बार जो आग्रह किया था। मैं तुम्हारा दिल नहीं तोड़ना चाहती थी बोरिस।"

सामने टेबल पर पुराने रूसी आभिजात्य वर्ग द्वारा पी जाने वाली स्कॉच की एक बोतल रखी हुई है। बोरिस हल्की सी घूंट लेकर उठ खड़ा होता है। मधुर संगीत के बीच, जिसका मतलब हिजुकी को कुछ भी समझ में नहीं आ रहा, बोरिस उठकर उससे अपने साथ नृत्य करने का आग्रह करता है। हिजुकी के कपड़े से निकलने वाली इत्र की सुगंध से वह मदहोश होता जा रहा है। वह और भी करीब आकर कहता है,

"तुम वापस जापान कब लौट रही हो?"

"मैं तबतक नहीं लौट सकती, जबतक कि मेरा रिसर्च वर्क पूरा नहीं हो जाता। मुझे मास्को में ही रहना होगा।"

"तुम किस चीज पर रिसर्च कर रही हो?"

"है एक इंडियन लीडर, जिसने दूसरे विश्वयुद्ध में जापान जाकर अपने देश के लिए आजादी की लड़ाई लड़ी थी।"

"क्या तुम सुभाष चंद्र बोस की बात कर रही हो?"

हिजुकी को लगता है कि उसका निशाना एकदम सही दिशा में जा रहा है। बोरिस उससे एकदम चिपका हुआ है। अब हिजुकी न चाहते हुए भी एक बड़ा फैसला करती है। वह धीरे से बोरिस को चूमते हुए कहती है, "मुझे इसमें तुम्हारी मदद चाहिए बोरिस। क्या तुम सुभाष बोस की मृत्यु के रहस्य पर मेरी कुछ मदद कर सकते हो?"

"क्यों नहीं?

"ओ डियर, तुम कितने अच्छे हो! वह तो एक हवाई दुर्घटना में मारे गए थे। ऐसा जापानी सरकार शुरू से कहते

आ रही है, किन्तु उनकी मृत्यु का रहस्य अभी भी बरकरार है।"

"वह जापान की सैनिक सरकार थी, जो सरासर झूठ बोल रही थी। उसका काम था ब्रिटिश भारत में भ्रम फैलाना।"

हिजुकी बोरिस से और भी चिपक जाती है। वह धीरे से उसके कान में कहती है, "क्या तुम्हारी सरकार को मालूम है कि उस दिन बोस के साथ क्या हुआ था? यही तो मेरे रिसर्च का अहम हिस्सा है।"

"हाँ, कुछ रिपोर्ट्स आयी थी कि बोस को दुर्घटना के बाद सोवियत रूस में देखा गया था।"

हिजुकी अब उसके इतने करीब आ जाती है कि दोनों की सांसें टकराने लगती हैं। हिजुकी को महसूस होता है कि अब वह अपने मिशन के बिलकुल करीब है। वह बोरिस को फिर से चूमते हुए कहती है, "क्या तुम मुझे बता सकते हो कि वह कहाँ हैं? यदि तुमने मेरी मदद कर दी बोरिस, तो मैं दुनिया का एक सबसे अच्छा रिसर्च प्रोजेक्ट तैयार कर पाऊँगी, अन्यथा मुझे मास्को से खाली हाथ वापस जाना पड़ेगा।"

"मास्को से पांच सौ किलोमीटर दूर वह एक फार्म हाउस में रहतेहैं! पहले ब्यूटिरका जेल में थे!हाल ही में सरकार ने उनके लिए कुछ अलग व्यवस्था की है। वह एक प्रकार से नजरबन्द हैं! किन्तु वहां किसी भी अजनबी के लिए जाना नामुमकिन है। तुम गयी तो तुम्हें गोली मार दी जाएगी।"

हिजुकी अपने शरीर में कंपकंपाहट सी महसूस करती है। सहसा उसे यकीन नहीं होता कि इतने दिनों तक पीछा करने

के बाद 'परिंदा' यहाँ मिल जाएगा। वह बोरिस स्लोवास्की से अब पूरी तरह से चिपक जाती है। बोरिस के लिए यह सबसे आनंददायक क्षण है। थोड़ी देर वह उसी तरह रहती है। फिर उसके कान में धीरे से कहती है,

"बोरिस डियर, मुझे भूख लगी है। डिनर नहीं कराओगे?" हिजुकी के लिए मिशन 'परिंदे की खोज' का एक बड़ा हस्सा अब पूरा हो चुका है। बोरिस उससे तुरंत अलग हो जाता है। अब दोनों फिर से टेबल पर आ बैठते हैं।

रात बहुत अधिक बीत चुकी है। दोनों होटल से बाहर निकलते हैं। पार्किंग में बोरिस की कार खड़ी है। हिजुकी उसके बगल में बैठ जाती है। बोरिस उसे अपनी बाहों में भर कर कहता है, "हिजुकी, आजकी रात तुम क्यों नहीं मेरे साथ गुजारती हो? मुझे तुम्हारे साथ सपनों में खो जाना है।"

"मैं कहाँ भागी जा रही हूँ बोरिस जो तुम इतने उताबले हो रहे हो? अभी तो मुझे मास्को में बहुत दिनों तक रहना है। पहले दिन के परिचय के साथ किसी स्त्री का बिस्तर में समा जाना ठीक बात नहीं।"

"वादा करो कि तुम किसी दिन मेरे साथ रहोगी।"

"मैं समझती हूँ कि पहले दो इंसानों के बीच पहचान का होना जरूरी है, अन्यथा मैं खुद से घृणा करने लगूंगी।"

"मैं आज की इस सुहानी रात को कभी नहीं भूलूंगा," इतना कहकर वह हिजुकी से अलग हो जाता है। जैसे ही वह गाड़ी स्टार्ट कर आगे बढ़ता है, हिजुकी देखती है रहमत अली पार्किंग के एक कोने से उसपर नजर बनाए हुए है। हिजुकी

राहत की साँस लेती है। गाड़ी राधिका के घर के पास रुकती है। बाहर निकलने से पहले बोरिस एकबार फिर से हिजुकी को चूमते हुए कहता है,

"इसी महीने की बारह तारीख को क्यूबा और पूर्वी यूरोप के देशों का एक प्रतिनिधिमंडल उसी फार्म हाउस में आ रहा है, जहाँ तुम्हारे रिसर्च का मुख्य चरित्र रहता है। सोवियत रूस ने एक नए किस्म के गेंहूँ का इजाद किया है, जो दुनिया से सर्वहारा वर्ग की भूख को मिटा देगी।वह प्रतिनिधिमंडल उसी गेंहूँ की फसल को देखने आ रहा है। मैं तुम्हारे अफगानिस्तान के प्रतिनिधिमंडल को भी इसमें शामिल कराने की कोशिश करूंगा। शायद तुम्हें वह दिख जाएँगे, जिनकी तलाश में तुम जापान से मास्को तक आयी हो," इतना कहते हुए बोरिस स्लोवास्की गाड़ी से नीच उतरकर हिजुकी के लिए दरवाजे खोल देता है।

बाहर बहुत ही ज्यादा सर्दी है। सड़कें बर्फ से ढंकी हुई नजर आ रही हैं। हिजुकी खुद को अपने कोट में समेट लेती है। उसके गले में ऊलन का एक मोटा सा मफलर लटका हुआ है। सिर के ऊपर एक टोपी है, जिसके फर उसकी आँखों के सामने तक फैले हुए हैं। उसके हाथों में ऊलन का दस्ताना है, फिर भी ठंढ से बचने के लिए वह अपने हाथ के पंजों को अपनी बगलों में दबाकर आगे सीढ़ियों की तरफ बढ़ती है, जहाँ जल रही बल्ब की पीली रौशनी धने कोहरे के बीच धुंधली सी दिखाई दे रही है। जैसे ही वह आगे बढ़ती है, उसे एहसास होता है कि कोई उसका पीछा कर रहा है। वह एक क्षण के लिए रुकती है। पलट कर देखती है। कोई नहीं है। वह राहत की सांस लेती है।

कुछ कदम और आगे बढ़ने के बाद एक बार फिर उसे लगता है कि कोई है जो उसे देख रहा है। वह भयभीत होकर तेजी से सीढियां नापने लगती है। तभी अचानक से उसका गला किसी मजबूत से कपड़े में फंसा नजर आता है। उसकी सांसें रुकने लगती हैं। यह उसका ही मफलर है, जिससे कोई उसके गले को दबा रहा है। उसकी आँखें बाहर की ओर निकलने लगती हैं। वह बहुत मुश्किल से खुद को बचाने की कोशिश करती है, किन्तु नहीं हो पा रहा है। फिर वह व्यक्ति उसके सामने आकर गुस्से में कुछ कहता है। वह कौन सी भाषा बोल रहा है, हुजुकी समझ नहीं पाती;किन्तु वह उसे पहचान लेती है। वह वहीं हत्यारा है, जिसने उसने पति का खून किया था।

हिजुकी को लगता है कि वह अब मरने ही वाली है, तभी रहमत अली बन्दर की तरह उछलकर हत्यारे की पीठ पर चढ़ जाता है। वह जोर से हत्यारे के गले में अपनी दांत गड़ाते हुए बांग्ला भाषा में कहता है, "साला, तुम्हीं को खोज रहे थे। तुम्हारा खून पी जाउंगा।"

रहमत अली उस हत्यारे के गले में इतनी गहराई तक अपनी दांतें गड़ा देता है कि वह तिलमिलाकर हिजुकी से अलग हो जाता है। यही अवसर है, हिजुकी एक जोरदार घूंसा उसके चेहरे पर मारती है। वह सीढ़ियों से गिरता हुआ नीचे की तरफ चला जाता है। फिर वह अचानक से उठता है और अपनी जेब से पिस्तौल निकालकर गोली चला देता है। किन्तु इससे पहले कि गोली लगती, रहमत अली हिजुकी को लेकर सीढ़ियों पर गिर जाता है। दोनों बच जाते हैं। गोली की आवाज से पास के घरों में बत्तियां जलने लगती हैं। हत्यारा

भयभीत हो जाता है। फिर वह हत्यारा उठकर तेजी से कोहरे में गुम हो जाता है। दोनों राहत की सांस लेते हैं। रहमत अली तेजी से सीढ़ियां चढ़ते हुए राधिका के दरवाजे को जोर से खटखटाता है।

"क्याहुआ?" दरवाजा खोलते हुए राधिका पूछती है।

"कुछ नहीं, थोड़ी सी टक्कर हो गयी। वह हत्यारा यहीं पर था," रहमत अली जवाब देता है।

राधिका हिजुकी की ओर देखती है। फिर दरवाजे से हटकर कहती है, "अन्दर आ जाओ।"

"मुझे पीने के लिए कुछ दो। कमबख्त ने आज मार ही डाला था," हिजुकी अपने गले को सहलाते हुए बोलती है। कुछ देर तीनों आपस में बातें करते रहते हैं, फिर राधिका कहती है, "वुल्फ-57, रात बहुत हो चुकी है। बाहर ख़तरा है। तुम यहीं कमरे में सो जाओ।"

हिजुकी राधिका के कमरे में चली जाती है। अब वह पलंग पर लेटे हुए है। राधिका उसकी बगल में है। पूछती है, "कैसा रहा तुम्हार डिनर?"

"शानदार!" हुजुकी जवाब देती है।

"कुछ पता चाला?"

"हाँ मेजर, 'परिंदा' मास्को में ही है," इतना कहकर हिजुकी खुशी से राधिका से लिपट जाती है।

राधिका एक लम्बी साँस खींचते हुए कहती है, "तुम जीनियस हो लेफ्टिनेंट।"

सुबह उठकर राधिका सबसे पहले अब्दुल शेख दुर्रानी को फोन करती है," मैं अभी तुमसे मिलना चाहती हूँ।"

"कोई खास बात?" उधर से आवाज आती है।

"आकर बताउंगी," राधिका कहती है।

"ठीक है, आजा ओ। नास्ता हमलोग साथ में ही करेंगे।"

राधिका फोन रखकर हिजुकी से पूछती है, "क्या कहती हो? चलना है दुर्रानी के होस्टल?"

"चल सकती हूँ।"

"मैं चाहती हूँ कि अमरदीप और रहमत भी साथ चले। अब तुम्हारी सुरक्षा जरुरी है।"

"जैसा तुम उचित समझो मेजर।"

दिन के लगभग दस बजे हैं। राधिका उसी कैंटीन में अब्दुल दुर्रानी के साथ बैठी है। अभी वहां कोई भीड़ नहीं है। राधिका उसे कल रात की घटना की जानकारी देते हुए कहती है, "देखो दुर्रानी, जब तुमने हमारी इतनी मदद की है, तो एक मदद और कर दो।"

"क्या मदद चाहती हो मेजर राधिका? मुझसे जो भी बन पड़ेगा मैं मदद करने को तैयार हूँ।"

"इसी महीने की बारह तारीख को तुम अपने प्रतिनिधिमंडल का एक टूर उस फार्म हाउस के लिए तैयार करा दो, जिसमें हमलोग भी शामिल हो सकें।"

"और इसके लिए बहाना क्या बनाना होगा?"

"अन्न संकट, अफगानिस्तान और भारतदोनों में। हमलोग एशिया में अन्न का संकट तो झेल ही रहे हैं। हमारी टीम को सोवियत रूस द्वार तैयार की गयी गेंहूँ की नई फसल का मुआयना करना है। फिर हमलोग अपनी सरकार से आग्रह करेंगे कि इसके बीज और अनाज रूस से ही आयात किए जाएँ। इसमें रूस को व्यापारिक फायदा होगा और आगे चलकर दोनों देशों के बीच दोस्ती भी बढ़ेगी," राधिका अपनी योजना को बताती है।

"तुम्हारी योजना सटीक है मेजर, किन्तु इसके लिए हमें प्रोफ़ेसर यूलिया पोपोवा की मदद लेनी होगी," दुर्रानी कहता है।

"तब तो गड़बड़ हो जाएगी। वह तो हमें केजीबी की एजेंट लगती है। हमारा राज खुल जाएगा और हो सकता है कि सरकार के द्वारा हमलोगों को वहां जाने का आदेश ही न मिले," इसबार मेजर अमरदीप कहता है।

"मेरे पास दूसरा कोई रास्ता नहीं है मेजर। याद करो कि प्रोफ़ेसर ने ही हमारी टीम को अफगानिस्तान से मास्को तक लाने में मदद की है," दुर्रानी जवाब देता है।

"और यदि भेद खुल गए तो तुम्हारी टीम का क्या होगा? तुम्हारी संस्था को तो अफगानिस्तान में ही बैन कर दिया जाएगा," राधिका आशंका जाहिर करती है।

"अब इतने बड़े काम के लिए इतना तो ख़तरा उठाना ही पड़ेगा मेजर," दुर्रानी इतना कहते हुए उठ खड़ा होताहै।

"बारह तारीख में अभी दो दिन बाकी है।"

"काम हो जाएगा। मैं आज शाम को ही तुम्हें फोन करूँगा।

"शुक्रिया तुम्हारा," इतना कहकर राधिका अपनी टीम के साथ वापस लौट जाती है। रास्ते में वह हिजुकी से कहती है, "मैं तुमलोगों के साथ एक अंतिम बार मीटिंग करना चाहती हूँ। सारी चीजों को एकबार फिर से समझना जरुरी है। यदि हमलोग सफल हुए, तो यह किसी चमत्कार से कम नहीं होगा।"

"यदि वह दिख गए, तो यह तय है कि अभी तक हमलोगों ने उनके विषय में जो कुछ भी पढ़ा-सुना उससे यही पता चलता है कि 23 अगस्त 1945 से आजतक उनके बारे में सिर्फ कहानियाँ ही गढ़ी गयी हैं," मेजर राधिका पूरी गंभीरता से कहती है।

शाम का समय है। राधिका, हिजुकी और अमरदीप एकसाथ बैठकर चीजों को समझने की कोशिश कर रहे हैं, जबकि रहमत अली किचन में सबके लिए कॉफी तैयार कर रहा होता है।

"हिजुकी, मैं तुमसे एक चीज जानना चाहती हूँ। हमलोगों में से एक तुम ही हो जिसने घटना के बारह दिनों पहले नेताजी को बैंकाक में देखा था। तुम उन्हें बहुत ही करीब से देखा करती थी। उस दिन से आज तक घटना के हुए तेरह साल से अधिक गुजर चुके हैं। इस बीच आजाद हिन्द फौज की बहुत सारी चीजें खत्म हो चुकी हैं। इस बात को लेकर नेताजी को सदमा तो लगा ही होगा। हो सकता है कि

इन तेरह वर्षों के अंतराल में उनके रूप-रंग में भी व्यापक परिवर्तन हो गया हो। फिर तुम उन्हें कैसे पहचानोगी?"

"यह एक महत्वपूर्ण सवाल है। फिर भी मैं उनकी कुछ खास आदतें याद करने की कोशिश करती हूँ। यह तो तय है कि उस फार्म हॉउस में उनसे कोई परिचय नहीं कराने वाला। फिर भी मुझे यकीन है कि उनकी एक झलक ही मेरे लिए काफी होगी," हिजुकी विश्वास के साथ कहती है।

"बहुत अच्छा," अब हमलोगों को इस बात पर भी गौर करना चाहिए कि सोवियत रूस को उन्हें रखने से किसका फायदा होने वाला है। इससे भारत की तो बहुत बड़ी क्षति हो गयी," अमरदीप ढींगरा सवाल करता है।

"देखो अमरदीप, यह एक राजनैतिक सवाल है। हमलोग राजनीतिक लोग नहीं हैं। तो, ऐसे सवालों को उन्हें ही हल करने दो, जो राजनीति में रूचि रखते हैं। हमलोग सैनिक हैं, हमें इन बातों से दूर रहना चाहिए, क्योंकि भारत एक गणतंत्र राज्य है," राधिका साफ़ तौर पर इन बातों पर बहस करने से मना कर देती है।

तबतक रहमत अली कॉफी लेकर आ जाता है। राधिका सभी को कॉफी सर्व करते हुए कहती है, "मुझे एक बात का शक हो रहा है कि वह हत्यारा सिर्फ हिजुकी को ही क्यों अपना शिकार बनाना चाहता है, जबकि हमलोग भी तो उसी काम में लगे हुए हैं, जो हिजुकी कर रही है?"

"यह बात भी सही है," अमरदीप कहता है।

"क्या तुम बता सकती हो हिजुकी कि सिर्फ तुम्हारे साथ ही ऐसा क्यों हो रहा है?क्या तुम्हारे पास नेताजी की कोई खास वस्तु है या कोई खास जानकारी, जिसकी वजह से तुम्हारी जान को खतरा है?"

"जिस दिन जापान पर पहला एटम बम गिराया गया था, उस दिन नेताजी बैंकाक में थे। मैं बैंकाक में उनका ऑफिस संभालाती थी। मैंने ही रेडियो ऑन कर उन्हें हिरोशिमा पर बम के गिराए जाने की खबर सुनाई थी। उसी दिन वह सिंगापुर चले गए थे। कमरे में कर्नल आनंद के अलावा और भी कुछ लोग थे। जाते समय उन्होंने मुझे अकेले में बुलाकर नीले रंग की एक डायरी दी थी, जिसे मुझे संभाल कर रखने को कहा गया था," हिजुकी एक नया रहस्य खोलती है।

"उस डायरी में क्या लिखा हुआ था?"

"नियमतः तो मुझे उस डायरी को पलटकर नहीं पढ़ना चाहिए था, किन्तु जब उनके निधन की खबर रेडियो पर आयी और मित्रराष्ट्र की सेना ने हमलोगों की गिरफ्तारियां करनी शुरू की, तो मैंने उनकी बहुत सारी फाइलों को जला दिया। किन्तु, जलाने से पहले एक नजर मैंने उस डायरी पर डाली थी," हिजुकी कहती है।

"क्या था उसमें?" राधिका अधीरता से पूछती है।

"उस डायरी में रूसी सेना के कुछ अधिकारियों के नाम थे, और साथ ही कुछ तिथियाँ लिखी हुई थीं कि उन्हें किनसे कहाँ मिलना है। इसके आगे मुझे मालूम नहीं, क्योंकि गिरफ्तारी की डर से मैं भी उस डायरी को तुरंत ही आग के हवाले कर वहां से निकल गयी थी।"

एक क्षण के लिए कमरे में खामोशी छा जाती है। राधिका मेजर की तरफ देखते हुए कहती है, "अमरदीप, क्या तुम इसका अर्थ निकाल सकते हो?"

"बहुत आसान है। उस डायरी में जरूर किसी ऐसे रूसी सैनिक अधिकारियों के नाम होंगे, जो अब यह नहीं चाहते हैं कि वह डायरी किसी के हाथ लगे," फिर वह अचानक से उछल पड़ता है। वह कहता है, "मैं सारी बातें समझ गया राधिका। वह हत्यारा केजीबी का एजेंट नहीं है। वह उस डायरी में दर्ज किए गए सैनिक अधिकारियों में से किसी एक का एजेंट है। उस अधिकारी को हर कीमत पर वह डायरी चाहिए, इसलिए वह हिजुकी के पीछे पड़ा हुआ है। और, वह हत्यारा भी रूस का नहीं है, क्योंकि जैसा कि हिजुकी ने बताया था कि जब उसने हिजुकी को सीढ़ियों पर मारने की कोशिश की थी, तब वह कोई अनजान सी भाषा बोल रहा था। वह एक कॉन्ट्रैक्ट कीलर है।"

"इसका मतलब है कि इस खेल के पीछे युद्ध के समय के किसी ऐसे सैनिक अधिकारी या उसके किसी गुप्त संगठन का हाथ है, जो यह नहीं चाहता कि नेताजी के बारे में कोई खोज करे। उसे इस बात की जानकरी नहीं कि हिजुकी ने उस डायरी को जला दिया है। सबकुछ गफलत में ही हो रहा है। अब हम सभी को सावधान रहना होगा, क्योंकि वे लोग सरकार को अपने प्रभाव में रखने वाले लोग हैं," राधिका स्थिति को साफ़ कर देती है।

कमरे में अजीब सी शांति छा जाती है। कोई कुछ नहीं बोलता। हर कोई अपने सिर को नीचे कर के बैठा है।तभी

फोन की घंटी बजती है। राधिका रिसीवर को उठाकर कहती है, "हेलो।"

"तुम्हारा काम हो गया राधिका। कल सुबह फार्म हाउस जाने के लिए तैयर रहना। मैं खुद गाड़ी लेकर आऊंगा," यह अब्दुल दुर्रानी की आवाज है। राधिका फोन रखते हुए कहती है, "काम होगया। सुबह जाने के लिए तैयार रहो।"

दूसरे दिन सुबह निकलने के ठीक पहले राधिका के घर पर एक फोन आता है। जैसे ही राधिका उसे उठाती है, उधर से किसी पुरुष की आवाज सुनाई देती है, "क्या मैं मैडम हिजुकी से बात कर सकता हूँ?" हर कोई निकलने की हड़बड़ी में है। राधिका को थोड़ा अटपटा सा लगता है, फिर भी वह रिसीवर को हिजुकी के हाथ में दे देती है।

"मैं हिजुकी बोल रही हूँ।" उधर से कुछ मिनट के लिए आवाज आती है और फिर फोन कट जाता है।

"कौन था? राधिका पूछती है।

"बोरिस," इतना कहकर वह अपने सामान को उठाकर सीढ़ियों से नीचे उतर जाती है। नीचे अब्दुल दुर्रानी उनलोगों का इन्तजार कर रहा होता है। यह एक बड़ी सी गाड़ी है। राधिका जैसे ही दरवाजा खोलती है, सामने प्रोफ़ेसर पोपोवा को बैठे हुए देखती है।

"गुड मॉर्निंग प्रोफ़ेसर। मुझे उम्मीद थी कि इस यात्रा में आपसे जरूर मुलाकात होगी," राधिका मुस्कुराते हुए कहती है।

"युद्ध के बाद जबकि दुनिया भूख का संकट झेल रही है,गेंहूँ के एक नए किस्म को कौन देखना नहीं चाहेगा? आपका स्वागत है," इतना कहकर प्रोफ़ेसर राधिका को अपने करीब बैठने का आग्रह करती है। वह कहती है," सफर लंबा है, बातों में गुजर जाएगी।" राधिका इंकार नहीं कर सकती है।

यह फार्म हाउस मीलों तक फैला हुआ है। जहां देखो चारो तरफ गेंहूँ की सुनहरी बालियाँ खेतों में लदी हुई नजर आती हैं। गेंहूँ के आकार भी सामान्य से थोड़े बड़े हैं। रूसी कृषि वैज्ञानिकों ने शायद इसके आकार को इसलिए बड़ा किया है, ताकि कम उपज में भी अधिक से अधिक लोगों के पेट भरे जा सकें। दुनिया के कई देशों में युद्ध के बाद भुखमरी का दौर चल रहा है। युद्ध के बाद यूरोप का एक बड़ा इलाका साम्यवाद के प्रभाव में है। अब फसल को काटने का समय हो चुका है, फिर भी रूसी अधिकारी जानबूझकर इसलिए देर कर रहे हैं, ताकि वे अपने समर्थित देशों को यह नजारा दिखा सकें। आज इस फार्म हाउस में पूर्वी जर्मनी, पोलेंड, चेकोस्लोवाकिया, रोमानिया और दूर कैरेबियन सागर के पास के एक देश क्यूबा के साम्यवादी कार्यकर्ता आए हुए हैं। ये लोग वापस जाकर दुनिया में साम्यवाद का गुणगान करेंगे, जिससे रूस को पूंजीवादी अमेरिका से लड़ने में फायदा होगा।

किन्तु भारत से आए प्रतिनिधियों को इसमें कोई रूचि नहीं। उनका लक्ष्य एक ऐसा महान पुरुष है, जिसे देख लेने भर से दुनिया के कई राज खुल जाएँगे। राधिका खेतों के चारों तरफ नजर दौड़ाती है। उसे कहीं कोई घर नजर नहीं आता। उसे लगता है कि उसके साथ धोखा हुआ है। वह निराश हो उठती है। वह सोचती है, "क्या जमीन के अन्दर

कोई तहखाना है, जहाँ 'परिंदे' को छुपा कर रखा गया है?" समय कम है, उसकी अधीरता बढ़ती जाती है। वह हिज़ुकी से पूछती है, "हमलोगों के साथ धोखा हो गया क्या?"

हिज़ुकी कुछ जवाब नहीं देती, बल्कि अपने छोटे से बैग से एक कम्पास निकालती है। उससे वह सही दिशा को पकड़ने की कोशिश करती है। जब कम्पास की सूई दक्षिण की ओर पैतालीस डिग्री पर स्थिर हो जाती है, तब हिज़ुकी कहती है, "बन्दे ने सही बताया था।"

"किस बन्दे ने बताया था?" राधिका पूछती है।

"तुम्हें याद होगा मेजर कि घर से निकलते समय बोरिस का फोन आया था। उसी ने सही लोकेशन की जानकारी दी थी। चलो उस ओर चलते हैं।'परिंदा'उधर ही है। वह चारो आगे बढ़ते हैं, जबकि अब्दुल दुर्रानी और प्रोफ़ेसर पोपोवा अन्य लोगों के साथ गेंहूँ की नई फसल की जानकारी ले रहे हैं। वे चारो गेंहूँ के पौधे में खुद को छुपाते हुआ आगे बढ़ते जाते हैं। लगभग एक किलोमीटर आगे जाने के बाद उन्हें घनी झाड़ियाँ और बड़े-बड़े पेड़ नजर आते हैं। वहां से कटीले तारों का सिलसिला शुरू हो जाता है।

"लगता है मंजिल नजदीक है," हिज़ुकी एकदम धीरे से बोलती है। सभी की सांसें रुकी हुई हैं। हिज़ुकी आगे बढ़ती है, उसके पीछे मेजर अमरदीप ढींगरा है और उसके पीछे राधिका, जबकि रहमत अली तीनों को कवर दे रहा है। राधिका पीछे मुड़कर देखती है। गेंहूँ की बालियों के बीच कुछ भी नहीं दिखाई देता। हिज़ुकी जमीन पर बैठ जाती है और अपने चारों तरफ देखती है। वह एकबार फिर से अपने

कम्पास को निकालती है। जैसे ही सूई नब्बे डिग्री दक्षिण की ओर होती है, वह उधर ही नजर गड़ाकर देखने लगती है। फिर वह धीरे से अपनी उँगलियों से उस ओर इशारा करती है। वहां एक सफ़ेद रंग का छोटा सा बंगला है, जो पूरी तरह से जंगलों से घिरा हुआ है।

"परिंदा उसी बंगले में है," हिजुकी कहती है।

अब मेजर अमरदीप ढींगरा अपनी जेब से एक छोटा सा दूरबीन निकालता है। बहुत गौर से देखने के बाद वह कहता है, "वहां कड़ा पहरा है। ऐसे गए तो मार दिए जाओगे।"

फिर मेजर राधिका उसके हाथ से दूरबीन लेकर देखती है। "हाँ, मुझे सात लोग दिखाई देरहे हैं। सभी के पास बंदूकें हैं।"

"हो सकता है कि और भी हों। हमलोग लड़ नहीं सकते, ऐसा करने से सभी लोग मारे जाएँगे," अमरदीप कहता है।

"फिर भी थोड़ा करीब तो जा ही सकते हैं। बंगले के अन्दर से यदि वह बाहर आए तो शायद दिख जाएँ। इतना ही तो करना है हमलोगों को," राधिका यह कहकर अपने पीछे मुड़ती है। "अरे, हिजुकी कहां गयी?"

सभी देखते हैं, हिजुकी उस जगह से गायब है। अब वे लोग तेजी से आगे की ओर बढ़ते हैं। "इसने सब गड़बड़ कर दिया। तेजी से चलो," राधिका घबड़ाकर कहती है। जब वे लोग बंगले के काफी करीब आ जाते हैं, तभी एक गोली के चलने की आवाज सुनाई देती है। राधिका कहती है, "गोली करीब ही चली है। तेजी से चलो।" तभी झाड़ी के अन्दर से किसी के कराहने की आवाज सुनाई देती है। राधिका आँखें फाड़ कर देखती है, हिजुकी जमीन पर गिरी हुई है।

"मैंने उन्हें देखा। वह सही सलामत हैं!" हिजुकी कराहते हुए बोलती है।

"किन्हें देखा?" राधिका लगभग चीखकर बोलती है।

"परिंदे को। वह उस बंगले के पश्चिम की ओर छत पर खड़े थे। उन्होंने मुझे दूर से ही पहचान लिया। जैसे ही मैंने अपनी हाथ हिलाई, किसी में मुझे गोली मार दी।"

जल्दी से राधिका और अमरदीप उठकर उस बंगले की छत की ओर देखते हैं। उन्हें लगता है कि कोई व्यक्ति छत के ऊपर ढलते सूरज की ओर गौर से देख रहा है। राधिका जल्दी से दूरबीन को निकालकर एकबार फिर से देखती है। उसका दिल तेजी से धड़कने लगता है। उसकी आँखों से आंसुओं की धार निकल पड़ती है। वह रो कर कहती है, "हाँ, वही हैं"

फिर राधिका के हाथ से दूरबीन को मेजर अमरजीत ढींगरा ले लेता है। वह दूरबीन को जैसे ही अपनी आँखों से लगाता है, वह आकृति उसे गायब होते नजर आती है। वह मुड़कर कुछ कहना ही चाहता है कि एकबार फिर से गोली चलती है। इस बार गोली मेजर ढींगरा की दूरबीन को जा लगती है। सभी लोग जल्दी से नीचे बैठ जाते हैं। तभी दो गोलियां लगातार चलती हैं। राधिका देखती है, प्रोफ़ेसर यूलिया पोपोवा अपने हाथ में रिवाल्वर लिये उधर ही फायर कर रही है, जिधर से पहली गोली चली थी। पीछे से दौड़ता हुआ अब्दुल दुर्रानी आता है। वह हिजुकी के गले के पास अपने हाथ लगाकर कहता है, "यह मर चुकी है।"

राधिका अपने सिर को पकड़कर हिजुकी के पास बैठ जाती है और फफक कर रोने लगती है। तभी और भी गोलियों की आवाज सुनाई पड़ती है। प्रोफ़ेसर चीखकर कहती है, "यहाँ से निकलो। सुरक्षा बालों को पता चल गया है। सभी लोग मारे जाओगे।"

मेजर अमरजीत रहमत की ओर देखकर कहता है, "वुल्फ-57, तेजी से दौड़कर जाओ और गाड़ी को लेकर आओ।"

"गाड़ी पास ही झाड़ियों मेंखड़ी है," दुर्रानी उसे बताता है।

"यस बॉस," इतना कहकर रहमत तेजी से भागता है। जैसे ही वह गाड़ी को लाता है, लेफ्टिनेंट हिजुकी की लाश को उसमें लादकर वे सभी वहां से फरार हो जाते हैं। थोड़ी दूर जाने के बाद जमीन पर उन्हें एक व्यक्ति गिरा हुआ नजर आता है। रहमत उसे पहचान लेता है। "यह वही हत्यारा है, जिनसे अभी हिजुकी पर गोली चलाई थी।"

"इसे किसने मारा?" राधिका पूछती है।

"मैंने," प्रोफ़ेसर पोपोवा जवाब देती है। यदि इसे मैं नहीं मारती तो यह तुम सभी को मार देता।"

"तुमने अपने ही एजेंट को मार डाला। तुम केजीबी से हो ना प्रोफ़ेसर? एकदम सही-सही बताना?" राधिका गुस्से से बोलती है।

"यह मेरा एजेंटन हीं है। यह सर्विया का एक कॉन्ट्रैक्ट कीलर है। इसका नाम है निकोलाई बुखारिन।

"और तुम कौन हो प्रोफ़ेसर?"

"मैंने तुम्हें बताया था न मेजर राधिका, मेरा घर जार्जिया में है। जार्जिया सिर्फ सोवियत रूस में ही नहीं है। इस नाम का एक राज्य संयुक्त राज्य अमेरिका में भी है। अब तुमलोग नहीं समझ पाई तो मैं क्या कर सकती हूँ?"

"अब समझी, तुम सीआईए से हो?" राधिका उसे देखते हुए बोलती है। प्रोफ़ेसर कुछ भी नहीं कहती, सिर्फ मुस्कुराकर खिड़की की ओर देखने लगती है। रहमत अली तेजी से गाड़ी चला रहा है। अब पीछे से आ रही गोलियों की आवाज धीमी हो जाती है।

राधिका फिर कहती है, "आखिरकार तुम्हारे सीआईए को इस मामले में अपनी नाक घुसेड़ने की क्या जरूरत थी?"

"मुझे वह डायरी चाहिए थी, जो हिजुकी के पास थी," प्रोफ़ेसर बोलती है।

"उस डायरी को हिजुकी पहले ही जला चुकी थी। उसी की वजह से आज वह शहीद हो गयी। आखिर क्या था उस डायरी में?" राधिका पूछती है।

"उसमें उन बड़े सैनिक अधिकारियों के नाम थे, जिन्होंने युद्ध का अपराध किया था। हमारे देश को शीत युद्ध के इस दौर में उसकी जरूरत थी।अब तो बात ही खत्म हो गयी," इतना कहकर प्रोफ़ेसर अचानक से पूछ बैठती है, "तुमलोगों को 'परिंदा' मिला?"

"नहीं। हमलोग अपने मिशन में असफल हो गए।'परिंदा' सोवियत भूमि में नहीं है," राधिका गमगीन होकर जवाब देती है। किन्तु, अब्दुल शेख दुर्रानी, जो रहमत अली के

पास अगली सीट पर बैठा हुआ है, राधिका के इस जवाब से मुस्कुराकर खिड़की की ओर देखने लगता है।

इस घटना के पंद्रह दिनों बाद:- स्थान है भारत में बंगाल का सराय गढ़। मेजर राधिका और मेजर अमरदीप ढींगरा अपने सिर को झुकाए हुए उसी मीटिंग हाल में बैठे हुए हैं, जहाँ से राधिका को मिशन 'परिंदे की खोज' की जिम्मेदारी साधू बाबा ने सौंपा था। उसी अंडाकार टेबल के एक किनारे साधू बाबा बैठे हुए हैं। बाकी सीटों पर वही लोग हैं, जो उस दिन यहाँ पर उपस्थित थे। साधू बाबा अपने झोले से हवाना सिगार निकाल कर अपनी दांतों से बीच रखते हुए कहते हैं,

"अपनी सफलता की कहानी सुनाओ मेजर राधिका। क्या तुमने उन्हें देखा?"

"सबसे पहले लेफ्टिनेंट हिजुकी ने देखा था। इस मिशन की सफलता का श्रेय उसी को दिया जाना चाहिए।"

"हिजुकी बहुत तेज और अपने काम के प्रति समर्पित थी। वह नेताजी के लिए शहीद हो गयी। हमलोग उसे हमेशा याद रखेंगे," इतना कहकर साधू बाबा उठकर खड़े हो जाते हैं। सभी एक मिनट के लिए मौन रहकर हिजुकी को श्रधांजलि देते हैं। फिर साधू बाबा राधिका से पूछते हैं, "क्या तुमने उन्हें नहीं देखा था?"

"जी, कुछ सेकंड के लिए हमने भी उन्हें देखा। वह दूर छत पर पश्चिम की ओर ढलते हुए सूरज को देख रहे थे। मैंने उन्हें दूरबीन के सहारे देखा, किन्तु हिजुकी से उनका एक क्षण के लिए संपर्क हुआ था। बाकी की बातें मैंने इस फ़ाइल

में लिख दी है," राधिका यह कहते हुए फ़ाइल को साधू बाबा की ओर बढ़ा देती है।

मीटिंग में बैठे सभी लोग एकदम शांत रहते हैं। साधू बाबा एक नजर उस फ़ाइल को देख कर कहते हैं, "मेजर राधिका और मेजर अमरदीप को बधाई। जो काम दुनिया न कर सकी, उसे तुमलोगों ने कर दिखाया।"

"इस रिपोर्ट का अब आप क्या करेंगे कर्नल? क्या दुनिया के सामने इस बात को लाना चाहिए?" राधिका पूछती है।

"यदि अचानक से यह काम किया तो भारत में भूचाल आ जाएगा। कई लोगों की जिन्दगी और उनके राजनैतिक कैरियर खतरे में पड़ जाएँगे। भारत से कई देशों से संबंध खराब हो जाएँगे। फिर भी, मैं आप सबों को यकीन दिलाना चाहता हूँ कि इसे समय पर दुनिया के सामने जाहिर कर दिया जाएगा। मैं खुद प्रधानमंत्री से बातें करूंगा," इतना कहते हुए साधू बाबा फिर से कहते हैं,

"अब मीटिंग खत्म की जाती है और "परिंदे की खोज" के लिए जिस गुप्त संगठन को हमने बनाया था, उसे भी हमेशा के लिए खत्म किया जाता है। अब इसकी कोई जरुरत नहीं, दुनिया चाहे जो कह ले, जो समझे, किन्तु हमलोग अपने मिशन में सफल हुए, क्या यही कम है? अब हमलोग फिर कभी नहीं मिलेंगे।"

शाम का समय है। हावड़ा रेलवे स्टेशन पर राधिका मद्रास जाने वाली ट्रेन का इन्तजार कर रही है। अमरदीप उसके पास खड़ा है। दोनों को समझ में नहीं आ रहा कि क्या कहा जाए? फिर साहस करके अमरदीप पूछता है,

"मद्रास जाकर तुम क्या करोगी राधिका?"

"मैं वहां से जाफना चली जाउंगी। वहां मेरा घर है।"

"वहां तुम्हारा कौन रहताहै?"

"कोई नहीं," राधिका उदास होकर कहती है।

"मेरे पास पंजाब की दो टिकटें हैं। मैं तुमसे निवेदन करता हूँ, मेरे साथ पंजाब चलो। माँ तुम्हें देखकर खुश हो जाएंगी। अपनी थोड़ी सी जमीन है वहां। मिलकर खेती करेंगे," अमरदीप आशा भरी नजरों से राधिका की ओर देखता है।

राधिका कुछ नहीं बोलती। उसकी आँखें नम हो जाती हैं। अमरदीप पीछे मुड़कर देखता है। वहां रहमत खड़ा है। वह कड़कती हुई आवाज में कहता है, "वुल्फ-57, मैडम का सामान पंजाब एक्सप्रेस में रखो। हमलोग घर जा रहे हैं।"

रहमत उछलकर हँसते हुए राधिका का सामान उठा लेता है। राधिका मुस्कुरा देती है। अमरदीप के मुंह से अचानक निकलता है, "वाहे गुरु का खाल्सा! वाहे गुरु की फतेह!"

(यह उपन्यास सच्ची घटनाओं और कल्पना का समिश्रण है। इसमें कुछ नाम और स्थान काल्पनिक हैं। उपन्यास को लिखने में ब्रिटिश और भारत सरकारों की रिपोर्ट्स, विभिन्न पत्र एवं पत्रिकाओं के विचार और नेताजी सुभाषचंद्र बोस के बेहद करीबी रहे आजाद हिन्द फौज के एक शीर्ष अधिकारी श्री आनंद मोहन सहाय, पुरानी सराय, भागलपुर (बिहार), जो आजाद भारत में कई देशों के राजदूत रहे थे, के उस हस्ताक्षरयुक्त साक्षात्कार का सहारा लिया गया है, जिसे बहुत साल पहले उन्होंने इस लेखक को अपने निवास स्थान पुरानी सराय में दिया था। नेताजी के निधन पर विवाद अभी

तक जारी है, इसलिए इस उपन्यास को थोड़ा काल्पनिक तरीके से लिखा गया है, ताकि पाठकों की रूचि बनी रहे। यदि किसी व्यक्ति अथवा स्थान का नाम किसी से मिलता है, तो यह मजह एक संयोग मात्र है।)

(समाप्त)